LE PHARE DES ÂMES

par

Giustiniano La Vecchia

À Barbara, Federico et Gabriele

LE PHARE DES ÂMES

Code ISBN:
9798870405308

Nous avons tous besoin de quelqu'un qui protège notre âme.
De quelqu'un qui, avec sa douceur,
au cours des moments les plus sombres et quand il nous est nécessaire,
nous permette, avec une simple caresse, de comprendre que nous ne sommes pas seuls.

Giustiniano La Vecchia

PROLOGUE

La mélodie des vagues de la mer ne l'ennuyait jamais. Elle était toujours là, pour lui tenir compagnie. Comme si elle composait pour ceux qui, avec respect, s'arrêtaient dans un silence rigoureux pour écouter une œuvre infinie, merveilleusement créée par la nature, dans sa totale perfection, et dirigée par un chef unique : l'Univers.

Sa musique était un mystère encore plus inexplicable quand, comme à l'intérieur d'une orchestre, s'ajoutaient à elle d'autres instruments: le vent, la pluie, l'appel des mouettes, la mer qui s'étendait doucement sur la ligne de brisement des vagues pendant une journée de calme plat ; ou bien quand une vague se brisait avec force sur les écueils après une longue course, pendant une journée de vent provenant du nord, en modelant cette symphonie majestueuse digne des plus grands compositeurs de l'histoire.

C'était un son qui laissait vibrer l'âme et qui était capable de te transporter dans un monde sous le signe de la paix et de la tranquillité.

Il trouvait dans tout cela une certaine sacralité, puisque, même si maintes fois l'homme tend ò l'oublier, rien n'est laissé au hasard.

Cette harmonie lui tenait compagnie et lui parlait depuis des années. Avec elle, aussi le bruit du bois qui brûlait et les crépitements du vieux poêle, qui semblait grogner à chaque fois qu'il l'allumait. Ou bien la goutte qui coulait de l'évier qu'il ne voulait pas réparer, car elle était désormais devenue un compagnon de voyage auquel il ne pouvait pas rénoncer, qui signalait régulièrement le temps des ses journées. Elle était là, et si elle et n'avait pas été là, c'aurait été comme s'il manquait quelque chose.

Le fait de vivre dans un phare, devant l'immensité de la mer, n'était pas simplement comme vivre dans une maison ou dans un endroit différent de d'habitude; cela représentait un appel beaucoup plus profond, mystérieux, qu'il comprenait de plus en plus au fil des jours.

Les premières années n'avaient pas été simples.

Il n'avait pas été facile ni de créer de nouvelles relations, de se faire accepter.

Il était bien conscient du fait qu'il n'était pas seulement à cause de la méfiance des gens qui habitaient ces lieux, mais aussi en raison de son désir de solitude ; une solitude qui avait commencé depuis qu'il avait perdu Maria.

Heureusement qu'il avait avec lui son inséparable Bart, un « jeunot » de douze ans environ, qui avait été au chenil, dans lequel sa fille Viola faisait du volontariat et qui lui avait été donné quelques mois après le décès de sa femme. Bart aussi avait quelques ennuis de santé, et par conséquent ils formaient une équipe parfaite.

Le phare n'était pas une grande demeure. Il était constitué par une cuisine aux parois blanches, une vieille table en bois usé par le temps et imprégné d'histoires passées, quatre chaises, un garde-manger avec quelques casseroles, quelques plats, des couverts et des verres pour les hôtes et les différentes denrées alimentaires qu'il y rangeait après avoir fait ses courses toutes les semaines dans un petit village à quelques kilomètres de distance.

Un placard mural dans lequel il avait entassé une partie de ses livres ; les autres étaient étendus sur le plancher, empilés en petites colonnes. Un réfrigérateur « âgé », qui fonctionnait encore à merveille, un coffre où il avait conservé les vieux souvenirs : des photos, des lettres, des notes et quelques objets ayant appartenu à son père ; un poste radio portable avec lecteur de CD et un vieux tourne-disques encore fonctionnant avec quelques vinyles, surtout de musique classique, qu'il avait découvert et commencé à apprécier à l'âge adulte.

À la différence des CD, dont il possédait une collection importante, un millier environ, il n'avait pas beaucoup de vinyles, mais parmi ceux-ci, il pouvait se vanter de plusieurs noms prestigieux, tels que : Mozart, Debussy, Ravel, Albinoni, Saint-Saëns, Puccini, Beethoven, Bach, Chopin, Wagner, Rossini, Verdi, Vivaldi et Paganini. Il en avait même certains de Louis Armstrong, Duke Ellington, John Coltrane, Ella Fitzgerald, Charlie Parker, Miles Davis, Billie Holiday, Thelonious Monk, Paolo Fresu et Mario Rosini; jusqu'à arriver aux Genesis, Phil Collins, Stevie Wonder, James Tylor, Queen, Elton John, Eart Wind & Fire et d'autres encore de diverses sortes.

Le matin, quand il se réveillait, il regardait par la fenêtre et, suivant ce que la mer lui suggérait, il posait un disque sur la platine, ou il introduisait un CD dans le lecteur, en libérant ainsi les notes du morceau choisi, et ensuite il préparait le petit-déjeuner pour lui et pour son ami le plus proche, Bart.

Il arrivait même que l'aube lui chuchotât : « Ne passe pas de disques, écoutons ensemble le bruit du silence ».

Il y avait aussi une lampe qui dégageait une lumière tamisée, en illuminant la pièce avec délicatesse. Aux parois étaient accrochés quelques tableaux et chacun d'eux avait son histoire à raconter.

Plus loin, après trois portes bleu turquoise, il y avait une petite salle de bain avec une petite douche et la chambre, où une grande armoire gardait ses quelques vêtements bien rangés. L'une des choses qui le satisfaisait le plus était le fait qu'il n'avait pas besoin de changer de vêtements selon la saison. Il n'en avait pas beaucoup, et ceux qu'il possédait étaient là, tous ensemble, pour se raconter les journées passées.

Il y avait ensuite la pièce qu'il aimait le plus, celle qu'il nommait « la chambre magique » et qu'il avait transformée en son lieu sacré. Là, sous la fenêtre, une table de travail bien spacieuse accueillait son vieil ordinateur, ses fidèles stylos à plumes et une sélection de livres qui reflétaient ses intérêts. Dans les tiroirs il y avait des articles de bureau, qui étaient toujours prêts pour être utilisés. Une lampe supplémentaire garantissait une lumière suffisante pour ses activités, comme la peinture, pendant que le « journal de bord », comme il l'appelait affectueusement, se trouvait tout ouvert sur la table de travail. Dans ce cahier in notait ses pensées et ses états d'âme à la fin de la journée, en créant un registre précieux de sa vie intérieure.

Dans un coin de la pièce il y avait un petit fauteuil usé mais incroyablement confortable, qui l'accueillait tous les jours pour ranger ses pensées et méditer. Sur ce fauteuil, qui représentait son refuge personnel, un lieu dans lequel il pouvait se retrouver avec lui-même, il se concédait un moment de paix et de réflexion, en trouvant un sens de calme pendant qu'il contemplait la vue par la fenêtre ou il feuilletait les pages de ses livres préférés.

Au rez-de-chaussée il avait tiré un petit entrepôt où il rangeait ses bottes en caoutchouc qu'il utilisait quand il pleuvait, ou ses chaussures de randonnée pour les froides journées d'hiver ; un coin cave avec des vins, quelques denrées alimentaires et de l'huile d'olive, tous provenant d'Italie, quelques outils et un vieux vélo. Même si la plus grande partie du lieu était occupée par le bois qu'Auguste, un grognon vieux et sympathique, lui apportait deux fois par an, en lui rappelant ponctuellement que le prix avait augmenté mais qu'il lui faisait payer toujours le même, en n'y gagnant absolument rien.

À côté du phare il y avait un auvent qui avait été construit tant bien que mal, où il garait son fourgon gris, un vieux Citroën Type H, année 1978, qui marchait encore à merveille et qui avait été acheté en terre normande. Même si, selon lui et Auguste, la couleur originelle était différente.

Il l'utilisait pour se rendre au village, a Deauville, ou bien pour aller se promener avec Bart et quelques amis qui décidait, le cas échéant, de lui tenir compagnie dans l'arrière-pays, à la découverte de la campagne de la Normandie, de ses couleurs et de ses parfums.

Deauville était une petite agglomération de quatre mille âmes environ, situé dans le département du Calvados. Au tout début il ne connaissait pas cette localité, mail il l'avait découverte pendant sa recherche du phare.

Il avait toujours été attiré par la Normandie, et comme lui sa femme aussi. Ils l'avaient visitée quand, bien d'années auparavant, ils avaient décidé de passer leurs vacances au nord de la France pour visiter l'abbaye de Mont Saint Michel et les falaises d'Étretat, un lieu né en tant que paisible village de pêcheurs et devenu ensuite une destination balnéaire très aimé par Monet. Un petit coin de paradis, à contempler en silence pour la joie des yeux et du cœur.

Quand il y était arrivé la première fois, pour rencontrer le propriétaire du phare, il avait eu la sensation de se retrouver à l'intérieur d'un film en noir et blanc, entouré par l'atmosphère typique de la *Belle Époque* : élégante, mystérieuse et un peu snob, tout comme pendant la période de sa splendeur maximale, entre la fine du XIXe et le début du XXe siècle.

Pendant ses excursions, il lui arrivait d'être dehors même pour quelques jours, en dormant dans son fourgon. Il aurait été bien dommage de ne pas jouir de l'instant présent pour devoir forcement rentrer à la maison.

Auguste le suivait souvent pendant ces aventures.

Auguste était une personne sympathique. Il avait quatre-vingt-deux ans et il était désormais seul. Son fils unique était décédé depuis longtemps, à l'âge de trente ans, à cause d'une longue maladie. Sa femme était morte elle aussi, depuis deux ans. Il n'avait même plus de parents. Il était une personne très douce, même s'il n'en donnait pas l'impression, vu ses bougonnements continus contre tout et tous. À partir des hommes politiques, jusqu'à la police ; des jeunes gens qui, selon son opinion, « n'avaient plus aucune envie de travailler », aux marchands du village et au pharmacien. On ne savait pas pourquoi, mais il s'en prenait voire avec Fabien, le jeune facteur très gentil qui venait d'être embauché pour substituer Gaspard, qui avait pris sa retraite.

Il était grognon même avec Filippo. Il lui disait toujours : « Tu dois mieux t'occuper de cet endroit ! Tu n'es pas capable d'entretenir le potager ! Regarde là les mauvaises herbes ! Mais ce n'est pas comme ça que l'on sème ! », et bien d'autres reproches sympathiques. Mais Filippo l'aimait quand même. Pour cette raison il l'invitait souvent à passer quelques heures ensemble, lui seul ou avec d'autres amis.

Comme Gilbert, « le sage », comme on l'appelait dans le village, à cause du fait qu'il donnait toujours des conseils qui n'étaient jamais banals aux jeunes pêcheurs, qui répondaient par principe : « Oui, oui, Gilbert, d'accord, d'accord », même si ensuite personne ne l'écoutait jamais.

Et Nestor, le plus âgé. Il avait quatre-vingt-onze ans, mais il avait l'air au moins dix fois plus jeune. Il avait perdu une main au cours d'une partie de pêche, peu avant sa retraite ; elle était restée empêtrée dans un croc lors d'une des dernières sorties en mer.

Tous les quatre étaient les protagonistes d'interminables parties de cartes ou, l'un après l'autre, les narrateurs d'histoires des temps passés.

Filippo et Auguste faisaient souvent la cuisine ensemble, ils étaient tous les deux des chefs excellents. Pendant ces occasions, ils parlaient de choses et d'autres, mais, surtout, Filippo écoutait. Oui, car Auguste tout en ayant fréquenté l'école primaire, adorait les classiques. Il savait tout à propos de Platon, Socrate, Ovide, Pythagore, Cicéron et Aristote. On ne s'ennuyait jamais avec lui. À chaque fois qu'il lui rendait visite, il ne se limitait pas à lui apporter une bouteille de cidre ou de *Muscadet*, l'un de ses vins préférés, mais il avait toujours un livre, et Filippo savait bien que l'histoire racontée à l'intérieur aurait constitué le sujet de leur rencontre.

Depuis que son aimée Marie était décédée, il vivait tout seul. Il avait toujours eu le désir de passer la dernière partie de son voyage terrain dans un phare, au nord de la France, et à la fin il avait réussi.

Son fils Pietro, qui s'était désormais établi à San Francisco avec sa splendide famille - sa femme Cristina et ses deux fils, Lorenzo et Giada -, et sa fille Viola, qui vivait à Lisbonne avec sa copine Francesca, au tout début n'avaient pas été d'accord, mais ils savaient très bien que rien n'aurait empêché leur père de faire ce choix. À la fin ils avaient compris et, une fois par an, ils lui rendaient visite tous ensemble pour quelques jours.

Neuf années s'étaient écoulées depuis ce lointain mois de mars, quand il avait franchi le seuil du phare accompagné par son vieux propriétaire, après avoir signé le transfert de propriété en tant que nouveau propriétaire.

Tous ses vieux amis lui disaient qu'il était fou, qu'il ne tiendrait pas plus de deux mois, qu'il s'agissait d'un choix qui n'avait aucun sens et toutes ces choses que l'on dit quand on ne connaît rien de ce qu'une personne sent vraiment dans son for intérieur.

Lui, par contre, il était heureux comme un enfant le jour de Noël.

Il avait seulement un unique, grand chagrin ineffaçable : le manque de la femme qui, pendant une bonne partie de sa vie, était restée à ses côtés, en partageant avec lui les joies et les douleurs, en lui apprenant l'amour pour la nature et les choses simples.

Heureusement, à l'intérieur du phare on n'avait pas dû faire de gros travaux, et les quelques qui étaient ò faire, il les avait faits petit à petit. Comme par exemple peindre les murs, arranger quelques vieilles lampes qui ne fonctionnaient plus, changer quelques serrures et quelques vitres, se débarasser des choses inutiles qui étaient à l'intérieur de l'entrepôt au rez-de-chaussée, réparer l'auvent et s'occuper lu potager.

Quand il avait déposé le marteau après avoir accroché le dernier tableau, il s'était assis sur le fauteuil et avait commencé à pleurer, en se rendant compte d'avoir désormais fini d'arranger sa nouvelle demeure. Les larmes avaient coulé en silence, avec du respect, en lui lavant aussi bien le visage que l'âme. Et pendant qu'elles s'acheminaient vers le bas, après avoir laissé ses yeux, c'était comme si elles lui disaient : « Tu as réussi. Maintenant tu es ici, et tu es ici pour le but que tu as poursuivi pendant toutes ces années »

-la vie-

CHAPITRE 1

Ce jour-là était une journée pendant laquelle le soleil avait décidé de réchauffer un peu plus que d'habitude.

En ouvrant le fenêtre, en contemplant la mer et en respirant l'air léger du matin, Filippo ressentit le désir d'écouter un morceau de Beethoven. Sonate numéro 8 Do Mineur, œuvre 13 "*Pathétique*": II *Adagio cantabile.*

Tout en prenant son temps, comme du reste il le faisait tous les matins, et se laissant envelopper aussi bien par la musique que par l'air piquant qui envahissait les différentes pièces, il se lava, il s'habilla et avait très envie de sortir.

Curieusement, même Bart était déjà prêt, en attente près de la porte, comme s'il avait compris qu'il s'agissait d'une journée différente de ce qu'il avait pensé.

Presque tous les matins, à moins qu'il ne fît un temps particulièrement épouvantable ou qu'on dût vaquer à quelques occupations dans le village, il allait se promener sur la plage avec son inséparable métis, pour écouter la mer et pour rassembler ses réflexions que les ondes et la brise suscitaient au plus profond de lui.

Ce jour-là il y avait beaucoup de vent, et l'air sentait l'infini. Les couleurs étaient incroyables. Le bleu de la mer en opposition avec la plage, et le noir vers la ligne de l'horizon, tandis que le soleil se réveillait tout doucement, tout entouré par les nuances enflammées par l'arc-en-ciel : le rouge, l'orange et le jaune.

Une dernière étoile, que l'on pouvait encore voir briller dans le ciel, congédiait un soir nouveau, une nuit nouvelle.

A cette période de l'année il n'y avait pas beaucoup de monde, bien qu'il y eût un tas de belles choses à faire et à voir, comme la *Fête du Ventre et de la Gastronomie*, qui avait lieu à Rouen, ou le Festival du Cidre, organisé dans le village de Beuvron-en-Auge. Et en outre, dans plusieurs villes telles que Dieppe, Étretat,

Port en Bessin et Villers-sur-Mer avaient lieu des festivals consacrés au poisson, comme les harengs et les coquilles Saint-Jacques.

Il pleuvait souvent pendant l'hiver, mais les températures baissaient rarement au-dessous de zéro. On pouvait dire que la Normandie dans sa "version hivernale" était indiquée pour ceux qui aimaient les paysages mystérieux et sombres, dans lesquels le brouillard faisait la loi et montrait ses côtés les plus fascinants des nombreux châteaux clairsemés dans la région.

Par tous ces motifs, on voyait souvent des peintres occupés à reproduire sur la toile les couleurs de la mer, ou bien quelques pêcheurs lançant leur ligne plus pour passer le temps que pour attraper un poisson à cuisiner le soir ou le lendemain.

En outre, pendant l'hiver, on pouvait admirer la mer creuse de l'Océan Atlantique, qui se brisait bruyamment sur les écueils, et en décembre on organisait un grand événement pendant lequel les villages caractéristiques étaient illuminés par des crèches, des arbres de Noël et de petits marchés.

Depuis qu'il vivait là, chaque année il allait visiter *les Villages Illuminés*, et pendant les deux dernières années il avait pris avec soi non seulement Bart, mais aussi Auguste.

Pendant l'été, à Deauville, ainsi que dans les villages voisins, on pouvait rencontrer de nombreux touristes. Il y avait ceux qui possédaient une maison, ou bien ceux qui allaient dans la région seulement pour y passer quelques jours. Il n'y avait pourtant pas grand monde qui fréquentait ce coin de paradis méconnu.

Par conséquent, pendant les saisons les plus froides, si on voulait aller voir quelqu'un, on allait dans le village, sous le prétexte que l'on devait faire des commissions, ou on se rendait dans le seul local du lieu, le *Bistrot de la mer*, dont Vincent et Adèle étaient les propriétaires depuis plus de vingt ans. On y servait de quoi boire et manger. Peu de plats, mais dignes d'être dégustés, comme l'agneau du pré-salé, les fromages *Camembert, Livarot, Pont-l'Évêque* et *Neufchâtel*, ou bien les fruits de mer et les crustacés.

On pouvait même tout simplement boire une bière, un verre de vin ou de cidre, un *Calvados* pour se réchauffer et causer avec quelqu'un, ou bien on pouvait s'asseoir et écouter les histoires des personnes âgées dans un silence absolu.

Adèle devait être une femme très belle. Elle avait les yeux bleus, un visage doux, les lèvres peintes. Vincent était plus petit qu'elle, sympathique et toujours gai.

Tous les deux savaient comment faire en sorte que leurs invités se sentent chez eux, même si tous les jours ils répétaient : « C'est la dernière année, nous allons fermer boutique et nous nous établirons dans un pays chaud ». Mais, en fin de compte, ils ne le faisaient jamais.

Ce matin-là, Filippo n'avait même pas pris son petit-déjeuner habituel, qui était constitué par : un café, préparé avec sa cafetière napolitaine qui le suivait partout depuis trente ans, et une tranche de Beurre Normand, une tarte aux pommes, typique de la Normandie, qu'il achetait dans une boulangerie-pâtisserie du village, chez madame Martine et madame Paulette, deux sœurs qui continuaient une tradition depuis plus d'un siècle.

Il avait pourtant envie de sortir, et en toute hâte. Il était enveloppé par une sensation étrange, comme si l'aube était en train de l'appeler à tue-tête : « Hé, on t'attend ! Vas-y, sors ! ».

Il n'aurait pas dû perdre plus de temps ; il aurait bu son café au retour.

Même Bart, contrairement à d'habitude, ne s'était pas soucié de son petit-déjeuner.

Ils marchaient lentement depuis environ une demi-heure. Les années se faisaient sentir pour eux deux, mais étrangement il ne percevait pas la fatigue qui l'assaillait à chaque fois lorsqu'il se promenait sur la plage. Presque toujours, à ces occasions-là, Bart trottinait à son côté ou juste devant ; cette fois-là, il avait au contraire commencé à regarder en arrière ; sans vérifier si Filippo était en train d'arriver.

Il l'appela de toutes ses forces : « Bart, Bart, où vas-tu ? Viens ici ! Bart, arrête !». Il accéléra le pas et l'entendit aboyer pendant quelques secondes, puis il n'entendit plus rien. Son cœur commença à battre dans sa poitrine alors qu'il continuait à l'appeler. Il était inquiet, mais il le vit enfin revenir.

« Bart, où étais-tu ? Tu m'as inquiété ». Mais lui, comme pour lui dire quelque chose, se remit à courir.

Filippo accéléra encore le pas, jusqu'à ce qu'il l'aperçoive au loin, assis devant une personne soucieuse de scruter la mer. Il ne pouvait pas déchiffrer si c'était un homme ou une femme ; il ne le comprit que lorsque, haletant pour le rythme rapide, il s'approcha de lui.

Il s'agissait d'une femme, assise avec ses bras autour les jambes et le menton appuyé sur ses genoux. Elle était en train de pleurer. Bart la fixait, sans aboyer.

« Madame, vous allez bien ? ».

Elle ne répondit pas. Elle avait de longs cheveux blonds, avec quelques reflets blancs. Une jupe à rayures colorées descendait jusqu'à ses pieds nus et un pull par-dessus.

Filippo reformula sa question et ce fut à ce moment-là que la femme leva les yeux. Ses yeux étaient remplis de larmes, son visage était triste.

« Qu'ai-je fait de mal ? *Où* est-ce que je me suis trompée ? » prononça-t-elle. « C'est dur, très dur. Je n'en peux plus, je suis fatiguée. Mes efforts me semblent complètement inutiles, ruineux », continua-t-elle, visiblement accablée.

Filippo ne dit rien, et peut-être que, rien qu'en étant là, qu'il y avait quelqu'un qui l'écoutait, elle devint comme une rivière en furie.

« Le soir, quand je me couche, mes larmes inondent l'oreiller. Je ne peux pas les arrêter. C'est comme si j'avais besoin de me vider, un besoin dont je ne peux me passer ».

Puis elle s'arrêta, tandis que son visage continuait à s'inonder de larmes.

Le soleil revenait doucement à sa place, avec quelques nuages prêts à l'accueillir.

Au début, Filippo resta silencieux. Puis, après quelques minutes, il lui caressa doucement l'épaule et s'assit à côté d'elle.

« Vous voyez, les larmes ont des fonctions très importantes, c'est pourquoi nous ne pouvons et ne devons pas nous en passer, même si beaucoup de gens ne s'en rendent pas compte. Pour certains, pleurer est synonyme de faiblesse et de honte. Mais ce n'est pas du tout le cas. Ces gouttes, apparemment inutiles, lavent les yeux pour les faire briller et rehausser leur couleur ; elles caressent le visage, et Dieu seul sait de combien de caresses les êtres humains ont besoin. Mais le plus important est que les larmes câlinent l'âme dans les moments sombres et laissent place à la lumière pour lui permettre de faire son entrée et nous libérer des ténèbres ».

Elle continuait à contempler la mer, mais le rythme de ses larmes diminuait progressivement. Puis elle tendit sa main, caressa la tête de Bart, qui n'avait jamais bougé de sa position initiale, et lui sourit.

Elle se tourna vers Filippo et d'une voix légère, encore un peu incertaine à cause des pleurs, elle dit : « Je suis mère de deux beaux garçons, âgés de dix-neuf et dix-sept ans. Je devrais être contente, mais depuis quelques temps je me sens impuissante, j'ai l'impression que je fais tout de travers. Mon mari est perpétuellement en colère contre le monde et nous faisons tous les trois partie de ce monde. Dès qu'il rentre à la maison, il vomit toute sa colère contre nous, accompagnée de reproches sur mon incapacité totale à les éduquer, comme s'il ne s'agissait que de mon travail. Il dit qu'ils sont arrogants, qu'ils ne pensent qu'à l'argent et que je ne suis pas capable d'être mère, encore moins épouse. Nous sommes comme deux étrangers depuis des années maintenant. On ne se touche plus, jamais une petite complicité, jamais une caresse, un rire, un sourire. Que des insultes, des cris et des silences interminables ». Elle inspira et poussa un long soupir. « Auparavant, ce n'était pas comme ça, mais depuis qu'il a eu des problèmes avec son entreprise, il y a cinq ans, il est devenu une autre personne. Au début, je me disais que tôt ou tard ça passerait, mais avec le temps, la situation s'est aggravée et je me suis sentie coupable. Tout ce que je pense, c'est que j'ai tout trompé, que je ne suis vraiment pas une bonne épouse ni même une bonne mère. Je me sens seule, je me sens fausse ».

Elle s'arrêta un instant, puis, baissant les yeux, elle ajouta : « Désolé pour l'éclat, je ne sais même pas pourquoi je te dis ces choses ». « Ne vous inquiétez pas. Puis-je vous demander votre nom ? ».

« Je m'appelle Danielle », répondit la femme en levant la tête et en affichant un léger sourire. «Ravi de vous rencontrer, je m'appelle Filippo. Je suis italien, mais je vis ici depuis de nombreuses années maintenant avec Bart, mon adorable ami", déclara-t-il.

Dès qu'il prononça son nom, Bart se leva et lui sauta dessus, comme pour le remercier de s'être souvenu de sa présence.

« Vous voyez, chère Danielle, je ne pense pas que vous vous trompez, en fait, je suis absolument certain que ce n'est pas le cas. Tout le monde traverse des moments difficiles. Des moments sombres sont également arrivés à moi et à ma chère épouse, décédée il y a quelques années. Et nous aussi, comme elle, nous pensions que nous n'étions pas faits l'un pour l'autre, que nous avions tout fait de mal avec nos enfants. Mais ce n'était pas le cas ». Il la regarda dans les yeux et poursuivit : « Vous n'êtes pas seule, ni dans l'erreur. Lorsque nous aidons les autres, comme dans ce cas vous le faites avec votre mari et vos enfants, nous devons penser que ce que nous faisons a une raison, même si nous ne la voyons pas. Vous avez été choisie pour aider quelqu'un à se retrouver et à lui faire comprendre, à son tour, qu'il n'est pas seul. Ce qui est arrivé devait arriver pour enseigner quelque chose. Avec du temps et de la patience, toute cette colère peut se transformer en quelque chose de plus grand et qui donnera à votre mari, petit à petit, ce sentiment de paix qui lui permettra de voir les choses avec des yeux différents. Et tout cela sera grâce à vous, chère Danielle. Nous avons tous un but, mais il faut du temps pour le comprendre. C'était le cas pour moi aussi. Et ce sera pour elle aussi, comme pour ses enfants et son mari ».

« Je ne vous suis pas, Filippo, désolée... », dit-elle en le regardant à son tour. « Danielle, nous devons tous passer par ce que j'appelle des moments « d'apprentissage ». Ils sont utilisés pour comprendre, comme je vous l'ai déjà dit, notre objectif. Votre mari n'est pas en colère contre vous ni contre vos enfants, mais contre lui-même, car il n'est plus capable d'être votre point de référence et, pire encore, il vit dans la peur du jugement et ne sait pas comment s'en sortir. Croyez-moi, même si cela n'en a pas l'air, vous et vos enfants vous êtes tout ce qu'il a, et il ne sait plus comment vous démontrer sa bonté ; en ce moment il ne connaît que la colère et la frustration ».

Bart était allongé sur le ventre, dans une demande silencieuse de câlins qui ne tardèrent pas à venir de la part d'eux deux.

Danielle continuait à paraître perplexe, alors Filippo continua : « Vous avez une tâche très importante, qui est d'aider votre mari à reprendre sa vie en main et à lui faire sentir vraiment ce qu'il est : un homme qui a échoué, qui a fait des erreurs, mais pour qui il doit comprendre la vraie valeur de la défaite. Tous les échecs sont utiles à la croissance. Ce n'est qu'ainsi que nous pourrons laisser en héritage à ceux qui nous succéderont les indications pour affronter eux-mêmes les moments sombres. Croyez-moi, chère Danielle, vous n'avez pas tort, bien au contraire. Si elle est ici maintenant, c'est parce que l'Univers a dû lui donner les dernières indications et me rappeler que je l'ai vécu moi-même et que maintenant le moment est venu de donner les conseils que j'ai reçus à quelqu'un d'autre. Lorsqu'il prendra conscience de tout cela, quel que soit son âge, cela signifiera qu'il sera sur la bonne voie, non seulement pour redonner ces indications aux autres, mais aussi pour comprendre et ainsi vivre sa spiritualité la plus profonde ».

Danielle se leva d'un bond et lui tendit la main, l'invitant à se lever. Une fois debout, elle le serra fort dans ses bras et en pleurant, dans ce cas avec joie, elle lui dit : « Merci, Filippo. Merci, merci beaucoup ».

« Vous n'avez pas à me remercier, Danielle. Remerciez l'Univers qui vous a amenée ici ». Ils restèrent silencieux quelques minutes, puis Filippo lui demanda d'où elle venait.

« J'habite à Lille, une ville à quelques kilomètres de la Belgique. Je suis venue quelques jours, seule. Nous avons ici une petite maison que nous aimerions vendre, héritée de mes beaux-parents. J'en suis très contente. J'ai de merveilleux souvenirs de l'époque où nous étions heureux et où mes garçons étaient petits. Nous y venions toujours en vacances, l'été, entre amis. De temps en temps, j'y retourne pour m'éloigner de la négativité. En fait, je ne veux pas la vendre, mais mon mari dit que ça ne sert à rien de la garder et que c'est bien mieux de gagner un peu d'argent ». « Ne la vendez pas, Danielle, ne le faites pas. Proposez d'ailleurs à votre mari qu'on passe quelques jours ici, rien que vous deux ».

« Mais il ne viendra jamais ! Croyez-moi, je connais déjà votre réponse ».

« Permettez-moi d'insister », répondit Filippo. « Vous ne pouvez pas connaître à l'avance la réponse de votre mari. Faites deux choses à votre retour chez vous : premièrement, préparez-vous un « plan B » ; pensez à vous, au-delà de tout. Ensuite, dès que vous voyez votre mari, allez vers lui, serrez-le fort dans vos bras et dites-lui que vous souhaitez passer quelques jours avec lui ici. Je suis sûr qu'il ne vous dira pas non ».

« Mais... je ne sais pas... » dit la femme, toujours sceptique.

« Écoutez-moi, Danielle. Je ne suis pas devin, mais à mon âge, je pense que j'ai maintenant appris à comprendre l'âme humaine et je suis sûr que d'ici peu je vous retrouverai exactement ici, marchant ensemble sur la plage. Et une dernière chose : rappelez-vous que les mots ont du pouvoir. Lorsque vous parlez à votre mari, essayez d'être attentive à ce qu'il dit. Ne vous laissez pas entraîner dans le vortex de la négativité. Au lieu de cela, vous essayez d'élever la conversation à un niveau plus positif. Vous lui parlez avec amour, compassion et compréhension. Ensemble, vous pouvez recréer un mariage heureux et satisfaisant. Si tout cela ne suffit pas, au moins vous vous sentirez légère et à l'aise avec votre conscience. Parce que vous devez savoir, ma chérie, que vous ne pouvez pas sauver ceux qui ne veulent pas être sauvés ».

Danielle le serra encore une fois dans ses bras, l'embrassa sur la joue et, lui tenant les mains, lui dit : « Merci encore, du fond du cœur, de m'avoir écoutée et pour vos sages paroles ».

« Je vous le répète, vous n'avez pas à me remercier, Danielle ».

Ils se regardèrent une fois de plus, puis elle se tourna, caressa Bart et partit.

Filippo se rassit sur la petite dune de sable, avec son fidèle ami à côté de lui, et se perdit le regard vers l'horizon.

Il resta longtemps à penser à lui et à Maria, à tout ce qu'ils avaient fait ensemble : pleurer, rire, chanter, marcher, rester au lit à regarder la télévision ou à faire l'amour ; partir en vacances avec Pietro et Viola, faire du shopping, cuisiner pour des amis, s'occuper du potager et bien plus encore.

Il pensait aussi au temps qu'il avait perdu à cause des disputes et, par conséquent, derrière ces silences maudits qui ne donnent rien, mais qui au contraire enlèvent tant de moments qui ne reviendront jamais.

Il se leva et essuya quelques larmes qui étaient tombées pour tenir compagnie à ses pensées, sourit à Bart et dit : « Mon ami, il est temps de rentrer. Un bon petit déjeuner nous attend ».

De retour au phare en fin de matinée, après un copieux petit déjeuner, Filippo passa tout l'après-midi à écouter de la musique et à essayer de peindre, curieux de voir quelles couleurs le choisiraient pour représenter son humeur sur cette toile vierge.

La rencontre avec Danielle avait été comme un plongeon dans le passé, elle avait libéré des souvenirs et des émotions qui étaient restés en sommeil pendant quelques années.

Il n'était certes pas peintre ; sa femme lui avait offert un chevalet, une boîte de peinture à l'huile et des pinceaux pour son 50e anniversaire, simplement parce qu'elle l'avait entendu dire un jour : « Cela doit être agréable et relaxant de peindre. J'ai presque envie d'essayer ».

Dès lors, lorsque l'inspiration et la créativité devaient sortir de son hémisphère droit, il ouvrait la « boîte magique », comme il l'appelait, et se mettait à peindre.

Il ne faisait pas de grandes choses, mais il était quand même satisfait.

Chaque tableau portait le nom d'un protagoniste ou d'un personnage principal de l'histoire. Il en avait même offert quelques-uns : l'un à Auguste, l'autre à Vincent et Adèle, qui l'exposaient dans leur bistrot.

Adèle lui avait même proposé d'organiser une petite exposition et de vendre les tableaux lors d'une vente aux enchères caritative afin de récolter des fonds pour les familles dans le besoin, et d'apporter également une contribution à l'école pour ses activités. Il avait accepté avec grand plaisir et honneur, et l'exposition et la vente aux enchères auraient donc lieu quelques semaines avant Noël, plus précisément le 8 décembre.

Le reste de la journée s'écoula sans qu'il s'en rende compte. Il était déjà sept heures et il s'en rendit compte lorsque Viola l'appela pour prendre de ses nouvelles.

Il aimait parler à ses enfants. Il n'y avait guère que les appels habituels du genre : « Bonjour papa, comment vas-tu ? Qu'est-ce que tu fais ? Tu as besoin de quelque chose ? », ou ces phrases typiques et prévisibles de quelqu'un qui appelle par devoir et non par plaisir..

Après lui avoir raconté sa vie avec Francesca, son travail et celui de sa compagne kinésithérapeute, Viola lui annonça : « Papa, Francesca et moi nous avons décidé de nous marier et nous aimerions le faire sur la plage, chez toi, près de ton phare ».

Filippo resta sans voix pendant quelques secondes.

« Papa, tu vas bien ? Tu t'es évanoui ? »

« Non, Viola. C'est une merveilleuse nouvelle, et encore plus de savoir que tu veux le faire ici avec moi ». L'émotion l'empêchait presque de parler. « Tu l'as dit à Pietro ? », demanda-t-il alors.

« Oui, papa. C'est lui qui m'a dit de ne pas avoir peur de te proposer cette idée folle de le fêter chez toi, sur la plage ».

« Tu ne sais pas quel cadeau tu me fais. Je suis tellement heureux, tu ne peux pas imaginer à quel point. Avez-vous déjà pensé à une date ? », demande-t-il, ravi.

« Oui, nous aimerions le faire au printemps. Tu sais que Francesca aime aussi les fleurs. Je l'aime et je veux qu'elle soit heureuse et que tout soit parfait. ».

« C'est fantastique ! Vous avez fait un excellent choix. Le printemps est la saison des parcs et des jardins en fleurs. C'est très agréable. N'oubliez pas non plus que ce sont les lieux qui ont inspiré Monet et les impressionnistes ; le printemps est donc idéal pour admirer ces paysages qui prennent vie. Quelle meilleure occasion de partager votre amour comme une véritable œuvre d'art ? Ce serait merveilleux si vous vouliez passer quelques jours ici avant le mariage, pour les préparatifs. Peut-être que Pietro, Cristine et les enfants pourraient se joindre à vous. Nous pourrions faire tant de choses ensemble. Au printemps, il y a le festival de l'impressionnisme, avec diverses manifestations culturelles dans toute la région, puis *Jazz sous les pommiers*, le festival de musique de Coutances, en mai. Pietro adorerait cela car il aime le jazz, comme moi ».

Il s'était mis à parler par à-coups, parce que la joie était irrépressible et qu'il voulait à tout prix avoir son mot à dire.

« Ma petite Viola, j'ai hâte ! Merci du fond du cœur. Remercie aussi Francesca pour cette merveilleuse nouvelle et embrasse-la de ma part ».

Elle rit à l'autre bout du fil. « Merci, papa, d'être là et surtout d'être comme tu es. « Je t'aime, ma petite ».

« Moi aussi, je t'aime, papa ».

Une fois le coup de fil terminé, Filippo était comme en transe. La journée avait été riche en émotions, comme un crescendo rossinien.

Il se dirigea vers le tourne-disques, à la recherche de Guillaume Tell, l'ouverture du *Berliner Philharmoniker* sous la direction de von Karajan ; il posa le disque sur le plateau et les notes se libèrent, ainsi que ses émotions et son bonheur.

Il était tellement submergé par l'adrénaline qu'il aurait même oublié de manger s'il n'y avait pas eu Bart qui aboyait devant le bol vide.

Il prit les croquettes et le remplit. Puis, après avoir ajouté un morceau de bois au poêle, il prit une des bouteilles de *Muscadet* que lui avait données Auguste, l'ouvrit et se servit un verre.

Il se mit à la fenêtre, et en regardant les étoiles il dit : « Maria, ce toast est aussi et surtout pour toi, pour m'avoir donné deux merveilleux enfants et pour avoir fait de moi l'homme que je suis ».

Il se rendit à son bureau, ouvrit son journal de bord et y inscrivit la pensée du jour :

"La chose la plus extraordinaire qui puisse arriver à une âme humaine, lorsque son voyage sur cette terre touche à sa fin, n'est pas d'abandonner d'immenses richesses, de l'argent, de somptueuses demeures ou des chefs-d'œuvre de l'art. Non, c'est quelque chose de plus précieux et de plus touchant : donner à d'autres la possibilité de transformer leur vie grâce à leurs propres enseignements et, à leur tour, de façonner l'avenir de ceux qui viendront après eux.

Imaginer l'impact que l'on peut avoir, l'héritage durable que l'on peut laisser à chacun d'entre nous. Les paroles, les actes et la sagesse accumulés au cours d'une existence pourraient être la lumière qui guide les perdus, le réconfort qui apaise la douleur et l'espoir qui réveille les consciences endormies en chacun de nous.

Imaginer les générations futures, réunies autour d'un feu, racontant les histoires de votre courage, de votre gentillesse et de votre vision qui ont changé le cours de leur vie.

Imaginer les yeux de vos auditeurs, brillants d'inspiration et de gratitude, alors qu'ils s'apprêtent à suivre vos traces et à perpétuer votre précieux don.

Il n'y a pas de plus grande gloire, pas de trésor plus inestimable que de laisser une empreinte indélébile dans la vie des gens. Ce ne sont pas les biens matériels qui définissent la grandeur d'un individu, mais la capacité à éclairer le chemin des autres, à semer l'espoir et à cultiver la bonté dans le cœur de ceux que l'on rencontre sur son chemin.

C'est pourquoi il ne faut pas perdre un seul instant. Vivre chaque jour avec passion et compassion, être un phare de sagesse et d'amour. Faire de son existence une épopée de générosité et de changement, pour que le souvenir brille à jamais dans le cœur des gens".

Au cours des deux jours suivants, Filippo avait les images de Danielle dans ses yeux et ses pensées, pleines de désespoir et d'impuissance. Il avait senti la résignation dans ses yeux, le poids de l'amour qu'elle portait à ses enfants et à son mari, un homme en colère incapable d'accepter l'échec.

Ces images traversaient son esprit et laissaient une trace profonde dans son cœur. Sa voix, son ton, son regard. Ses mots, sa douleur, sa peur.

- le don -

CHAPITRE 2

Cette nuit-là, il peina à s'endormir. Il se tourna et se retourna sur le matelas, se lèva quelques fois pour regarder le ciel étoilé, puis se recoucha et tenta de fermer les yeux.

Mais en vain.

À six heures, cependant, il se sentait aussi énergique que s'il avait dormi huit heures, et il était déjà debout, prêt à s'habiller et à préparer un petit déjeuner copieux pour lui et Bart, puis à se rendre à la mairie.

Ce samedi-là, en effet, il avait été invité par Mme Elodie, le maire, et M. Hubert, le directeur de l'école, à donner une conférence sur l'avenir.

La conférence, comme l'avait appelée le directeur, mais que Filippo considérait comme un simple échange de connaissances et d'énergie, se tenait dans la salle municipale et était ouverte à tous. Surtout aux garçons qui étaient déjà au lycée et à leurs parents.

Auguste, Vincent et Adèle seraient également présents, et certainement d'autres curieux désireux d'entendre ce que « l'Italien », comme on l'appelait dans le village, avait à dire.

Filippo était très excité. Il l'était toujours lorsqu'il avait la chance de parler en public, surtout aux jeunes, mais aussi aux gens en général. ***Nous sommes bien loin de nous rendre compte que le fait d'écouter les gens et de leur parler nous donne l'occasion de découvrir la valeur des relations construites à partir du cœur.***

Nous sommes si, trop souvent, pris par notre propre vie, que nous oublions de prendre le temps d'écouter les autres. Nous sommes pressés d'agir, d'atteindre des objectifs, d'obtenir des résultats. Mais que se passe-t-il lorsque nous nous arrêtons pour réfléchir à ce qui compte vraiment ? Les relations avec les personnes que nous aimons sont l'un des trésors les plus précieux que nous possédons. Elles sont la source de notre amour, de notre joie, de notre soutien. Elles sont ce qui fait de nous des êtres

humains.

Lorsque nous écoutons quelqu'un avec notre cœur, nous ne nous contentons pas de l'écouter. Nous entrons en contact avec son essence, avec son être le plus profond. Nous établissons un lien qui va au-delà des mots.

Les relations construites avec le cœur sont les plus solides. Ce sont elles qui nous soutiennent dans les moments difficiles, qui nous font sourire dans les moments heureux, qui nous font nous sentir aimés et acceptés pour ce que nous sommes. Ainsi, lorsque vous avez l'occasion d'écouter quelqu'un, vous devriez prendre le temps de le faire avec le cœur. **Telles étaient ses pensées alors qu'il se préparait mentalement à la rencontre.**

Madame Elodie et Monsieur Hubert l'avaient exhorté à être ponctuel : « Attention, Filippo, à 9h30 dans la salle du conseil pour les derniers détails ».

Ce fut donc à neuf heures, en compagnie de l'inséparable Bart, que Filippo monta dans son fourgon pour se rendre au village.

Il aimait conduire lentement et profiter du paysage. C'était étonnant de voir qu'à chaque fois, après neuf ans, il voyait quelque chose qu'il n'avait pas encore remarqué. À cela, il fallait ajouter un détail qui lui coupait le souffle : les couleurs de l'automne. Le jaune, l'orange, le rouge, le vert, le beige, le brun et le bordeaux ne sont que quelques-unes des merveilleuses nuances qui colorent les jours de cette saison mystérieuse.

Lorsque l'on vit dans ces couleurs, qu'on les contemple et qu'on les respire, on comprend pourquoi Antonio Vivaldi a composé cette œuvre magique et passionnante qu'est Les Quatre Saisons, *où l'on peut admirer l'automne tout en écoutant l'*Allegro *et l'*Adagio, il ne pouvait s'empêcher de penser.

Toutes ces couleurs semblaient envelopper les gens d'une douce étreinte, pour leur faire vivre au mieux cette période de l'année.

Filippo aimait beaucoup l'automne. Il était timide, et son parfum se cachait sous l'odeur intense de la pluie qui broyait les feuilles, de la terre humide et de la brume. Son véritable parfum était celui, acidulé et sucré, des grenades, celui, résilient, des quelques fleurs restantes, celui, douillet et moelleux, des châtaignes grillées et des champignons cachés par les feuilles. L'automne était discret. Il était là, en attente, sur la pointe des pieds, prêt à ouvrir ses portes et à accueillir l'hiver majestueux.

Que des souvenirs avec Maria…

Il pensa aux longues promenades dominicales, lorsque ses enfants étaient encore petits, passées à ramasser des châtaignes et à rivaliser pour trouver le premier champignon. Et puis lui et Maria, seuls, alors que Pietro et Viola avaient découvert d'autres centres d'intérêt.

Une fois arrivé, il se gara à environ cinq cents mètres de l'hôtel de ville, afin de pouvoir se promener avec Bart. Il ne le savait pas, mais il allait devoir passer un peu de temps avec Adèle pendant que Filippo parlerait aux élèves. Il n'aurait jamais pu le laisser avec Auguste ou Vincent, car il se serait sûrement échappé. Adèle était si douce, et c'était pour cela que Bart était amoureux d'elle.

Je suis sûr qu'il ne bougera pas d'un pouce !

Madame Elodie et Monsieur Hubert, un gendarme, Monsieur Théo, président de la Pro Loco locale, et quelques élèves l'attendaient déjà.

Monsieur Théo était président depuis vingt-deux ans. Malheureusement, il était confiné à un fauteuil roulant à la suite d'une mauvaise chute d'un échafaudage, survenue alors qu'il était propriétaire d'une petite entreprise de restauration, mais il avait une énergie et une passion pour les choses qu'il faisait que Filippo n'avait jamais vue de sa vie. Il n'était jamais triste, en colère ou silencieux, au contraire, il était toujours serviable, prêt à plaisanter et infatigable bavard.

Après les salutations d'usage, il s'approcha de Filippo. « Puis-je vous chuchoter quelque chose à l'oreille ? » demanda-t-il.

Filippo se sentit un peu gêné, car cela ne semblait pas être un geste poli, mais il accepta quand même.

Théo lui prit alors la main et la serra. Puis il murmura : « Philippe, vous faites maintenant partie de la famille, de nous, et nous avons besoin de vos conseils et de votre sagesse, surtout nos garçons ».

Filippo fut étonné par cette phrase. Il le regarda dans les yeux et, avec un filet d'émotion dans la voix, il répondit : « Monsieur Théo, merci pour votre confiance, vos belles paroles et votre estime pour moi. Merci de m'avoir accepté dans votre communauté, je ferai de mon mieux pour vous récompenser ».

Derrière le président se trouvait sa fille Laurine. Une belle femme d'une cinquantaine d'années, forte, énergique et très gentille. C'était elle qui dirigeait l'entreprise de son père. Ces dernières années, elle avait donné un coup de fouet à la petite entreprise, et en plus des rénovations, elle s'occupait aussi de meubles, avec beaucoup de succès. Ce qui était incroyable, pour beaucoup mais pas pour elle, c'était qu'on la voyait souvent effectuer les tâches les plus diverses : utiliser un pistolet qui tirait de l'air à quatre atmosphères, peindre, décharger des camions, donner des ordres aux ouvriers. Et le soir, on la retrouvait habillée « *comme une vraie femme* », comme tout le monde se plaisait à le dire, et ils n'avaient pas tort.

Laurine, comme dans son travail, soignait tous les détails de sa tenue, rien n'était laissé au hasard. Jeune femme, elle avait un peu désespéré ses parents. C'était une révolutionnaire. Même si elle se levait encore à quatre heures pour aider sa mère à s'occuper des animaux avant d'aller à l'école.

Un soir, Philippe avait eu l'occasion de boire un verre de vin avec elle, au bistrot, et ce fut une agréable surprise. Jamais banale, Laurine se passionnait pour les grandes beautés de la vie.

À cette occasion, elle lui avait dit : « Tu vois, FIlippo, j'aime la vie, je l'embrasse, je la chevauche comme un surfeur chevauche une vague. Je travaille beaucoup, mais dès que je le peux, je profite de chaque instant, sans si et sans mais. Je vis et je veux vivre uniquement et exclusivement dans le moment présent. C'est important et cela me fait du bien. Et, comme lorsque j'étais jeune, les jugements des gens ne m'intéressent pas ».

Madame Elodie les invita à entrer. Ils s'installèrent derrière la table où le maire s'asseyait habituellement avec les conseillers. Devant, il y avait les sièges des personnes présentes. A vue de nez, une centaine.

A dix heures, la salle était déjà pleine, il n'y avait plus de chaises disponibles et quelques personnes restèrent debout.

Filippo était incrédule et se demandait pourquoi il y avait autant de monde ; après tout, il était seulement censé discuter avec les étudiants.

Le maire demanda le silence et invita les dernières personnes à entrer. Il leur souhaita la bienvenue et ajouta que, malgré les difficultés du moment, elle et l'ensemble du conseil municipal travaillaient et auraient continué à travailler pour que le pays, mais surtout les jeunes, aient un avenir.

Alors que le premier citoyen était en train de parler, Filippo réfléchit à la différence entre ceux qui utilisaient des phrases de circonstance sans sentiment, sans conviction, et ceux qui, comme Madame Elodie, le faisaient parce qu'elle tenait vraiment à cœur les gens de sa communauté.

Au bout d'un quart d'heure, le maire céda la place au directeur de l'école.

« Chers garçons et filles, et vous les adultes présents, nous sommes ici pour commencer une série de rencontres dans le but de partager les grands changements qui se produisent dans le monde, non seulement de l'école, mais aussi de l'entreprise, du monde du travail ; quelles sont les perspectives pour nous et pour nos jeunes, et ce que nous pouvons faire pour eux. Nous avons décidé de commencer cette session avec Monsieur Filippo Sabiani, une personne que nous pouvons maintenant considérer, et même que nous devons considérer, comme faisant entièrement partie de notre communauté. Monsieur Sabiani a été un très bon manager et a été consultant dans diverses entreprises italiennes et internationales. En outre, il a été conférencier et orateur lors de nombreuses autres réunions de ce type. Nous sommes convaincus que ses contributions seront très précieuses pour nous tous. Nous souhaitons donc chaleureusement la bienvenue à notre concitoyen Filippo Sabiani ! ».

De timides applaudissements retentirent dans la salle du conseil.

Filippo n'avait rien préparé, comme d'habitude, car selon lui, celui qui veut approcher les jeunes doit faire deux choses : ne pas être banal et être sincère. En d'autres termes : parler avec le cœur.

« Bonjour, les filles et les garçons. Bonjour à tous. Je suis très honoré et très excité. Avant de commencer, je voudrais remercier les personnes qui m'ont donné cette merveilleuse opportunité. Je remercie donc notre maire et notre directeur d'école, mais aussi chacun d'entre vous d'être ici. William James, le grand psychologue et philosophe américain de la fin du XIXe siècle, a dit : « Commencez à être maintenant ce que vous voulez devenir à partir de maintenant ». Cette phrase m'a accompagné chaque jour de ma vie. J'ai donc décidé de commencer par cette citation pour ouvrir notre réunion. Chacun d'entre nous a la chance d'être le capitaine de son propre navire : chaque être humain, femme ou homme à part égale, a la possibilité, s'il le souhaite, de libérer sa passion, son talent, son enthousiasme et sa créativité ; d'explorer tout ce que la vie met à sa disposition. Votre carburant, c'est l'inquiétude ».

Il prit le temps d'observer le public et se rendit immédiatement compte des regards intéressés des personnes présentes.

« Oui, l'inquiétude », reprit-il. « Cet état émotionnel qui, pour beaucoup, représente un problème à guérir, mais qui est au contraire une condition existentielle liée à un besoin intime de changement, de renouvellement, de révolutions, de dépassement des obstacles ; à la recherche de liberté, de curiosité, d'ouverture, au désir de croissance, de réalisation de soi, de bien-être des personnes et de l'environnement. Nous considérons qu'un individu « agité » est un individu sensible aux stimuli du monde, qui ne s'effondre pas face aux difficultés et qui se rebelle contre les limites, mais qui, s'il le juge bon, les revendique et les accepte. L'inquiétude nous pousse à rechercher notre raison d'être. Ainsi, lorsque la réalité extérieure est pauvre en stimuli et que notre agitation ne nous conduit pas à en rencontrer d'adéquats, c'est notre propre cerveau, avec ses neurones, qui en produit d'essentiels. Nous fantasmons, nous rêvons ou, si nous dormons, nous nous laissons aller à des rêves qui, au-delà de leur contenu et de leur signification, ne sont rien d'autre que de véritables explosions d'orages électriques qui parcourent les toiles du cerveau et le stimulent ».

Il but une gorgée d'eau, car l'émotion lui avait desséché la gorge, et s'éclaircit la voix.

« Vous tous, indistinctement, vous êtes une génération incroyable. Vous êtes les fils du numérique, vous êtes nés à une époque où la technologie est normale pour vous. Nous, les adultes, nous l'avons largement subie, et ce n'est pas sans difficulté. Vous êtes la génération qui descend dans la rue pour protéger l'environnement, la génération qui, dans quelques années, représentera la majorité de la main-d'œuvre dans différents domaines. Vous êtes la génération qui doit se rendre compte, comme nous les adultes, que la plupart des nouveaux emplois n'ont pas encore été pensés. La technologie a changé et changera la physionomie du marché du travail, et ce de manière si abrupte que de nombreuses personnes verront les activités qu'elles exercent aujourd'hui changer en l'espace de quelques années. Vous avez des valeurs claires ; outre le respect de l'environnement, vous avez aussi le respect de l'inclusion et de la diversité. Vous souhaitez la méritocratie, vous n'acceptez plus l'autorité préétablie et vous recherchez le dialogue. Mais surtout, vous êtes la génération qui, très souvent, lorsqu'elle se réfère à nous, les adultes, pense : « Dites-nous des choses que nous ne savons pas et qui ne sont peut-être pas insignifiantes ».

Dès qu'il s'arrêta pour boire un peu plus d'eau, les jeunes présents commencèrent à déclencher un tonnerre d'applaudissements. Les adultes avaient à peine applaudi.

Philippe croisa le regard enthousiaste de Monsieur Théo, qui fit un geste du pouce vers le haut, comme pour dire : « Continue comme ça ». Madame Elodie et Monsieur Hubert lui sourirent également.

Il prit une gorgée et reprit : « Vous voyez, les parents, et les adultes en général, veulent votre bien, mais très souvent leur bien ne coïncide pas avec vos souhaits, vos aspirations et surtout vos rêves. Mais nous ne le faisons pas par méchanceté, nous pensons simplement que c'est ce qu'il faut faire, sans nous rendre compte que ce qu'il faut faire, c'est ce que vous voulez vraiment. Alors posons-nous des questions. Nous, les adultes, nous nous demandons : « Mais que veut vraiment mon fils ou ma fille ? », « Quelle est sa passion ? », « Qu'est-ce qui le rend vraiment heureux ? ». Et vous, les jeunes, demandez-vous : « Qu'est-ce que je fais en ce moment qui me plaît vraiment ? », « Quelles sont les pensées qui m'enthousiasment quand je pense à mon avenir ? », « Qui m'empêche de monter dans mon bateau et d'être le capitaine de ma vie ? ».

Je sais que ce n'est pas facile, je sais aussi que beaucoup de gens pensent que ce ne sont que de belles paroles mais que la réalité est tout autre. Je tiens à vous rassurer, cela m'est arrivé à moi aussi et, je pense, à tous les adultes présents dans cette salle. Nous sommes tous confrontés au changement ; chaque nouvelle génération qui arrive doit lutter contre les modèles existants et chaque génération plus âgée doit à son tour faire face à des transformations inévitables mais opportunes. Dans les deux cas, mes chers amis, il s'agit de progrès, de cette évolution naturelle qui existe depuis que l'homme existe et que personne ne peut arrêter. Vous vivez sur une terre qui a donné naissance et hospitalité à de grandes figures de l'histoire : Monet, Millet, l'Abbé Pierre, Flaubert, Dior, Corneille, Jeanne d'Arc, pour n'en citer que quelques-unes. Vous respirez le même air, vous marchez sur le même sol, vous vivez la même succession de saisons ; pour cela, vous n'avez pas à vous dire : « Pour moi c'est difficile, pour moi c'est impossible ».

Je sais que ce n'est pas facile, mais cela ne l'a jamais été et ne le sera jamais pour personne d'essayer. Vous ferez des erreurs, vous serez découragés parce que vous ne vous sentirez pas compris et soutenus, mais, au contraire, beaucoup feront tout pour vous soutenir. N'abandonnez pas. Que vous décidiez de rester ici et d'ouvrir un bed and breakfast, un atelier de mécanique, ou de partir de l'autre côté de l'océan. Peu importe, faites-le, pensez que vous êtes déjà là, dans votre atelier, dans votre chambre d'hôtes, ou là où vous voulez. Laissez vos pensées générer des émotions fortes et intenses, et si c'est déjà le cas, sachez que vous êtes sur la bonne voie.

Étudiez, informez-vous, soyez curieux. Étudier ne signifie pas le faire simplement pour obtenir une bonne note ou pour faire plaisir à papa et maman ; faites-le pour vous. L'art, la philosophie, les sciences, l'histoire ou tout autre sujet ne sont pas des choses pour les vieux ! Au contraire, ils ouvrent l'esprit. Apprenez une langue, si possible l'anglais. Vous ne pouvez pas voyager dans le monde ou parler à un étranger qui vient en vacances dans ce merveilleux pays sans être capable de converser avec lui ».

À ce moment précis, Madame Elodie et Monsieur Hubert se levèrent et commencèrent à taper de leurs mains, ainsi que toutes les personnes présentes dans la salle.

Filippo fut surpris. Il ne s'attendait pas à un tel enthousiasme, surtout de la part des adultes.

« N'oubliez pas une dernière chose : être parent est le métier le plus difficile au monde. Il n'y a pas d'école pour l'apprendre et le faire au mieux. Nous apprenons tous les jours, et tous les jours nous faisons certainement des erreurs. Aurions-nous pu faire plus ? Oui, certainement, mais nous essayons, autant que nous le savons, de faire de notre mieux, avec tout l'amour que nous avons en nous, même si souvent nous ne savons pas le montrer. Nous nous en excusons, mais nous ne le faisons pas exprès. Mais à vous, enseignants, je demande de ne pas vous arrêter aux apparences. Ne jugez pas un jeune homme ou une jeune femme uniquement sur le fait qu'il ou elle connaît bien son cours. Demandez-vous plutôt qui vous avez devant vous, quelle est sa part de divinité, quel est son talent. Inspirez-les, ne vous contentez pas de les juger. Maintenant, avant de laisser la parole à ceux qui souhaitent me poser des questions, je voudrais vous inciter à vous demander : « Pourquoi pas ? Pourquoi pas moi ? ».

Après d'autres longs applaudissements, le directeur de l'école prit la parole : « Merci, Monsieur Sabiani, ou mieux Filippo. Merci pour vos paroles aimables et pour nous rappeler à tous l'importance du savoir, du dialogue, de la réussite à l'école. Et maintenant, place aux questions ».

Le silence s'installa dans la salle. Comme souvent dans de telles circonstances, personne n'avait le courage de lever la main.

« Vous avez perdu la langue ? plaisanta le maire. « Vous êtes tous devenus timides ? Pourtant, lorsque vous devez critiquer le travail de la municipalité, demander quelque chose ou crier tard le soir dans les rues du village, personne ne vous en empêche ! ».

Un rire collectif se fit entendre. Soudain, au deuxième rang, un homme d'une cinquantaine d'années leva la main.

C'était Monsieur Ernest, le mécanicien de la ville. Il se leva et demanda d'une voix tremblante : « Mais si mon fils, qui est là, à côté de moi, ne veut pas être mécanicien et suivre mes traces, comme je l'ai fait avec mon père et comme il l'a fait avec mon grand-père, qu'adviendra-t-il de notre atelier ? Qui poursuivra tous les sacrifices faits jusqu'à présent ? ».

Le fils, un garçon d'une quinzaine d'années, baissa la tête de honte.

Le murmure des commentaires, surtout des adultes, se fit entendre dans la salle.

« Merci pour cette question, Monsieur Ernest. Quand nos enfants viennent au monde, ils n'ont pas une étiquette qui dit ce qu'ils vont devenir quand ils seront grands, nous le pensons. Mais nous avons le devoir de leur donner les outils nécessaires pour qu'ils soient prêts à affronter leur parcours personnel, et non à poursuivre le nôtre. Si nous voulons leur bien, c'est tout ce que nous pouvons faire. Alors oui, nous aurons fait notre travail de parents au mieux de nos capacités, et alors oui, nos enfants nous verront comme les inspirateurs et l'inspiration de leur vie ».

« Mais lui, il veut être vétérinaire », dit Ernest désolé, en se levant et en montrant son fils du doigt. « Il passe ses journées à étudier les animaux, à s'occuper des chiens et des chats des voisins. Il va à la ferme, chez mon frère, et reste avec ses vaches, mais il ne passe pas plus d'une minute dans l'atelier ».

« Quel est ton nom ? », demanda alors Filippo en regardant le garçon.

« Felix », répondit-il.

« Felix, c'est vrai ce que dit ton papa ? ».

« Oui ».

« Tant mieux pour vous deux. Parce que vous, Monsieur Ernest, avez inculqué à votre garçon une passion, et toi, Félix, parce que tu montres la tienne ». Puis, se tournant vers le public, il demanda : « Avons-nous un vétérinaire au village ? ».

« Non, il vient du village voisin, et pas toujours », répondit Elodie. « Eh bien, nous avons résolu un problème. Nous avons ici notre futur vétérinaire qui s'occupera de nos animaux ».

Le public du parterre acquiesça.

« Lequel d'entre vous est passionné de moteurs ? », demanda-t-il ensuite en se tournant vers les jeunes.

Deux levèrent la main : un garçon et une fille. Filippo leur demanda leur nom et leur âge. Les deux répondirent qu'ils étaient respectivement Grégoire, seize ans, et Aude, quinze ans.

« Puis-je savoir ce que font vos parents ? ».

« Je n'ai plus de papa », dit Aude. « Il est mort quand j'étais petite, il était maçon. Ma maman, elle, travaille à l'épicerie et va parfois aider les personnes âgées ».

« Mes parents ont des vaches laitières », dit Grégoire en souriant.

En les regardant, Filippo se tourna vers eux deux : « Vous voudriez bien travailler avec Monsieur Ernest dans son atelier ? ».

« Oui, tout à fait ! », s'exclama aussitôt le garçon.

« Ce serait beau », ajouta Aude.

« Vous avez vu, Ernest ? Nous avons trouvé les mécaniciens pour perpétuer la tradition de votre atelier et nous avons trouvé le vétérinaire du village, qui sera toujours là et qui coûtera aussi un peu moins cher, puisqu'il n'a pas besoin de venir de loin ».

Les applaudissements fusèrent, Ernest et son fils Félix se regardèrent en souriant.

« Il suffit de peu de choses pour rendre les gens heureux », ajouta Filippo. « Il suffit de demander et d'avoir la volonté de répondre et d'écouter. N'est-ce pas, Madame le Maire ? ».

« Absolument, c'est vrai, Monsieur Sabiani. Je dis toujours à mes citoyens : avant de vous plaindre, demandez et écoutez ce que j'ai à dire ».

« Vous devez apprendre à être patients. Tout le monde a le droit d'avoir sa place dans le monde ; une place choisie par eux, pas par les autres. Rappelez-vous que l'impatience vole le temps, la patience le multiplie », déclara Filippo.

Au fond de la salle, un garçon dans un coin leva timidement la main. Tout le monde le connaissait dans le village. C'était un orphelin. Ses parents étaient morts lorsqu'il était enfant, et depuis, il vivait avec ses grands-parents. Beaucoup le considéraient comme un clochard, un bon à rien.

« Dis-moi », lui dit Filippo.

Il sortit du coin de la salle et le regarda dans les yeux, puis lui demanda : « Excusez-moi, mais pourquoi nous dites-vous ces choses ? Qui vous pousse à le faire ? Quel est votre intérêt ? Pensez-vous que vous pouvez changer le monde ? Pensez-vous que les gens vont arrêter de penser que je suis un bon à rien ? ».

Monsieur Hubert se leva d'un bond, ainsi que Madame Elodie.

« Comment oses-tu ? Espèce de malpoli ! », s'emporta le directeur de l'école.

« Pas du tout, Monsieur Hubert, le garçon a posé des questions très importantes et pertinentes », répondit Filippo. « Merci, merci beaucoup », dit-il en se tournant vers le jeune homme. « Quel est ton nom ? ».

« Yves ».

« Quel âge as-tu, Yves ?»

« J'ai dix-sept ans. Dans deux mois, dix-huit », répondit-il fièrement.

« Quelle est ta passion ? ».

« Écrire »

« Qu'est-ce que tu écris ? Si tu me permets de te poser la question ».

« J'écris des poèmes, des romans, tout ce qui me passe par la tête. Et puis je lis. Je lis, je lis tout le temps », répondit Yves, la lumière dans les yeux.

« Où es-tu allé à l'école ? ».

« Ici, dans le village ».

Filippo se tourna : « Excusez-moi, Monsieur Hubert, est-ce que vous et l'équipe enseignante vous étiez au courant de la passion de ce garçon ? ».

« Eh bien, je ne sais pas... Vous savez, Monsieur Sabiani, ç'a été toujours difficile de converser avec lui », tenta de se justifier le directeur.

« Vous connaissiez la passion d'Yves ? », insista Filippo, tout en ignorant le mensonge évident qu'on lui avait servi en guise de réponse.

Monsieur Hubert baissa la tête, ainsi que les professeurs du premier rang, puis répondit : « Non, nous n'avons jamais su... ».

« Yves, je peux te demander un service ? ».

« Oui, bien sûr ! ».

« Tu peux venir ici, à côté de moi ? ».

Yves se leva et le rejoignit.

« Qu'est-ce que tu préfères lire ? ».

« La philosophie. De Platon à Aristote, puis Socrate, Kant, Voltaire, Strauss... », répondit-il, très naturellement.

Les présents étaient stupéfaits, les professeurs en premier.

« Mais comment allaient tes études à l'ecole, Yves? ».

« Ils allaient mal ».

« Tu n'étudiais pas ? » le talonna Filippo.

"Non, non, j'étudiais. Mais les professeurs m'ont toujours considéré comme un bon à rien, quelqu'un qui perd son temps et qui ne veut rien faire, mais...ils ne savent pas que je donne des cours particuliers à beaucoup de mes camarades. Je le fais parce que j'aime ça, sans rien demander en retour ».

A ce moment-là, la gêne dans les yeux du directeur, du maire et de toute l'équipe enseignante était plus qu'évidente. Tandis que ceux d'Auguste et de Monsieur Théo brillaient pleins d'émotion.

Filippo n'ajouta rien. Il embrassa Yves, qui resta un peu à l'écart, et lui dit : « Merci, merci beaucoup. Parce qu'aujourd'hui tu nous as donné une grande leçon ». Puis, il se tourna vers le public et ajouta : « Je tiens à vous remercier tous. Madame Elodie, Monsieur

Hubert et vous tous qui avez participé et qui m'avez écouté attentivement. Mais je veux surtout remercier Monsieur Ernest et son fils Félix, pour le courage qu'ils ont eu de se remettre en question devant nous tous. Et aussi Yves. Ce que nous avons partagé est la preuve que même dans un petit village, il peut y avoir un feu de passion et de talent. Vous avez la possibilité de l'entretenir, ne l'éteignez pas. Avant de vous dire au revoir, je voudrais vous lire et vous dédier un beau poème de Jacques Brel, acteur et poète belge, intitulé : « *Je vous souhaite des rêves à n'en plus finir* ».

Il glissa la main dans la poche intérieure de sa veste et en sortit une feuille de papier qu'il ouvrit et commença à lire :

« *Je vous souhaite des rêves à n'en plus finir et l'envie furieuse d'en réaliser quelques-uns.*

Je vous souhaite d'aimer ce que vous devez aimer et d'oublier ce que vous devez oublier.

Je vous souhaite les passions. Je vous souhaite les silences.

Je vous souhaite le chant des oiseaux à votre réveil et le rire des enfants.

Je vous souhaite de respecter les différences des autres, car le mérite et la valeur de chacun sont souvent cachés.

Je vous souhaite de résister à la stagnation, à l'indifférence, aux vertus négatives de notre époque.

Enfin, je vous souhaite de ne jamais renoncer à la quête, à l'aventure, à la vie, à l'amour,

parce que la vie est une magnifique aventure et que personne ne devrait y renoncer sans mener une rude bataille.

Surtout, je vous souhaite d'être vous-mêmes, fiers de l'être et heureux, car le bonheur est notre véritable destin ».

Il referma le papier et le remit dans sa poche. « Encore une fois, merci de m'avoir accueilli dans ce coin de paradis et de m'avoir rappelé aujourd'hui l'importance d'écouter les gens et de ne pas les juger. Merci du fond du cœur », conclut-il.

Tout le public se leva pour applaudir. Filippo se retourna et serra la main du maire et du directeur de l'école en les remerciant encore une fois. Il vit alors s'approcher Monsieur Théo qui, les yeux brillants d'émotion, lui dit : « Merci, Filippo, merci ».

De nombreuses personnes se levèrent et allèrent le féliciter, dont quelques professeurs.

« Mon cher ami, tu ne sais pas t'occuper du potager, mais tu as d'autres grands dons. Et puis tu vois que mes cours avec les grands philosophes de l'histoire t'ont aidé ? », murmura Auguste en lui faisant un clin d'œil et en le serrant dans ses bras.

Puis ce fut le tour de Félix et de son père Ernest.

Filippo éprouva une sensation merveilleuse. Et surtout, il était inondé de tant d'énergie positive.

En saluant les gens, il croisa le regard d'Yves, qui lui sourit un instant puis se détourna.

Un groupe de jeunes s'approcha et l'un d'entre eux demanda : "Mais allez-vous devenir l'un de nos professeurs ? ».

« Vous avez déjà de très bons professeurs et un très bon directeur. Mais si vous voulez discuter avec moi, quand cela vous conviendra, venez me voir au phare. Vous me trouverez là », répondit Filippo avec un large sourire.

A ce moment-là, il sentit une main se poser sur son épaule.

« Si ça ne vous dérange pas, je viendrai moi aussi », dit Monsieur Hubert.

« Je serai là aussi », ajouta Auguste. « Sinon, qui sait quels dégâts fera mon ami Filippo ! ».

Il était déjà plus de onze heures lorsqu'ils quittèrent l'hôtel de ville. Le temps avait changé et il avait commencé à pleuvoir. Filippo retourna au phare. Il s'assit dans le fauteuil et regarda la pluie tomber à verse tandis que les vagues montaient de plus en plus haut, puis se tourna vers la photo de Maria.

Il ne manquait que toi. En fait, ce n'est pas vrai, tu étais là avec moi. Tu me manques, Maria, tu me manques tellement.

Il s'endormit là, Bart à ses pieds, recroquevillé sur son oreiller.

Une heure plus tard, il se réveilla soudain.

Il se leva, se dirigea vers son bureau et prit son journal de bord, avec l'intention d'écrire une pensée. La matinée avait été riche en émotions et il voulait laisser une trace.

« Comme par le passé, les nouvelles générations ont aujourd'hui besoin d'hommes et de femmes inspirants, qui savent écouter sans juger. Elles ont besoin de personnes ouvertes d'esprit et non ancrées dans les vieux modèles du passé.

Aujourd'hui comme hier, nous pouvons apprendre beaucoup d'eux et, à notre tour, donner beaucoup ».

Il se sentait heureux, mais en même temps très fatigué. Il mit donc la musique de Franz Liszt dans *Liebestraum n° 3* en *la bémol majeur, S. 541/3* et s'allongea sur le lit.

-Ènergie-

CHAPITRE 3

Ce n'était pas du tout une bonne journée. Le ciel était particulièrement gris et il pleuvait, une bruine épaisse et régulière typique de l'automne.

Vu le temps qu'il faisait, Filippo décida de ranger un peu l'entrepôt, de mieux disposer le bois et de charger les choses à jeter dans le fourgon. Auguste devait également le rejoindre, mais pas tout de suite. Il n'était pas du genre à se lever tôt.

Filippo se levait tous les jours à six heures et prenait son temps, alors que son ami aimait dormir.

Je suppose qu'il ne sera pas là avant dix heures, pensa-t-il en jetant un coup d'œil à sa montre.

Il prépara le petit-déjeuner en écoutant le concerto pour piano n° 2 en do mineur, opus 18, II Adagio Sostenuto, de Sergueï Rachmaninov. C'était l'un de ses morceaux préférés, il lui procurait un sentiment de paix, et il avait l'impression que Bart l'aimait beaucoup aussi.

C'était désormais devenu une belle habitude de s'endormir et de se réveiller au son de la musique. Filippo avait toujours pensé qu'elle servait à nourrir l'âme d'émotions. Enfant déjà, il passait des heures à l'écouter, dans le plus grand silence, avec son père lorsqu'il avait un peu de temps libre. C'est son propre parent qui lui avait transmis cette passion, et il lui devait une autre caractéristique importante, celle de ne pas se décourager face aux difficultés, mais au contraire de les voir comme des moments de croissance.

Il n'avait pas passé beaucoup de temps avec lui, il travaillait beaucoup, tout comme sa mère, mais il en gardait de merveilleux souvenirs : Noël, les vacances d'été, la Coupe du monde, les sorties avec les oncles et les cousins. Malheureusement, il était « parti » trop tôt : une maladie incurable l'avait emporté à l'âge de 52 ans.

Malheureusement, nous ne nous rendons compte de

l'importance des gens dans notre vie que lorsqu'ils ne sont plus là, et Filippo en était conscient depuis un certain temps. C'est précisément pour cette raison qu'il savait combien il était important de ne pas perdre une seule minute.

Il termina son petit-déjeuner et enfila sa veste. En descendant l'escalier, il entendit le bruit d'une voiture qui s'approchait. Il ouvrit la porte et vit le facteur Fabien sortir de la voiture et se diriger vers lui.

« Bonjour, Filippo, comment allez-vous ? J'ai entendu parler de votre réunion avec les garçons. Ils m'ont dit que ç'a été un succès, mais je n'en doutais pas".

« Merci, Fabien. Mais je n'ai rien fait, j'ai simplement essayé de parler avec le cœur », dit Filippo, sincère. « Du courrier pour moi ? », demanda-t-il ensuite.

« Oui, Monsieur Sabiani », confirma le garçon en lui tendant une enveloppe. Ensuite il le salua cordialement et courut jusqu'à la voiture pour ne pas se mouiller.

Filippo monta les escaliers et rentra dans la maison.

Il retourna l'enveloppe et lut le nom de l'expéditeur : Danielle Dubois, Lille.

Il resta incrédule.

Il l'ouvrit et commença à lire la lettre à l'intérieur :

« Cher Filippo,

je sais que vous serez surpris par cette lettre, mais vous ne devez pas l'être.

Je n'ai pas eu de mal à retrouver votre adresse, tout le monde ne vit pas dans un phare.

J'ai pensé à chaque instant à notre rencontre sur la plage, à ses mots, aux larmes que nous avons partagées, à Bart et à tout le reste, et je me suis demandé comment il était possible que j'aie rencontré quelqu'un comme vous, à ce moment précis de ma vie. Puis j'ai cessé de le faire, car j'ai compris que je devais cesser de me poser des questions, remercier l'Univers, comme elle me l'a dit, et me concentrer sur vos paroles.

J'ai fait tout ce que vous m'avez suggéré.

Dès mon arrivée à Lille, j'ai demandé à mes enfants d'aller passer un moment chez leur grand-mère. Bizarrement, ils ne m'ont rien demandé, ils ont fait leur sac à dos et je les ai accompagnés chez ma mère. Elle est heureuse de les avoir pour elle toute seule et eux aussi, car ils aiment sa cuisine à la folie.

Je suis rentrée à la maison et, après avoir réglé quelques affaires, j'ai attendu l'arrivée de Bernard, mon mari. Dès que j'ai entendu le bruit des clés, j'ai couru à la porte.

Lorsqu'il est entré dans la maison, je ne lui ai même pas laissé le temps de me saluer. Je l'ai embrassé et serré dans mes bras, en fondant quelques instants plus tard en larmes en tant que libération. Étrangement, il n'a rien dit et m'a rendu mon étreinte. Nous sommes restés ainsi pendant quelques minutes. Cela n'était pas arrivé depuis des années.

Nous nous sommes assis sur le canapé, j'ai versé du vin blanc pour nous deux et je lui ai demandé de m'écouter. Comme vous m'avez suggéré, mon cher Filippo, je lui ai parlé avec le cœur. Je lui ai fait part de l'importance de ne pas se faire la guerre, d'être des alliés pour notre bien et surtout celui de nos enfants.

Bernard n'a pas dit un mot, il m'a écouté sans jamais baisser le regard. Cela ne s'était jamais produit et me paraissait incroyable. Lorsque j'ai cessé de parler, il a fondu en larmes, il s'est levé, s'est approché de moi et m'a serré à nouveau dans ses bras. Puis, la voix étouffée, il m'a demandé de l'aider, car seul, il n'est pas capable de faire face aux difficultés. Lui qui a toujours pensé que seul l'argent comptait dans la vie et qu'avec l'argent il pouvait tout acheter et tout réparer. Mais il s'est rendu compte que ce n'était pas le cas. Il a du mal à accepter les défaites, les échecs, et surtout à se désintéresser de ce que pensent les gens ; les jugements l'étouffent chaque jour un peu plus.

Je l'ai écouté, en silence, et j'ai fini par lui dire que j'étais là, que je suis là et que je serai toujours là pour lui. Bernard m'a répondu qu'il savait et que nous étions tous les deux conscients que nous nous aimions et que notre relation était devenue fraternelle, du moins pour le moment. Je lui ai donc proposé de ne pas vendre la maison et de passer quelques jours là-bas, juste lui et moi.

Bernard a accepté et nous avons décidé de venir la première semaine de décembre, et qui sait, mon cher Filippo, si ce ne sera pas aussi l'occasion pour nous de nous revoir et pour lui de vous connaître.

Je vous laisse toutes mes références : e-mail, numéro de téléphone portable et adresse. Si vous passez par ici, je serai heureuse de vous inviter à dîner chez nous.

Je termine en vous remerciant encore du fond du cœur de m'avoir rappelé que nous sommes les seuls architectes de notre destin et que cela vaut toujours la peine d'essayer.

Vous, mon cher Filippo, vous êtes un ange pour moi.

Avec affection et infinie gratitude, Danielle ».

Filippo avait les larmes aux yeux. Quelques jours s'étaient écoulés depuis sa rencontre avec Danielle et il ne s'attendait pas à recevoir une lettre de sa part.

Il referma le papier, le remit dans l'enveloppe et le rangea dans le tiroir de son bureau, dans son coin sacré.

Le soir même, le lendemain au plus tard, il lui répondrait ; mais pas par e-mail, toujours par une lettre.

Nous devrions revenir à l'écriture de lettres, nous devrions enseigner aux jeunes la grande beauté d'une lettre manuscrite...

Soudain, il fut secoué par cette mer d'émotions fortes. Ce ne pouvait être qu'Auguste, inopinément en avance : lui seul sonnait la sonnette comme ça.

Ils passèrent toute la journée à ranger l'entrepôt, ne s'arrêtant que pour un léger déjeuner. Ce fut un bon travail, et surtout Filippo put faire beaucoup de place pour le bois et d'autres choses qui pourraient s'avérer utiles. Tout ce qui était superflu fut chargé dans le fourgon et sera emmené à la décharge le lendemain.

Filippo lui demanda s'il voulait rester dîner, mais son ami était très fatigué et préféra rentrer. Il le remercia et remit l'invitation à plus tard.

Filippo, lui aussi épuisé, ne cessait de penser à la lettre de Danielle et à ses paroles. Il aimait croire que, même dans les difficultés, on pouvait s'efforcer de trouver des solutions et de retrouver les deux aspects fondamentaux d'une relation : le dialogue et l'écoute.

Maria et lui avaient aussi traversé des moments difficiles, où tout semblait insurmontable ; des moments où ils ne croyaient qu'à la fin, non seulement du mariage, mais aussi de l'affection et du respect qui les avaient liés l'un à l'autre.

Ils s'étaient rencontrés lors d'un événement consacré aux ressources humaines. Elle faisait partie de l'organisation et lui était là en tant qu'orateur. Filippo avait trente-six ans, Maria trente-deux. Il vivait seul depuis un certain temps, elle était encore chez ses parents après deux ans de cohabitation infructueuse. Filippo a déjà passé plusieurs années à l'étranger, en Hollande, en Allemagne, aux Etats-Unis, en Suisse, en Angleterre ; Maria avait voyagé peu.

Après quelques dîners et quelques rencontres informelles avec d'autres amis communs, l'étincelle s'était allumée, entre passion et désir d'avoir quelqu'un à ses côtés, et quelques mois plus tard, ils avaient décidé de vivre à la colle, même s'ils étaient conscients des difficultés.

Cela n'avait pas été facile au début : Filippo était habitué à être seul, Maria à partager la plupart de son temps et de ses biens. Mais, malgré quelques complications initiales, les choses avaient commencé à s'améliorer lentement ; après deux ans, Pietro était arrivé et après deux autres, Viola. Pour le couple, ils avaient été des cadeaux de l'Univers.

À ce moment-là, Filippo comprit ce que signifiait être père, ce que représentait la joie d'avoir un enfant ; il comprit l'essence de la famille.

Mais, comme dans toutes les médailles, il y avait le fameux « revers de la médaille ».

Maria était toujours attentive à ses enfants et leur consacrait la majeure partie de son temps, en plus de son travail et des tâches ménagères, et lui se sentait négligé, à tel point qu'il se concentrait de plus en plus sur son travail et acceptait sciemment les demandes de voyage en tant que déplacement.

Il passait de moins en moins de temps à la maison, sans se rendre compte que ce temps, qu'il ne partageait pas avec ses enfants et Maria, ne reviendrait jamais.

Il se sentait comme un guerrier, insouciant de l'affection et concentré sur la conquête. Il était dans cette phase où l'ego dominait sa vie et où il s'identifiait totalement à son poste de travail et aux biens matériels. Il luttait continuellement contre tout et tout le monde pour obtenir la première place. Atteindre le statu quo était devenu une obsession. Il ne pensait qu'au succès, aux réalisations, à la reconnaissance, sans se rendre compte de ce qu'il perdait.

Les rares fois où il était à la maison, il n'était pas présent, mais constamment sur son téléphone portable ou devant l'ordinateur. Lorsque ses enfants lui demandaient de jouer, il avait toujours la réponse habituelle : « Une minute, j'arrive... ».

Les premières années s'étaient écoulées ainsi, et la distance entre lui et Maria était devenue très longue. Pas même une caresse, ou des gestes de réelle affection, et pendant longtemps, presque trois ans, ils n'avaient pas refait l'amour.

Un jour, à l'aéroport de Linate, Filippo avait été appelé par un ami proche et médecin de famille.

« Bonjour, Filippo, comment vas-tu ? Excuse-moi de t'appeler à l'improviste comme ça. Je sais que tu es très occupé, mais je pense qu'il est bon de te voir tout de suite ».

« Bonjour, Alberto ! Je vais bien, mais excuse-moi, je ne peux pas rester au téléphone, j'ai une réunion importante demain à Rome et je pars maintenant pour être à l'heure », avait répondu Filippo, presque agacé.

« Je suis désolé, mais tu dois venir me voir tout de suite. C'est pour Maria ».

« Je veux dire, qu'y a-t-il de si urgent pour que tu ne puisses pas le reporter de quelques jours ? ».

Alberto était resté silencieux pendant quelques secondes, puis il avait dit : « Maria a un cancer, et je crois qu'il n'y a pas de réunion ou de raison plus urgente au monde que celle-ci ».

Filippo était resté pétrifié. Il s'était assis sur le banc adjacent à la salle d'embarquement et avait commencé à transpirer.

Pendant ce temps, il entendait la voix d'Alberto sur son téléphone portable : « Filippo, tu es là ? ».

« Ou-Oui, je suis là. Je ne...ne peux pas parler, je me...me sens mal ».

« Écoute-moi », avait répondu l'ami, « je suis au studio. Je t'attends ici ».

« Oui, d'accord ».

Filippo s'était rendu au comptoir d'enregistrement et avait

demandé à récupérer ses bagages. Une heure plus tard, il était dans la voiture et sur le chemin du retour.

L'atelier d'Alberto se trouvait non loin de son domicile à Mantoue. Après deux heures de route, Filippo était à sa porte. Il se sentait mal, il se sentait sans force. C'était comme s'il avait soudainement perdu toute l'énergie psychophysique qu'il possédait.

Son ami l'avait fait asseoir et lui avait expliqué la situation.

« Je suis désolé d'être aussi brutal, mais je n'avais pas d'autre moyen de te faire comprendre l'importance et en même temps la gravité de la situation. Maria est venue me voir, il y a environ un mois, en me disant qu'elle avait senti quelque chose d'étrange dans son sein alors qu'elle prenait une douche. J'ai prescrit une mammographie urgente et le diagnostic a été sans appel : cancer du sein. Nous avons immédiatement effectué tous les examens de suivi, y compris une visite chez un bon ami oncologue, qui a confirmé les résultats des contrôles précédents. Maria m'a demandé de ne rien dire, parce que tu étais très occupé par ton travail et qu'elle ne voulait pas que tu t'inquiètes pour elle. Mais hier, l'oncologue m'a dit qu'elle devait être opérée immédiatement et qu'après l'opération, elle devrait subir une chimiothérapie. La bonne nouvelle, c'est qu'elle n'a pas de métastases ».

Filippo avait éclaté en sanglots. Le monde s'était écroulé sur lui, il était à bout de souffle.

Alberto lui avait offert un verre d'eau et ensuite il avait poursuivi : « Tu vois, c'est Maria qui a besoin de toi maintenant, tes enfants ont besoin de toi. Ce sera long, mais je suis convaincu que cela se passera bien. Toute ton énergie, à partir de maintenant, doit aller dans une seule direction : ta famille ».

Filippo avait pris congé d'Alberto, était monté dans sa voiture et s'était dirigé vers sa maison. Une fois arrivé, il avait trouvé Maria et les enfants allongés sur le sol, en train de dessiner. Elle l'avait regardé et avait compris. Elle s'était levée et, les yeux brillants, lui avait souri, puis s'était tournée vers les enfants : « Hé ! Vous avez vu ça ? Papa est rentré, il nous a fait une surprise ».

Les enfants s'étaient soudain redressés et avaient couru vers lui. Filippo s'était baissé pour les serrer dans ses bras et avait de nouveau fondu en larmes.

« Papa, pourquoi pleures-tu ? », avait demandé Viola.

« Parce que je suis heureux, je suis heureux d'être à la maison avec vous, tu ne sais pas à quel point ».

Au bout d'une semaine, Maria avait été opérée et avait immédiatement commencé la chimiothérapie. Filippo avait pris un congé de six mois.

Il s'ensuivit une période très difficile, qui lui apprit en même temps beaucoup de choses, notamment l'amour inconditionnel pour une femme merveilleuse comme Maria et l'amour d'un père pour ses enfants.

Au cours de ces mois, son penchant pour le succès, l'approbation des autres, les biens matériels, avait progressivement fondu comme neige au soleil. Bientôt, il avait oublié les réunions, les voyages, les hôtels, le costume et la cravate. Le stress, la colère et tous ces états d'âme propres à un ego surdimensionné. Il avait ainsi commencé à découvrir bien d'autres choses, s'inscrivant même à un cours de yoga avec Maria et commençant à méditer tous les jours. Ils faisaient de longues promenades, passaient beaucoup de temps dans la nature, mais surtout, Filippo passait beaucoup de temps avec ses enfants. Il les emmenait tous les jours à l'école et les récupérait ensuite. L'après-midi, pendant que Maria se reposait, ils dessinaient et lisaient des livres, surtout des livres d'aventures, qui passionnaient Pietro et Viola.

Le Tour du monde en 80 jours, de Jules Verne, était leur préféré, et

Phileas Fogg, le protagoniste, leur mythe. Pendant qu'il lisait, ils s'imaginaient être dans les lieux mentionnés dans le roman.

Dans le drame, ce furent des mois merveilleux qui s'étaient écoulés, des mois qui l'avaient littéralement changé.

Maria s'était lentement rétablie et, une fois guérie, elle avait subi une opération de reconstruction mammaire, reprenant ainsi une vie normale, tout en subissant des contrôles annuels.

Filippo avait démissionné de son poste de directeur général, à l'incrédulité de certains et à la joie de beaucoup d'autres, en particulier de ceux qui aspiraient à sa position, décidant de consacrer son temps de travail à des activités de consultant pour des entreprises. Après tout, il connaissait quelqu'un dans ce monde.

Mais il avait pris son temps. Avec l'indemnité de départ et les primes accumulées, ils pouvaient vivre tranquillement pendant un certain temps.

Un soir, après avoir couché les enfants, il s'était installé dans le salon pour se détendre autour d'une bière. Quelques minutes plus tard, il avait été rejoint par sa femme.

Elle s'était assise à côté de lui et lui avait dit : « Pendant tous ces mois, je n'ai jamais pu te dire merci. Merci pour ce que tu as fait pour moi, pour nos enfants, mais surtout pour avoir gardé notre famille unie à un moment si difficile. J'étais sûre que le vrai Filippo n'était pas celui d'il y a quelques mois. Il est maintenant temps pour toi de reprendre ta vie en main, mais s'il te plaît, prends aussi du temps pour nous ».

Filippo avait pris ses mains entre les siennes et l'avait regardée dans les yeux. « Maria, j'ai repris ma vie en main dès qu'Alberto m'a appelé pour me parler de toi. Quand je suis entré dans la maison et que je t'ai vue avec les enfants, occupée à dessiner, j'ai compris ce que je voulais vraiment. Je dois tout cela à toi, à Pietro et à Viola. Et c'est pourquoi je ne veux pas perdre une seule seconde sans vous ».

Dès lors, Filippo avait passé trente merveilleuses années avec une femme incroyable. Une femme qui l'émouvait encore chaque fois qu'il pensait à elle, même si plusieurs années s'étaient écoulées depuis sa mort.

À la suite de cette période difficile, Filippo avait entamé un long voyage de transformation mentale et physique. Il avait compris ce que signifiait entrer dans cette phase de l'existence d'un être humain, où la conscience du moi supérieur prenait la place des convictions. Cette prise de conscience lui avait permis, après ces événements tragiques, d'être co-créateur de son monde, avec Maria et ses enfants.

Il était conscient que lorsque l'on comprend cela, lorsque l'on ne vit que le moment présent, on peut comprendre et contrôler les circonstances de son existence.

Il ne savait pas comment définir cela, mais il l'appelait « spiritualité ».

Il commençait à se faire tard. Comme il n'avait pas faim, il se prépara une tisane au gingembre, au citron et au curcuma. Pendant que l'eau bouillait, il en profita pour noter ses pensées dans son journal de bord :

« Nous sommes tous dotés d'une puissante énergie intérieure, mais nous en sommes souvent inconscients. Cette énergie ne demande qu'à être libérée. Pour cela, il faut parfois passer par des moments difficiles mais essentiels. Ces moments nous aident à découvrir et à comprendre pleinement notre véritable moi supérieur, qui attendait jusqu'alors de nous révéler sa véritable identité ».

-le temps-

CHAPITRE 4

Une semaine s'était écoulée depuis sa conférence à l'hôtel de ville, et c'était aussi une journée importante. Filippo devait se rendre au village pour assister à la réunion qui se tenait au Bistrot de la mer pour organiser l'exposition de ses œuvres et la vente aux enchères au profit de l'école.

Tout le monde était présent à la réunion : Madame Elodie, Monsieur Hubert, le représentant des commerçants, Aurore, la femme du pharmacien, Monsieur Théo et sa fille Laurine. Il y avait aussi Vincent et Adèle, les hôtes, Monsieur Lucien, l'instituteur, Madame Amélie, le professeur de français, le redoutable Raymond, le médecin du village, qui participait aux grandes manifestations communales, quelques badauds et surtout les jeunes bénévoles : Yves, Aude, Estelle, Félix et Grégoire.

Filippo prit rapidement son petit-déjeuner, il était très excité. Il prit son bloc-notes, son porte-plume et les photos de ses douze œuvres, auxquelles ils essaieraient de donner une valeur symbolique pour la vente aux enchères.

Bart le regarda avec des yeux curieux, mais comme toujours heureux d'aller se promener.

L'air était mordant, même si un soleil chaud se frayait un chemin à travers les nuages en course, poussés par le vent.

Ils montèrent dans le légendaire Citroën et se mirent en route pour Deauville. Filippo était bien en avance, le rendez-vous était fixé à dix heures, mais il préférait arriver un peu plus tôt, comme toujours. C'était une habitude qu'il avait prise lorsqu'il avait rencontré Maria. Avant elle, il n'était pas toujours ponctuel. Depuis que cette femme merveilleuse était entrée dans sa vie, parmi de nombreux changements, il avait aussi appris à arriver toujours à l'heure, à bien préparer les réunions, et ainsi de suite.

À huit heures et demie, il était déjà en train de garer son fourgon. Il rassembla ses affaires, Bart toujours à ses côtés, et traversa la rue pour entrer dans le bistrot. Lorsqu'il ouvrit la porte, il trouva Auguste en train de parler avec Vincent.

« Enfin tu es arrivé, tu es toujours en retard ! », s'exclama son ami, dès qu'il s'aperçut de sa présence.

Filippo le regarda avec étonnement, mais à leurs rires, il comprit vite qu'il s'agissait d'une plaisanterie. Auguste avait toujours besoin de se plaindre, d'une manière ou d'une autre.

Il enleva son manteau et posa ses affaires sur la table, puis salua Vincent et Adèle.

« Voici une tarte aux pommes fraîchement préparée et du café chaud pour vous. Et pour toi, Bart, tes biscuits préférés », dit Adèle. Ses gâteaux étaient célèbres non seulement à Deauville, mais aussi dans les villages voisins, tout comme sa cuisine.

Petit à petit, tout le monde arriva et à dix heures, les hôtes prirent la parole.

« Bonjour et bienvenus à tous ! Nous sommes heureux de vous accueillir ici. C'est un plaisir pour nous d'être les promoteurs de cette initiative. Un grand merci à Filippo pour nous avoir fait don de ses œuvres et avoir ainsi rendu tout cela possible », commença Adèle. « Au cours de la soirée du 8 décembre, date choisie pour notre événement, Vincent et moi souhaitons mettre en place un apéritif, après la vente aux enchères qui débutera à 17 heures, afin de continuer à partager avec vous ce moment très important et très beau pour notre communauté. A cette occasion, nous avons décidé d'honorer tous les participants en invitant un quatuor à cordes pour égayer l'après-midi et la soirée ». Les applaudissements fusèrent immédiatement. « Mais je laisse maintenant la parole à notre maire », conclut-elle.

Madame Elodie se leva et prit place. « Bonjour à toutes et à tous. Je tiens d'emblée à remercier Adèle et Vincent pour leur accueil et surtout pour avoir conçu avec Filippo cette belle initiative. En tant que représentante de cette ville, j'apporterai tout ce qui est en mon pouvoir pour la réussite de l'événement, à commencer par l'implication des premiers citoyens des pays voisins. En vous remerciant tous pour votre aide, et avant de donner la parole à Monsieur Hubert, je veux anticiper que l'une des œuvres mises aux enchères sera achetée par la municipalité, avec l'approbation de l'ensemble du conseil, et exposée dans la salle du conseil ». D'autres applaudissements généraux.

« Je vous remercie. Merci du fond du cœur, Madame le maire, c'est une belle initiative », intervint Monsieur Hubert en se levant. « En discutant avec l'ensemble du corps enseignant, dont les représentants ici sont l'enseignante Amélie et l'enseignant Lucien, nous avons identifié quelques priorités : tout d'abord, garantir un soutien à l'achat de livres pour les familles les moins aisées, remettre en état le gymnase et les vestiaires, acheter un vidéoprojecteur, rafraîchir les salles de classe et remettre en état les salles de bain. En outre, nous aimerions avoir la possibilité, comme nous l'espérons, d'acheter deux nouveaux ordinateurs pour le secrétariat. Nous avons fait un devis, avec Monsieur Théo, et nous pensons que le besoin est d'environ douze mille euros ».

« Considérez que vous avez déjà mille euros, avec l'achat de l'œuvre par la municipalité », dit Madame Elodie, et une nouvelle salve d'applaudissements s'éleva dans la salle.

Ce fut alors au tour du professeur Amélie de prendre la parole. « Cela fait plus de dix ans que j'enseigne dans cette école », commença-t-elle, « et jamais, au grand jamais, je n'aurais imaginé un tel cadeau. Je pense que je parle aussi au nom de mon collègue, le professeur Lucien, et nous tenons à vous dire merci du fond du cœur ».

En écoutant les paroles prononcées jusqu'à présent, Filippo avait l'impression d'avoir toujours fait partie de cette communauté. Il n'aurait jamais pensé qu'une petite ville puisse proposer une telle initiative, et que toute une communauté travaille pour le bien d'une génération qui, à petits pas, se prépare à prendre sa place dans le monde.

« Je pense qu'il est temps de répartir les tâches et de donner une valeur minimale aux œuvres de Filippo. Une base de vente aux enchères », dit Vincent. « Si vous êtes d'accord, Amélie et moi, nous envisageons de procéder de la manière suivante : les gars pourraient aider à l'accueil et au service, à l'apéritif et au bar. Notre mairesse ferait office de commissaire-priseur. Monsieur Hubert, avec Monsieur Théo, seraient les comptables. Laurine et Aurore seraient chargées de montrer les œuvres au public présent, au fur et à mesure qu'elles sont annoncées par notre commissaire-priseur, et Filippo les présenterait en indiquant leurs noms et ce qu'elles représentent. Gilbert, Nestor, Ernest et Auguste prendront les réservations pour l'apéritif ».

Personne n'eut rien à objecter.

Il y avait une très belle énergie, tout le monde était enthousiaste et attendait avec impatience le 8 décembre.

« Filippo, tu veux ajouter quelque chose ? », demanda Adèle.

« Je ne sais pas quoi dire. Je suis heureux et honoré de participer à cette initiative extraordinaire. Mes amis italiens qui ont travaillé avec moi et d'autres au fil des ans appelleraient cela de l' « innovation sociale ». Je crois plutôt qu'il s'agit d'*amour*. Cet amour qu'une communauté comme la vôtre, ou plutôt la nôtre, produit et partage pour le bien de la communauté et pour que les jeunes puissent réussir à se préparer pour l'avenir. Mais n'oublions pas non plus que vous êtes un véritable exemple de prise de conscience, car vous travaillez pour les personnes dans le besoin et pour leur soutien. Vraiment, vous êtes une belle et grande famille et je suis heureux d'en faire partie. Merci à tous ».

Il n'eut pas le temps de terminer qu'Yves leva la main et demanda la parole.

« Yves, je t'en prie, prends la parole », l'exhorta Amélie.

« Les autres gars et moi, nous avons décidé de deux choses que nous aimerions partager avec vous. Je laisse la parole à Estelle, qui vous introduira au premier sujet ».

La jeune fille se leva et, d'un geste, dit : « Bonsoir à tous. Après notre rencontre avec Monsieur Sabiani, nous avons discuté et nous aimerions créer ici, dans ce beau bistrot, une sorte de café littéraire, comme au temps des Lumières, qui est né et s'est épanoui ici même en France. C'est un Italien qui a fondé le premier café littéraire en France : Francesco Procopio dei Coltelli, qui a ouvert le célèbre Café Procope. Nous aimerions donc demander à Monsieur Sabiani d'être notre mentor et à Vincent et Adèle de nous accueillir, une fois par semaine, pour nous rencontrer et partager des sujets socioculturels qui nous intéressent et qui intéressent notre communauté. Bien entendu, toute personne qui le souhaite peut participer et partager ces moments. Il n'y a aucune contrainte, ni d'âge, ni d'origine. Les seuls principes à suivre sont l'éducation, le respect et l'envie de faire le bien par des actions concrètes ».

Les personnes présentes furent agréablement surprises par cette belle idée. Laurine se leva et alla serrer Estelle dans ses bras, Adèle aussi.

« Mais c'est merveilleux ! » s'exclama Monsieur Hubert. « Je suis vraiment impressionné. Yves, je ne saurais trop m'excuser auprès de toi pour le manque de respect que j'ai eu à ton égard. Non seulement nous t'avons sous-estimé, mais surtout nous n'avons pas su t'écouter, nous contentant de te juger. Pardonne-moi et excuse-nous ». Il s'approcha d'Yves et le prit dans ses bras. Après quelques secondes d'hésitation, le garçon lui rendit la pareille.

Ce fut un moment émouvant et, pour la première fois, Filippo vit Madame Elodie verser une larme, ainsi que de nombreuses personnes présentes, y compris lui-même.

« Mais ce n'est pas tout ! », s'exclama soudain Félix. « Nous avons décidé à l'unanimité d'apporter une contribution, chacun selon ses possibilités. Avec ce que nous avons récolté, nous voulons acheter une œuvre de Monsieur Sabiani et la lui dédier. Nous aimerions l'accrocher ici, si Vincent et Adèle nous le permettent, pour donner vie à notre café littéraire ».

L'émotion, à ce moment-là, fut à couper au couteau.

« Avec grand plaisir et honneur, Adèle et moi, nous serons heureux de vous accueillir. Nous nous en réjouissons », affirme fièrement Vincent.

« Je veux en faire partie tout de suite ! », s'exclama le professeur Amélie.

« Moi aussi ! », s'empressa d'ajouter l'instituteur Lucien.

Tous les adultes présents à la réunion, l'un après l'autre, se proposèrent de participer à leur tour.

« Monsieur Sabiani », dit Grégoire, nous aimerions vous rencontrer pour que vous nous aidiez à structurer notre projet et, compte tenu de votre expérience, que vous nous conseilliez sur des sujets à partager ».

« Avec grand plaisir ! », répondit Filippo. « Je suis à votre disposition. Je demanderais aussi à mon grand ami Auguste de participer, si vous êtes d'accord. Je pense qu'il peut vous être d'une grande aide ».

« Absolument », répondit Grégoire.

Filippo se retourna et vit les yeux d'Auguste briller de joie.

Maria, si tu étais là toi aussi, ce serait une journée parfaite, mais je sais que même si tu n'es pas là physiquement, ton âme est présente.

« Bon, maintenant il faut faire la fête ! », s'exclama Vincent, c'est bientôt l'heure du déjeuner.

« Mais il faut encore évaluer les œuvres de Filippo », fit remarquer Madame Elodie.

« Nos garçons s'en chargeront. Ils feront certainement du bon travail », répondit le directeur.

« Alors...d'accord », rétorqua Elodie. « Mais je ne peux pas boire beaucoup, je suis encore votre maire ! ».

« Ne vous inquiétez pas », dit Aurore, « on ne dira rien à personne, ce sera notre secret ».

Tandis que Vincent et Adèle s'affairaient à ouvrir des bouteilles de bon vin et à apporter des assiettes pour goûter quelques amuse-gueule, Yves s'approcha de Filippo.

« J'aimerais bien venir vous voir, si possible », dit-il, presque timidement. « En dehors des rencontres avec d'autres », précisa-t-il.

« Quand tu veux, mon cher Yves !».

« Si cela ne vous dérange pas, je viendrai dès demain matin, même de bonne heure ».

« Parfait, alors je t'attends pour le petit-déjeuner. À neuf heures ».

« Merci. Je serai à l'heure ! », affirma-t-il, et il retourna vers les autres garçons.

Lorsque Filippo se retrouva seul, Ernest s'approcha, lui tendit un verre de vin et, le regardant dans les yeux, lui dit : « Vous êtes un cadeau, Filippo. Non seulement pour nous, mais surtout pour nos enfants. Que Dieu vous bénisse ! ».

« C'est moi qui vous remercie, mon cher Ernest, de m'avoir accueilli dans votre grande famille ».

La collation de midi se poursuivit jusqu'à 14 heures, puis ils se quittèrent en se donnant rendez-vous la semaine suivante pour les derniers préparatifs.

Ce fut une matinée bien remplie, pleine de beaux moments inattendus.

Filippo prit congé et, avec Bart, se dirigea vers le fourgon pour retourner au phare.

Alors qu'il conduisait, profitant de l'air frais qui entrait par la fenêtre et caressait son visage, une pensée lui vint à l'esprit, comme une révélation : *je n'ai jamais donné de nom au phare. Il faut absolument que je le fasse !* ».

Arrivé à la maison, il regarda Bart. « Mon vieux, et si on allait se promener sur la plage ? ».

C'était une belle journée de fin novembre, le soleil était chaud et la mer semblait avoir pris le temps de se reposer un peu. Il n'y avait personne, juste quelques mouettes qui faisaient des allers-retours sur le sable.

Ils ont dû avoir la même idée que nous, pensa Filippo.

Il aimait prendre du temps pour lui. C'était une chose qu'il avait apprise pendant la période où Maria était malade. Il s'était rendu compte que beaucoup de gens se réveillaient comme d'un sommeil profond lorsqu'ils étaient secoués par des événements qui les obligeaient à prendre en main leur vie et surtout le moment présent, l' « ici et maintenant ».

Depuis qu'il l'avait compris, sa vie avait radicalement changé. Oui, parce qu'il ne s'intéressait plus au passé, sauf aux bons souvenirs, et qu'il ne voulait plus vivre en pensant uniquement à l'avenir.

Je vis et j'essaie de vivre pleinement mon ici et maintenant, comme en ce moment.

Alors qu'il respirait l'odeur de la mer, que l'air vivifiant clapotait sur son visage et ses mains, ébouriffant les quelques cheveux blancs, il eut la confirmation que c'était la nature qui accueillait l'homme dans sa merveilleuse demeure. Une demeure si parfaite, mais que l'être humain s'évertuait à détruire, pour ensuite se plaindre et maudire lorsqu'elle se rebellait.

Rien n'était à sa place : dans son palais royal, c'était toujours l'homme qui mettait en désordre ce que l'Univers avait créé avec une perfection absolue.

Les jeunes, contrairement à beaucoup d'adultes, ont pris conscience que la planète est en danger et se battent pour la défendre. Il est étonnant de constater que peu d'entre eux ont réussi à éveiller les consciences et à mobiliser des millions et des millions de jeunes pour plaider la cause.

Quelle belle génération ! Dommage que nous, les adultes, ne le comprenions pas, gaspillant ainsi de l'énergie, des idées et des opportunités.

La nature n'exige rien, elle est là pour nous donner sans condition toute sa grande beauté ; en retour, elle ne demande que le respect, et les jeunes d'aujourd'hui l'ont très bien compris.

Alors qu'il réfléchissait à tout cela, une citation de Lao Tze, philosophe et écrivain chinois du VIe siècle avant J.-C., auteur du *Tao Te Ching*, lui vint à l'esprit : « La nature n'est pas pressée, et pourtant tout est accompli ».

C'est exactement comme ça, la nature ne demande pas de loyer pour le temps que nous passons dans sa merveilleuse maison, elle veut juste du respect.

Après une longue promenade, Filippo et son fidèle ami rentrèrent à la maison.

Il alluma le poêle, tandis que Bart s'allongeait sur son oreiller.

Il voulait répondre à Danielle, mais il décida d'abord de prendre une douche chaude. Puis il s'habilla et mit de la musique.

Il avait envie d'écouter Ezio Bosso. Il le considérait comme un illuminé qui avait légué au monde une infinité de notes d'émotion. Il voulait se laisser caresser par l'un de ses morceaux préférés : *Follow the Bird.*

Il n'aurait pas pu faire un meilleur choix pour créer l'atmosphère adéquate.

« Chère Danielle,

comment allez-vous ? Et comment va votre famille ? J'espère que vous et vos proches allez bien.

Lorsque le facteur m'a remis la lettre et que j'ai appris qu'elle était de vous, j'ai été stupéfait.

Je l'ai relue deux fois.

Je commence par vous écrire que je suis heureux que vous ayez pu mettre en œuvre ce que nous avons partagé lors de notre rencontre sur la plage, et encore plus heureux que vous et votre mari ayez pu vous parler et vous écouter.

Lorsque nous parlons avec le cœur, lorsque nous éliminons l'art du jugement de notre vie, nous réussissons nos intentions les plus inattendues. Ce mode apparemment difficile est le seul qui mène à un résultat, même inattendu, la plupart du temps.

Nous avons appris, et malheureusement oublié, notre vraie valeur. Nous avons oublié que nous devons attendre des réponses en fonction de ce que les autres pensent de nous et nous conduire en conséquence.

Nous avons toutes les réponses en nous, y compris celles qui nous permettent d'ouvrir la porte du bonheur.

Le philosophe danois Søren Kierkegaard disait que la porte du bonheur s'ouvre vers l'extérieur et que ceux qui essaient de la forcer dans la direction opposée finissent par la fermer de plus en plus.

Nous ne devons pas fermer la porte, nous ne devons pas penser que rien ne changera jamais, que nous n'avons pas d'autres possibilités, qu'il n'y a qu'un seul destin.

Nous attirons ce que nous pensons, Danielle, et ce qui s'est passé avec votre mari en est la preuve.

Personne ne peut savoir ce qui se passera demain, mais nous pouvons vivre aujourd'hui, et je vous suggère de le vivre pleinement, sans si et sans mais. Je suis sûr que vous retrouverez peu à peu ce dialogue basé sur la compréhension et le respect. Si pour l'instant votre perception est celle que vous décrivez dans votre lettre, c'est-à-dire de l'amitié, ce n'est pas grave, c'est très bien. Vivez-la ainsi et n'essayez de la nourrir que de bonnes choses. Et si vous connaissez des moments de découragement et de difficulté, souvenez-vous de notre rencontre sur la plage et de ce que vous avez réussi à faire en rentrant chez vous.

J'en profite pour vous dire que le 8 décembre, nous organisons une vente aux enchères caritative ici en ville, au Bistrot de la mer, *avec beaucoup de belles choses à partager, croyez-moi.*

Pour suivre, nous avons organisé une petite réception. Je serais très heureux que vous soyez là avec votre mari et peut-être vos enfants ; il y aura beaucoup de jeunes ce jour-là.

J'espère vous revoir bientôt et rencontrer votre belle famille.

Bart et moi, nous vous embrassons très fort.

Filippo »

- l'amitiè -

CHAPITRE 5

Il plia la lettre et la posa sur son bureau, en attendant de la porter au village et de l'envoyer.

Il était maintenant presque cinq heures et la nuit commençait à tomber.

Comme c'était samedi, il pensa inviter quelques amis à dîner. Il prit donc le téléphone et appela Auguste.

« Bonsoir, mon ami. Qu'est-ce que tu fais ? ».

« Rien. Je regardais la télé, pourquoi ? ».

« Ecoute, je me disais...et si on faisait un dîner chez moi ? Je peux aller au village et acheter quelque chose. Du poisson ou n'importe quoi d'autre ».

« C'est vraiment une très bonne idée ! Ne t'inquiète pas, je vais faire les courses. Toi, tu t'occupes de bien chauffer la maison et d'inviter qui tu veux. Fais-moi savoir combien nous sommes », dit Auguste, enthousiaste.

« Très bien. Je pensais inviter Théo et Laurine, puis Gilbert et Nestor. Malheureusement pas plus, parce qu'on ne peut pas tenir ».

« D'accord ! », répondit promptement l'autre, « On se voit dans une heure ou deux ».

Filippo était heureux. Il aimait les choses improvisées. Avec Maria, ils le faisaient souvent, et de cette façon Viola et Pietro en profitaient toujours pour ramener leurs amis à la maison.

Après avoir passé les coups de fil nécessaires, il commença à mettre la table. Puis il alla chercher deux chaises, du bois et du vin dans son entrepôt.

Il alluma quelques bougies pour rendre l'atmosphère encore plus agréable. A ce moment-là, il lui vint à l'esprit que lors de la réunion d'organisation de la vente aux enchères, Monsieur Hubert avait dit qu'il allait rendre visite à sa fille à Paris, et que Madame Elodie lui avait répondu tristement : « Vous avez bien de la chance, Hubert, moi, je serai seule ».

Il n'avait pas ses coordonnées, mais Adèle les avait certainement, puisqu'elle habitait près du bistrot.

Une fois qu'il eut le numéro, il essaya d'appeler Elodie et, après quelques sonneries, elle répondit.

« Bonsoir, Madame Elodie, c'est Filippo Sabiani. J'espère que je ne vous dérange pas ».

« Quelle surprise, Filippo ! Non, vous ne me dérangez pas. À quoi dois-je votre appel ? ».

« Ce soir, j'ai décidé d'inviter quelques amis à dîner chez moi. Rien de spécial, juste pour être en compagnie, et je serais heureux que vous veniez ».

« Merci beaucoup, ce n'est pas la peine de vous déranger. Mais en fait, je suis seule. Alors, si ce n'est pas un inconvénient...j'aimerais vraiment être avec vous ».

« Super ! », répondit Filippo, satisfait. « Pas de problème, en fait, sinon je ne vous aurais pas appelée ».

« Faites-moi un plaisir, Filippo : appelez-moi Elodie, supprimez les mots « madame » et « maire », nous ne sommes pas à la mairie ! » dit-elle en laissant échapper un rire.

« D'accord, Elodie ».

« Qu'est-ce que je dois apporter ? ».

« Ecoutez, je crois que tout est là. Mais si vous voulez vraiment, un dessert sera merveilleux ».

« Parfait ! A quelle heure dois-je y être ? »

« Passez à sept heures, comme ça, pendant que nous cuisinons, nous aurons le temps de bavarder et d'écouter de la bonne musique ».

« Parfait. On se verra donc à sept heures. Et merci encore ».

Cela faisait longtemps qu'il n'avait pas organisé de déjeuner ou de dîner au phare. Il le faisait généralement à l'occasion de la visite de ses fils, ou lorsqu'il invitait Auguste, et parfois Gilbert et Nestor, à l'accompagner.

Après avoir mis la table et allumé le poêle, il ne restait plus qu'à mettre de la musique.

Il a envie d'écouter la *Sérénade pour cordes* d'Antonin Dvorák. Ce morceau était parfait pour la soirée. Il prit donc le disque, le posa sur le plateau et les notes se mirent à tourbillonner dans l'air, comme pour lui donner une touche de magie.

Le premier à arriver est Auguste, accompagné de Gilbert et de Nestor.

« Combien de choses as-tu apportées ? », demanda Philippe dès qu'il ouvrit la porte, le voyant chargé de sacs de courses.

« Il n'y en a jamais trop, mon ami ! D'ailleurs, ils ont aussi contribué », répondit-il en désignant d'un signe de tête ses deux amis dans son dos.

« C'est le moins », commenta Nestor.

« Merci, Filippo. Tu nous as fait une belle surprise », ajouta Gilbert.

« Entrez, s'il vous plaît, leur dit-il d'un signe de tête. Veuillez accrocher vos manteaux ici ».

Lorsqu'ils montèrent à l'étage, Auguste commença à ouvrir les sacs. Il avait acheté du fromage, du saumon, des moules, des langoustines et un plateau de quarante-huit huîtres.

« Mais Auguste, tu n'aurais pas dû ! Tu as parlé d'un dîner informel...et puis des huîtres, tu es fou ! », s'exclama Filippo, abasourdi par une telle abondance.

« Il faut remercier nos pêcheurs pour les huîtres ».

Filippo se tourna vers Nestor et Gilbert. « Les gars, vous n'auriez pas dû ».

« Il n'y a pas de quoi. Nous sommes toujours seuls et c'est un plaisir de partager ces choses avec quelqu'un », répondit Nestor. « Ce ne sont pas de simples huîtres, cher Filippo. Ce sont des Kys », a-t-il ensuite précisé. « Il faut savoir que l'huître Kys de Normandie est particulière. En effet, c'est l'une des rares huîtres en France à être cultivée en poches suspendues. Ce système permet de profiter des effets bénéfiques du mouvement des vagues de la mer, afin que les huîtres travaillent davantage pour développer la chair et la coquille », a-t-il expliqué.

« Depuis plus de cinquante ans, Nestor et moi, nous sommes les gardiens de ces huîtres. Nous ne pouvions pas, pour une invitation aussi spéciale, ne pas vous les apporter en cadeau », conclut Gilbert.

« Merci, merci à vous deux du fond du cœur. Je me réjouis de les déguster ».

« Allez, allez ! Ne perdons pas de temps, occupons-nous-en », grommela Auguste, comme à son habitude. « Gilbert, toi qui es pratique, occupe-toi d'ouvrir les huîtres. Nestor, toi, tu peux préparer les fromages sur la palette dans le sac bleu. Ensemble, il y a aussi deux couteaux à fromage qu'Adèle nous a gentiment prêtés. Elle nous a également offert une bouteille de bon Calvados. Filippo et moi, nous nous occupons des moules ». Auguste n'avait pas l'habitude de se perdre en bavardages et s'était parfaitement coulé dans le rôle d'organisateur.

« Oui, mon général ! », s'exclama Filippo, riant et entraînant les deux autres dans son sillage.

« Oui, oui, moquez-vous de moi. C'est toujours la même chose, je dois tout faire ! », se plaignit-il.

A ce moment-là, on sonna à la porte.

Filippo descendit pour aller répondre. Théo et sa fille Laurine étaient arrivés.

« Bienvenus, quel plaisir de vous recevoir. Merci d'être venus ».

« Merci, Filippo. Mon père, dès que vous l'avez appelé, il était très excité. « Qu'est-ce qu'on apporte ? », « Ne soyons pas en retard, dépêchons-nous ! », et ainsi de suite jusqu'à il y a une minute », plaisanta Laurine.

« C'est que je n'aime pas être en retard », répondit Théo.

Petit à petit, avec l'aide de sa fille, Filippo lui fit monter les escaliers dans son fauteuil roulant.

Arrivés à l'étage, après avoir salué les autres personnes présentes, Laurine tendit un sac au propriétaire. « Nous ne savions pas quoi apporter et nous avons pensé que deux bouteilles de *Champagne* suffiraient », dit-elle.

« Mais merci bien ! Vous n'auriez pas dû vous déranger ».

« Pas du tout », répondit Théo.

« Excellent choix », souligna Nestor. « Il se marie parfaitement avec les huîtres de Kys ».

« C'est merveilleux ! », s'exclama Laurine en s'approchant de la table où Gilbert et lui les nettoyaient. « Et quel bel endroit. Il y a une belle énergie, je dirais même magique ».

« En effet, c'est exactement comme ça. Et j'aime la partager avec des gens spéciaux comme vous », dit Filippo.

Il ajouta un morceau de bois au poêle et prit les manteaux des nouveaux arrivants pour les placer sur le fauteuil dans son coin sacré.

Un instant plus tard, le son de la cloche se fit à nouveau entendre.

Lorsqu'il sortit et ouvrit la porte, il se trouva, à son grand étonnement, face à Vincent et Adèle.

« Pouvions-nous manquer cette belle fête ? », prononça Vincent. « Il n'y avait personne au bistrot, alors on a décidé de fermer plus tôt et de vous faire la surprise ».

« Et vous avez très bien fait ! J'en suis ravi. Nous serons un peu à l'étroit, mais qu'importe ! Entrez, je vous en prie ».

Alors que Filippo s'apprêtait à les faire asseoir, il vit les phares d'une voiture s'approcher. C'était le maire.

Elodie se gara, sortit de la voiture et se dirigea vers lui.

« Bonsoir, Filippo », lui dit-elle. « Mais alors, c'est du sérieux ce dîner », dit-elle en faisant allusion aux autres voitures garées. « Je me demande combien de belles personnes... ».

« Bonsoir, Elodie. Bienvenue. Oui, il y a quelques personnes, mais toutes très belles, comme vous ».

Filippo fit monter les derniers arrivés. Maintenant il ne manquait vraiment plus personne.

« Nous avons deux nouveaux invités qui nous ont rejoints à la dernière minute », annonça-t-il en les introduisant dans la cuisine.

« Bonsoir à tous ! », s'exclama Adèle. « Nous ne pouvions pas manquer cette soirée, et comme nous sommes arrivés à l'improviste, nous avons pris la liberté d'apporter un plateau d'huîtres de Kys et notre magnifique poulet *vallée d'Auge*, parfait pour l'occasion. Sans oublier une bouteille de *Champagne Rosé*, mon préféré ».

« En plus du dessert, j'ai aussi apporté une bouteille de champagne », ajouta Elodie. « Mais le mien n'est pas rosé. C'est Madame Eva, de la boutique de vins, qui me l'a recommandé. Je ne m'y connais pas, mais ça m'a l'air bien ».

« Super ! », s'exclama Théo. « Ce soir, nous mangeons en buvant du champagne ».

Alors qu'ils préparent les derniers plats, la Sonate numéro 14 en do dièse mineur, opus 27 numéro 2, *Moonlight Adagio*, de Ludwig van Beethoven les accompagnait, en rendant l'atmosphère très particulière.

À présent, tout était prêt. Bien qu'un peu à l'étroit, ils prirent place à table.

« Je tenais à vous remercier tous d'être venus me consacrer du temps », déclara Filippo. « En particulier, un merci spécial aux trois dames présentes ».

« C'est nous qui te remercions », commenta Vincent.

« Oui, merci Filippo, ajouta Laurine. « Vous êtes vraiment...ou mieux, *tu* es en effet une personne spéciale ».

« Oui, oui, tout est beau. Mais mangeons maintenant ! », décréta Auguste.

« Oui, Auguste a raison, il est temps de déguster ces merveilleux plats », s'unit le maître de maison.

« Alors, que la danse commence ! », s'exclama Théo alors que Vincent remplissait ses verres.

La lumière des bougies, la flamme du poêle et le clair de lune ont fait de ce dîner un moment à immortaliser dans un tableau.

Ils ont continué jusqu'à une heure, entre rires, toasts, histoires de vie vécue, d'amours passées et d'espoirs futurs, et de la nourriture préparée, il ne restait pratiquement rien.

Nestor s'était endormi dans son fauteuil. Ils le laissèrent là, tranquillement, pendant qu'ils arrangeaient les dernières choses qui restaient sur la table.

Au moment de se quitter, Elodie leur promit de renouveler bientôt la soirée chez elle.

Bart était heureux lui aussi. Tout le monde l'avait choyé et lui avait fait goûter de temps en temps à l'excellente nourriture.

Quelle journée ! pensa Philippe, lorsque tout le monde fut parti.

Il ouvrit la fenêtre et laissa entrer l'air frais. C'était une nuit magnifique, pas un nuage en vue. Le ciel avait été pris d'assaut par une infinité d'étoiles, tandis que la lune, dans sa forme parfaite, leur tenait compagnie.

Il lui sembla que des siècles se furent écoulés depuis qu'il avait vécu en Italie. Depuis que lui et sa femme, assis par terre, un verre de vin rouge à la main, regardaient pour la dixième fois leurs films préférés, ces films qui émeuvent toujours, comme si c'était la première fois.

En regardant le ciel, il murmura sa bonne nuit à Maria, puis il ferma la fenêtre et caressa Bart, allongé sur son oreiller moelleux.

En écoutant le Concerto n° 2 en si bémol majeur, opus 83 II Andante plus Adagio de Johannes Brahms, il se dirigea vers son bureau, prit son journal de bord et laissa couler les pensées et les émotions de la journée :

« La manifestation la plus profonde de la spiritualité est de savoir que nous avons en nous la capacité d'attirer des choses, mais surtout des personnes, qui rendent chaque moment de notre existence inoubliable ».

-Réponses-

CHAPITRE 6

Il aurait pu faire la grasse matinée ce matin-là, mais Yves devait arriver et il ne pouvait pas être trouvé encore au lit. Et de toute façon, même s'il l'avait voulu, Bart ne cessait de faire des allers-retours entre la chambre et la porte d'entrée, dans un appel silencieux mais clair à l'attention.

« J'arrive, j'arrive, mon vieux. Je vais me laver et m'habiller et nous sortirons ».

En dix minutes, ils furent sur la petite route qui longeait la plage. Ils firent une petite promenade et revinrent. Il y avait du vent et l'air était discrètement froid.

Il n'avait pas envie de café et n'avait pas non plus très faim. Il se prépara une tasse de thé pour se réchauffer un peu. Bart, quant à lui, termina son petit-déjeuner en quelques minutes.

Philippe descendit les bouteilles vides de la veille et les deux restantes pour les mettre sur l'étagère où il avait créé le coin cave.

Il n'avait pas grand-chose. Quelques bouteilles de vin italien, de l'huile et de la confiture de tomates qu'il achetait chaque année à un ami qui avait sa propre production en Toscane.

C'est à ce moment-là qu'il entendit sonner à la porte. C'était Yves.

« Bonjour, Filippo. Me voilà à l'heure à neuf heures ! », s'exclama le garçon en ouvrant la porte.

« Bonjour à toi, Yves. Mais comment es-tu venu ? Quelqu'un t'a accompagné ? ».

« Non, personne. Je suis venu avec elle », répondit-il en tournant son regard vers une vieille bicyclette posée sur le support derrière son dos. « C'est mon vélo préféré. C'était celui de ma mère, et je ne m'en sépare jamais quand je dois me déplacer ».

« Tiens ! », s'exclama Filippo. « Cet endroit se trouve à plusieurs kilomètres du village. C'est un long trajet ».

« Eh bien, oui, mais j'ai l'habitude. À moins d'une pluie diluvienne, je me déplace toujours à vélo ».

« Excuse-moi, Yves, si je me mêle de tes affaires, mais tu n'as pas de permis de conduire ? »

« Non, nous n'en avons pas les moyens. Mes grands-parents touchent une modeste pension et je fais des petits boulots pour vivre au quotidien, en attendant de trouver quelque chose de stable pour pouvoir m'inscrire à l'université ».

Filippo resta bouche bée devant ce garçon, ses rêves, sa façon de voir et de vivre la vie.

« S'il te plaît, monte et assieds-toi » dit-il alors. « Je vais te préparer quelque chose de chaud. Tu préfères du café ou du thé ? Il y a aussi une très bonne tranche de tarte aux pommes, si tu veux ».

"Je vous remercie. J'accepte volontiers le café et la tranche de gâteau. Ou peut-être deux » dit-il en riant, puis il tira une chaise de la table et s'assit.

« Excellent ! Alors un café à l'italienne et une délicieuse tranche de gâteau à la française, ou peut-être deux », dit Filippo en clignant de l'œil.

« Une combinaison gagnante ! ».

Filippo s'approcha de la cuisine et mit le moka à chauffer. Il coupa le gâteau, le plaça dans une petite assiette et le lui servit. Puis il s'assit en face de son invité.

« Ecoute, je voudrais te demander tout de suite pourquoi tu as voulu me rencontrer, ce dont je suis d'ailleurs très heureux. J'ai été intrigué par ta demande ».

« Eh bien...Quand je vous ai entendu parler dans la salle communautaire, j'étais incrédule. Incrédule parce que je n'avais jamais entendu un adulte s'adresser ainsi aux jeunes. Je ne vous cache pas que j'ai eu beaucoup de doutes sur sa sincérité. Ce n'est pas une question personnelle à votre égard, mais j'ai entendu de nombreuses fois des adultes distribuer de l'optimisme et de la confiance dans les nouvelles générations en paroles, pour ensuite rompre leurs promesses en actes. Dans mon cas, il y a le facteur aggravant des préjugés », expliqua-t-il. « Ils m'ont toujours considéré comme un fainéant, un asocial, un garçon qu'il ne faut pas voir et bien d'autres choses encore. Mais maintenant, je pense pouvoir dire avec certitude que j'ai rencontré quelqu'un de différent des autres. C'est pourquoi je lui ai demandé cette rencontre ».

« Et tu as bien fait ».

« Je vis tout seul avec mes grands-parents depuis très longtemps. J'ai perdu mon père à l'âge de six ans et ma mère deux ans plus tard. Nous avons toujours vécu avec le strict minimum, mais eux, grand-mère Célestine et grand-père René, ne m'ont jamais laissé manquer de rien. Ils m'ont enveloppée de leur amour infini et m'ont protégée de tout et de tous, en continuant à nourrir les caractéristiques que mes parents m'ont laissées : la curiosité de mon père et la recherche de la beauté dans les petites choses de ma mère. Tous les soirs, ils me faisaient la lecture avant que je ne m'endorme. Alors je fermais les yeux et j'imaginais que j'étais là, avec les personnages de ces histoires. Vous savez, mon grand-père René était menuisier, et il y a une phrase qu'il m'a toujours dite et qu'il me dit encore : « Souviens-toi, Yves, que tu es le seul à pouvoir décider de ta vie, ne laisse pas les autres le faire. Tu vaux beaucoup. Il en a été de même pour moi lorsque j'ai transformé un morceau de bois en une petite œuvre d'art. Transforme ce que les autres pensent n'être qu'une partie d'un arbre en quelque chose d'unique. Tu es une grande beauté, ne l'oublie jamais ».

Les mots d'Yves, leur profondeur, ont remué l'âme de Philippe plus qu'il ne l'aurait cru possible.

« Voilà, Filippo », poursuivit-il, « je suis ici pour vous demander comment je peux libérer ma grande beauté. Comment puis-je oser, comment puis-je me sentir libre, sans ressentir le poids des préjugés, du jugement, de la culpabilité ? Je suis ici pour vous demander de l'aide. Je sens un feu à l'intérieur, le feu, comme vous l'avez dit, de l'agitation ». Ses yeux se remplirent de larmes.

Filippo se leva : « Est-ce que ça te dérange, si je mets un peu de musique ? ».

« Non, pas du tout. En fait, j'aime beaucoup la musique ».

« Qu'est-ce que tu aimes écouter? ».

« Je n'ai pas de tourne-disque ni de lecteur de CD. J'écoute quelque chose à la radio ou sur mon vieil ordinateur. De toute façon, cela dépend de l'humeur. Mais en général, j'écoute un peu de tout ».

« C'est bien. Je vais vous faire écouter quelque chose qui va certainement te plaire. C'est un morceau de Franz Liszt, *Consolation n° 3* en ré bémol majeur, S 172/3 ».

Il mit le disque en marche, prit deux tasses et y versa du café, puis revint s'asseoir en face d'Yves tandis que les notes les enveloppaient corps, âme et esprit.

« Tu vois, mon cher garçon, la culpabilité, comme les préjugés, est le grand ennemi de l'inquiétude. Ils sont un mur entre toi et ta liberté. Un mur que l'on peut abattre avec de la passion, de la créativité et du désir, des choses que tu possèdes, heureusement. Il en va de même pour l'envie. Pour beaucoup de gens, il est plus facile de juger, de condamner et d'envier. Elles le font parce qu'il est plus confortable de s'occuper des autres que de se concentrer sur elles-mêmes. Ce sont ces mêmes personnes qui, à la fin de leur existence, se rendent compte d'une chose fondamentale : non seulement elles n'ont pas vécu, mais elles n'ont laissé aucun souvenir, pas même le plus petit. Attention, Yves, il faut du courage pour se consacrer à soi-même, tout comme il faut du courage pour affronter les erreurs et les échecs qui ne manqueront pas de survenir. Il faut du courage pour avoir de la passion, pour être seul avec soi-même, pour construire quelque chose. Il faut du courage pour vivre sa vie, pour vivre sa « grande beauté », comme tu l'as dit. Et enfin, il faut du courage pour faire confiance aux gens, comme tu le fais avec moi, et je t'en suis très reconnaissant ».

Yves était séduit par ses paroles. Il l'observait attentivement pour ne pas rater une seule phrase de son discours.

« La confiance, ce n'est pas tant faire confiance à une autre personne, mais avant tout se faire confiance à soi-même et à l'Univers. Tu es à la barre de ton existence et tu sors du port pour prendre le large et réaliser tes rêves. Tu affronteras des tempêtes, mais je suis sûr que tu as tous les outils pour les surmonter. La seule chose que tu dois toujours garder à l'esprit, c'est l'endroit où tu veux aller, ta destination. Lorsque tu hisses les voiles pour attraper les vents qui te pousseront vers une destination, tu ne peux pas le faire au hasard, tu dois avoir un but. Et si tu as des doutes, et tu en auras, rassure-toi, comme je l'ai fait et comme je le fais encore, souviens-toi de qui t'a inspiré, de ce que ton grand-père t'a dit. Ne regarde jamais en arrière, jamais. Va de l'avant, vis chaque instant, ne gaspille pas le temps qui t'est imparti. Demande-toi toujours : « De quoi ai-je besoin aujourd'hui ? ». Et sais-tu quelle est la réponse ? D'émotions. Les émotions, Yves. Les émotions ne sont pas des dangers, elles sont le sel de la vie de chacun. La plupart des gens ne savent même pas ce qu'elles sont, et sais-tu pourquoi ? ».

« Non », répondit Yves, automatiquement.

« La première raison est qu'ils sont trop concentrés sur leur zone de confort. Ils sont bien comme ils sont, pourquoi changeraient-ils ? Ce sont des gens qui vivent dans la culture de l'alibi. La deuxième raison est la peur de ne pas réussir, d'échouer. La troisième raison est que les gens sont toujours à la recherche de raccourcis, de la manière la plus facile de faire les choses et d'atteindre leurs objectifs. Au contraire, il n'y a pas de grande réussite sans grand sacrifice, mon cher et jeune ami ».

« Vous, Filippo, vous êtes un inspirateur », commenta Yves.

« Je ne sais pas si je suis un inspirateur, mais j'aime à penser que quelqu'un, en me parlant, peut trouver la clé pour ouvrir la porte derrière laquelle se trouvent les réponses que tout le monde a en soi ».

« Moi, j'ai envie de vivre, Monsieur Filippo ».

« Écoute, mon petit, établissons une petite règle : tutoie-moi, s'il te plaît, veux-tu ? ».

« Oui, absolument. Je ne voulais pas vous manquer de respect... te manquer de respect ».

« Tu crois qu'on montre du respect en se vouvoyant ? Je ne le crois pas ».

« Non, tu as bien raison. De toute façon...j'ai soif de vivre. Je veux faire beaucoup de choses, j'ai mille idées, mais je ne sais pas par où commencer », expliqua le garçon.

« Commence par les plus petites. Tu aimerais aller à l'université, n'est-ce pas ?"

« Oui ».

« Quelle faculté ?».

« J'aimerais m'inscrire en philosophie ou en lettres. Mon rêve est d'enseigner et d'écrire des livres », répondit Yves, tout excité.

« Quel genre de livres ? ».

« Des romans, des poèmes, des réflexions. J'adore écrire, j'ai déjà tellement de matière ! ».

« C'est magnifique ! Alors qu'attends-vous pour t'inscrire ? ».

« Je n'ai pas les moyens. Même si j'obtenais des bourses, je ne pourrais pas voyager et engager les dépenses minimales qui me permettraient d'assister aux cours ».

« A quelle distance se trouve l'université que tu aurais choisie ? ».

« La plus proche est à une soixantaine de kilomètres de Deauville, à Rouen », répondit promptement Yves.

« As-tu calculé combien il te faudrait par mois pour avoir la tranquillité d'esprit de pouvoir fréquenter ? ».

« Oui, bien sûr. Sans compter les frais de scolarité, le coût mensuel entre le voyage et le strict minimum pour subvenir à mes besoins et me procurer des livres est d'environ six cents euros par mois ».

« Tu es sûr ? Cela me semble un peu bas. À mon avis, je dirais au moins huit cents ».

Yves baissa les yeux, dépité. « Je n'y arriverai jamais », murmura-t-il.

« Hé, petit ! Qu'est-ce que je viens de te dire ? Tu ne veux pas t'arrêter devant une petite tempête, n'est-ce pas ? », l'encouragea Filippo.

« Non, mais...pour moi, huit cents euros par mois, c'est impossible en ce moment. Je n'ai pas de travail, mes grands-parents ne peuvent pas m'aider. Tout ce qu'ils peuvent faire, ils le font déjà, mais pas plus ».

« Écoute bien, Yves, une deuxième règle à respecter, c'est que si tu veux continuer à me parler, tu ne dois jamais dire « je n'y arriverai jamais » ».

Le garçon le regarda avec les yeux de quelqu'un qui se sent en difficulté.

« Tu vois, nous sommes tous confrontés à des moments difficiles, où nous ne savons pas comment et quoi faire, mais cela ne doit pas nous arrêter. Peu importe ton âge, ton sexe ou tes origines, ce qui compte, c'est ce que tu penses. Tu te souviens de ce que je vous ai dit pendant la réunion ? « Commencez à être maintenant ce que vous voulez devenir à partir de maintenant. Réfléchis, Yves, réfléchis. Crois et agis en conséquence. L'Univers fera le reste ».

« Le problème est que je ne sais pas vraiment comment commencer... ».

« C'est simple : commence ! Viens, allons-nous promener sur la plage avec Bart ! ».

En parlant avec Yves, Filippo se remémora les mots, les silences, les paroles et les non-dits et toutes les émotions qu'il avait partagées avec ses enfants. La colère, la joie, la tristesse, la peur, la surprise, l'angoisse, la joie. Tout.

Les nuits blanches passées à essayer de trouver un moyen de parler à Pietro et Viola. Leur enfermement dans leur propre monde, leur sentiment d'être incompris. Il ne le comprenait pas à l'époque.

Maria lui disait d'être patient, de les écouter et de ne pas les juger. Parce que ce n'est pas facile d'être un adolescent, mais nous l'avons tous été, même si nous l'oublions trop vite.

Et voilà qu'il se retrouvait avec ce garçon effrayé, ce jeune homme qui avait peur d'affronter le monde. Et lui, devenu désormais grand-père, était prêt à accueillir ses peurs et à les transformer en passion.

Ils marchèrent en silence. Les seules voix étaient celles de la mer, du vent et des mouettes.

Yves s'arrêta brusquement. « Tu crois vraiment que j'en serai capable ? ».

« Est-ce que tu as des doutes ? ».

"Non, aucun doute. Peut-être quelques-uns, mais...beaucoup de peur, cela est certain ».

« C'est bien, alors nous sommes sur la bonne voie. De toute façon, si tu veux, ma maison est toujours ouverte. Viens quand tu veux. Chez moi, tu trouveras toujours de la bonne musique, des livres intéressants, du bon café, des gâteaux fantastiques d'Adèle, et surtout, quelqu'un qui t'écoutera et ne te jugera jamais. Mais maintenant, essayons de trouver les premières solutions pour que tu puisses t'inscrire à l'université. Quand est-ce que ton parcours d'études commence ? ».

« Je ne sais pas. Mais je crois qu'il a déjà commencé ».

"Il n'y a pas de problème. Tu auras le temps de mieux te préparer, de passer ton permis de conduire et de mettre de 'de côté. Je sais que Vincent et Adèle cherchent quelqu'un qui puisse les aider les vendredis et samedis au bistrot. Ensuite, je parlerai à Monsieur Hubert. Il m'a dit qu'il voulait mettre en place des cours de rattrapage pour les élèves en difficulté, et tu serais parfait. Je pense qu'avec ces deux petits boulots, tu peux déjà mettre de l'argent de côté. Mais pour le permis de conduire, je vais te faire une proposition : je t'offre un de mes tableaux et nous le mettrons aux enchères. Le produit de la vente sera entièrement pour toi. Je parlerai aux autres personnes qui organisent l'événement. En contrepartie, tu feras un travail d'utilité sociale pendant quelques mois : faire des courses pour les personnes âgées, passer du temps avec elles, peut-être leur faire la lecture ou simplement les écouter. Quant à moi, tu m'aideras à ranger mon entrepôt et, au printemps, tu m'aideras à rafraîchir les pièces de la maison. Qu'en penses-tu ? ».

« Je trouve ça fou », répondit Yves, visiblement ému.

« Tu vois, mon jeune ami, nous avons simplement trouvé des solutions : tu obtiens ce dont tu as besoin et, en retour, tu fais quelque chose pour la communauté ».

«Merci, Filippo. Merci de tout cœur ».

« Ne me remercie pas, je suis heureux de t'aider. Mais, crois-moi, tu as tout ce qu'il te faut ». C'est alors qu'une idée lui vint à l'esprit : « Tu aimes Pablo Neruda ? ».

« J'ai lu quelque chose et j'ai vu un film qui lui était consacré. *Il postino*, de Massimo Troisi. C'est magnifique ».

« Oui, très beau. Tu sais, il y a une citation qui me tient particulièrement à cœur et que j'ai récitée à ma fille Viola à un moment très difficile de sa vie, lorsqu'elle m'a confié que son existence n'avait pas de sens. Elle était alors adolescente. Un soir, elle nous a demandé, à sa mère et à moi, de lui parler. Elle nous a révélé son sentiment d'être différente, son sentiment de ne pas être comprise. Nous avions déjà remarqué sa façon d'être, mais nous ne nous étions jamais permis de juger ou d'intervenir. Elle nous a dit qu'elle était homosexuelle et qu'elle aimait une autre fille. Il a alors fondu en larmes et a serré sa mère dans ses bras. Je me suis approchée et je me suis jointe à cette étreinte merveilleuse et libératrice. Pendant que nous étions ainsi, serrés l'un contre l'autre, Pietro, notre autre fils, est entré et savait tout. Il s'est approché, lui a caressé les cheveux et lui a dit : « Tu as réussi. Maintenant, tu es libre, Viola, libre de voler ». Ce fut l'un des moments les plus excitants et les plus beaux de ma vie. Ce jour-là, Viola nous a non seulement rappelé ce qu'était l'amour, mais aussi la grande force qu'une personne a en elle et l'importance d'être une famille. Le soir, lorsque je suis allée lui dire bonne nuit dans sa chambre, je lui ai lu une citation de Pablo Neruda, que je souhaite également te transmettre aujourd'hui : « Tu es la force de ta vie. Maintenant, réveille-toi, combats, marche, décide et tu triompheras dans la vie. Ne pense jamais au destin, car le destin est l'excuse des échecs. Ne blâme personne ».

Yves s'arrêta et, les yeux perdus dans la mer, se mit à pleurer.

Filippo continua à marcher avec Bart, le laissant seul avec ses pensées, ses émotions et ses souvenirs.

Ils rentrèrent à la fin de la matinée.

« Merci, Filippo. Merci pour ton temps et pour m'avoir fait comprendre que je ne suis pas seulement un morceau de bois, mais une œuvre d'art encore cachée, prête à sortir au grand jour. Exactement comme mon grand-père me l'a toujours dit ».

« Tu n'as pas à me remercier, Yves, tu n'as qu'à te remercier toi-même », répondit Filippo en le regardant dans les yeux.

« Il faut vraiment que je m'en aille, je suis déjà en retard et je dois aller chercher les médicaments de ma grand-mère à la pharmacie ».

« Tu veux que je t'accompagne ? ».

« Non, merci. Je suis habitué. En un rien de temps je serai à Deauville, et puis le vélo m'aide à réfléchir et à me détendre ».

« D'accord. Je parlerai à Monsieur Hubert dans les prochains jours, puis à Vincent et Adèle. Bonne journée », le salua Filippo qui lui donna une tape affectueuse sur l'épaule et sourit.

« Toi aussi, et merci beaucoup », dit le garçon avant de monter en selle et de s'éloigner.

– Savourer le présent –

CHAPITRE 7

Il était désormais midi et les nuages avaient pris place dans le ciel, en laissant peu de place au bleu et aux rayons du soleil.

Filippo voyait Bart un peu fatigué. Depuis quelque temps, il l'avait aussi vu dormir plus que d'habitude.

Il changea l'eau de son bol et mit une poignée de croquettes dans l'autre, puis se prépara une omelette, un plat rapide et facile. Il n'avait pas envie de cuisiner et n'avait pas très faim non plus.

Le dimanche était le jour où il s'arrêtait et se consacrait davantage à lui-même.

Il ne dormait pratiquement jamais l'après-midi, préférant lire, écouter de la musique, peindre, marcher ou se promener avec Bart ou des amis.

Alors qu'il rangeait son assiette fraîchement lavée dans le garde-manger, il lui vint à l'esprit que ce jour-là, à Saint-Pierre-en-Auge, à une quarantaine de kilomètres de là, le marché de Noël commençait.

« Hé, mon vieux, ça te dirait de faire un tour ? ».

Bart le regarda, se leva et se dirigea vers la porte.

Souvent, Filippo se demandait comment il pouvait comprendre tout ce qu'il lui disait, mais il pensait aussitôt au fait que les chiens comprenaient bien plus que beaucoup de gens.

Il s'habilla bien, prit un parapluie et monta dans le fourgon avec Bart.

Il ne pleuvait pas beaucoup, heureusement, mais l'air était froid.

En prenant la D16, il aurait mis une heure ou deux à arriver. Il n'était pas pressé, et de toute façon, même s'il voulait aller plus vite, sa vieille Citroën avait encore son âge.

Il avait fait installer une radio avec lecteur CD, et il en profita pour écouter de la musique pendant que Bart somnolait sur les sièges à côté de lui. Cela lui parut étrange, car ce n'était pas une attitude habituelle de sa part. D'habitude, pendant leurs voyages, il regardait par la fenêtre, curieux d'observer ce qui se passait à l'extérieur.

Après environ une heure et quart passée en compagnie de la voix d'Enrico Macias, un chanteur algérien de nationalité française dont Vincent lui avait offert le CD, il arriva à destination.

Le petit marché se tenait dans le cadre magnifique de la halle médiévale du XIe siècle, et de nombreux artisans y participaient pour vendre leurs produits locaux.

Il y avait beaucoup de monde et Bart s'efforçait de jongler, tout comme Filippo.

Il acheta quelques décorations de Noël, puis s'arrêta devant un petit étal qui avait attiré son attention : crèmes, savons, encens, tisanes et bien d'autres choses encore, tous des produits naturels fabriqués en Normandie.

Lorsqu'il leva les yeux, son cœur manqua de s'emballer. Une jeune femme d'une trentaine d'années, au beau sourire, l'observa.

« Bonjour, puis-je vous aider ? », lui demande-t-elle. Elle avait une voix très douce.

Filippo resta comme bloqué. Cette femme était une copie parfaite de sa femme Maria lorsqu'elle était jeune.

« Monsieur, ça va ? ».

« Ou-oui, désolé... J'étais plongé dans mes pensées. Ma femme bien-aimée aimait les produits comme les vôtres. Chaque année, elle me traînait à une foire qui avait toujours lieu pendant les vacances de Noël, mais en Italie. L'espace d'un instant, je suis revenu quelques années en arrière... ».

«Ce sont de belles émotions, alors », lui sourit-elle.

« Oui, c'est très beau. Il y a longtemps que je n'ai pas vu un sourire comme le sien...depuis que Maria était encore ici avec moi », dit-il sincèrement, se perdant encore dans ce regard, puis baissa le sien sur l'étalage devant lui. « Je voudrais du savon naturel, une crème pour les mains et une crème pour le visage, s'il vous plaît. Ensuite, j'ai vu que vous avez des tisanes, laquelle me recommanderiez-vous ? ».

« Je vous offre quelque chose de spécial. C'est une tisane spéciale, une infusion née d'une idée de mon arrière-grand-mère Céleste, elle s'appelle *Savourer le Présent* ».

« Savourer le présent », répéta Filippo dans sa langue maternelle.

« Elle prétendait que les gens oubliaient de vivre le moment présent, et quand elle rencontrait quelqu'un de pressé, elle lui recommandait celle-ci », dit la jeune fille en lui tendant un petit paquet. « En fait, elle avait l'habitude de dire : « À chacun sa tisane ». Lorsqu'elle a laissé son petit atelier à ma grand-mère Margaux, elle a veillé à transmettre non seulement la tisane et les autres produits, mais surtout deux choses : le sourire et la gentillesse. Ainsi, à chaque fois que nous préparons un colis pour nos clients, nous laissons à l'intérieur un petit parchemin avec une dédicace : « *Ne cherchez pas à savoir de quoi demain sera fait, car c'est aujourd'hui qui vous offre de merveilleux moments !* ». Je ne pense pas que vous n'appréciez pas le jour présent, au contraire, mais je suis sûre que vous allez l'apprécier. Je ne vous connais pas, mais je sens que j'ai affaire à une bonne personne, car les yeux ne mentent jamais. Vous aimez lire ? ».

« Oui, beaucoup. Je lis, j'écris et je peins », répondit Filippo.

« Nous possédons ce bureau depuis trois générations. Enfant, j'accompagnais ma grand-mère et ma mère sur les marchés, surtout quand je n'allais pas à l'école. J'ai appris tous les secrets des herbes et des huiles essentielles, mais j'ai surtout hérité d'elles l'amour de la nature et de ce beau travail. Tous nos produits sont fabriqués avec des huiles et des colorants végétaux. Le miel est produit par nos propres abeilles. Mon grand-père avait vingt-cinq ruches. Aujourd'hui, nous n'en avons plus qu'une dizaine et c'est un vieil oncle à moi qui s'en occupe. Les confitures sont toutes produites par nos soins et ne sont faites qu'avec des fruits de saison. C'est pourquoi nous n'avons pas une grande production », expliqua-t-elle.

« Vous aimez votre travail, cela se voit, Mademoiselle. Désolé, je ne connais pas votre nom... ».

« Je m'appelle Sophie », répondit-elle en rougissant légèrement.

« Enchanté, je m'appelle Filippo et je suis italien. Mais je vis à Deauville depuis quelques années ».

« L'Italie, quel beau pays ! J'y suis allé une fois, avec un copain. Nous sommes partis avec une *Dyane 6* et une tente. Nous sommes allés jusqu'aux Pouilles, en nous arrêtant à Florence, Pérouse, Rome et ensuite jusqu'au Salento. Ce sont vingt jours que je garderai toujours dans mon cœur, même si je n'ai plus ce copain », dit-elle en éclatant de rire.

« Oui, l'Italie est très belle, mais la France et la Normandie ne le sont pas moins ».

« Vous avez donc déménagé ici ? »

« Oui, cela fait neuf ans maintenant. Je vis dans le phare près de Deauville. J'ai déménagé ici trois ans après la mort de ma femme Maria. Nous aurions aimé venir ici ensemble, mais ce n'était pas possible, mais j'ai tenu ma promesse et je suis venu avec lui », répondit Philip en tapotant la tête de Bart.

Sophie se retourna, puis sortit de l'arrière du comptoir avec deux biscuits à la main. « Comment s'appelle-t-il ? Elle se pencha à genoux pour le caresser.

« Il s'appelle Bart ».

« Voilà, mon petit, c'est pour toi. Ce sont des biscuits que je fais, ils sont spéciaux ».

Bart n'hésita pas un instant, il goûta le premier, puis le second.

« Merci, Sophie, mais vous n'auriez pas dû ».

« Pourquoi pas ? Ce sont des merveilles de la création et il faut les traiter comme telles. Voudriez-vous en goûter un vous-même ? Ils sont bons, vous savez. Ils sont faits avec du levain, de la farine de céréales et sans graisses animales. Ils sont parfaits pour le petit-déjeuner et pour le goûter ».

« Merci, donnez-m'en quelques-uns. Mais pas beaucoup, parce qu'il n'y a que lui et moi ».

« D'accord, je m'en occupe moi-même, ne vous inquiétez pas ».

Sophie prépara plusieurs petits sacs avec les choses que Philippe avait achetées et y ajouta un petit parchemin. « Voilà », dit-elle en lui tendant les sacs. « Les biscuits et l'encens sont un cadeau de ma part. Un cadeau pour quelqu'un de spécial ».

« Mais vous n'auriez pas dû le faire, c'est votre travail ».

« Ne vous donnez pas cette peine. Croyez-moi, vous avez changé ma journée. J'étais un peu triste, mais maintenant je me sens mieux, et c'est grâce à vous. Vous dégagez une énergie positive », dit la jeune fille, les yeux brillants.

« Merci, Sophie. Merci de tout mon cœur ».

« Ecoutez...puis-je vous demander une faveur ? ».

« Bien sûr, dites-moi! »

« Je serai ici jusqu'au 20 janvier. Vous me promettez de revenir me voir ? », demanda Sophie.

« Bien sûr, je viendrai avec grand plaisir. Peut-être que j'amènerai quelques amis avec moi. Jusqu'à quelle heure êtes-vous ouvert le soir ? ».

« Cela dépend, parfois jusqu'à minuit, mais cela n'arrive que le samedi. Sinon, en semaine, jusqu'à 20 heures. Pourquoi ? », demanda-t-elle, intriguée par cette question.

« Je viendrai vous voir et, si vous le souhaitez, nous pourrons aller manger quelque chose tous ensemble. Si vous avez un petit ami, un mari ou un partenaire, vous pouvez l'amener aussi ».

Soudain, le visage de Sophie s'assombrit. « Non, Filippo, je n'ai personne d'autre qu'un petit bonhomme de six ans qui m'attend à la maison avec sa grand-mère. Il est toute ma vie. Nous nous voyons très peu ces jours-ci. Je rentre le soir juste à temps pour passer un peu de temps avec lui, le mettre au lit, lui faire la lecture et l'embrasser pour lui souhaiter bonne nuit. De temps en temps, s'il ne fait pas trop froid, il vient m'aider le samedi. J'habite à Caen, à une quarantaine de minutes. En tout cas, j'accepte l'invitation avec grand plaisir. En attendant, je vous laisse ma carte de visite. Toutes mes références y sont inscrites : de mon site web, où vous trouverez tous mes produits, à mon e-mail et mon numéro de portable. Lorsque vous prévoyez de venir, appelez-moi quelques jours à l'avance pour que je puisse m'organiser.

« Écoutez, Sophie, si vous voulez, vous pouvez aussi amener ta mère et ton fils. J'en serais ravi. Vous savez, je suis grand-père de deux enfants, Lorenzo et Giada, âgés de cinq et sept ans. Comment s'appelle votre enfant ? ».

« Il s'appelle Gabriel ».

« Comme l'Archange Gabriel ».

« Oui, et c'est vraiment un ange », dit la femme, les mains posées sur son cœur ; un geste spontané qui laisse transparaître tout son amour. « Quoi qu'il en soit, c'est très bien. S'il n'y a pas d'obstacle, je serai heureuse de vous présenter ma mère et mon petit homme ».

« Ce sera un grand plaisir pour moi. Mais j'allais oublier : combien vous dois-je pour ce que j'ai acheté ? ».

« Quatorze euros en tout ».

Filippo sortit son portefeuille de sa poche et en tira quelques billets. « Tenez, ça fait quinze. Gardez la monnaie ».

La jeune fille sourit et le remercia. « Maintenant, lorsque vous allumerez un encens le soir et que vous boirez la tisane *Savourer le Présent*, vous vous souviendrez de cette rencontre ». Puis elle se baissa pour caresser Bart et lui donner un baiser sur la tête. « Au revoir, Bart. A bientôt donc ! ».

Filippo lui fit un signe d'adieu et se détourna pour retourner vers le fourgon.

Il ne se demandait désormais plus pourquoi, dans la vie, on faisait des rencontres comme celle qu'il venait de faire avec cette gentille fille. Il les vivait, il ne se demandait plus pourquoi, même s'il était certain que l'on était là et que l'Univers le savait.

Il remarqua que Bart était un peu fatigué, même s'ils n'avaient pas beaucoup marché ; peut-être en avait-il simplement assez de tous ces gens.

« Hé, mon vieux, qu'est-ce qu'il y a ? Viens, rentrons à la maison ».

Il était déjà plus de six heures lorsqu'ils montèrent dans le fourgon et Bart alla s'allonger sur le siège.

Lorsqu'ils arrivèrent à la maison, il alla immédiatement se positionner sur son oreiller, tandis que Filippo allumait le fourneau et prépara la tisane qu'il venait d'acheter. Il avait également allumé un encens, versé les croquettes dans le bol de Bart et mis de la musique.

Il avait envie d'écouter quelque chose pour lui tenir compagnie.

Dehors, il pleuvait et les vagues de la mer se faisaient entendre. Filippo éprouvait des sensations étranges, un mélange de gaieté et d'émerveillement devant la belle rencontre qu'il venait de faire, et d'inquiétude pour son cher compagnon à quatre pattes.

Il posa les *Nocturnes* de Chopin sur le plateau et s'assit dans le fauteuil, à côté de son inséparable Bart.

Il le caressa et, en réponse, il se mit à frétiller de la queue.

Il n'aurait jamais cru qu'un chien puisse lui donner autant d'amour inconditionnel et une compagnie aussi fidèle. Mais les animaux sont ainsi, ils ne font que donner, sans rien demander en retour.

Filippo se sentait également fatigué. Il pensa à aller se coucher, mais d'abord, comme toujours, il alla à son bureau et sortit son journal.

Il se rassit dans le fauteuil et laissa ses pensées prendre forme à travers les mots caressés par la musique, qui se déposaient sur les pages encore vierges.

« Il arrive que l'on fasse des rencontres auxquelles on ne donne pas d'importance, ou dont on ne se rend pas compte. Mais si nous apprenons à vivre et à embrasser le moment présent, nous comprendrons que lorsque nous rencontrons une personne spéciale, que nous n'aurions jamais imaginé croiser sur notre chemin jusqu'à cet instant, cela signifie que la vie a décidé de nous faire un cadeau, envoyé par quelque chose ou quelqu'un de bien plus grand que nous. Une entité qui attendait le bon moment. L'Univers nous envoie ce dont nous avons besoin quand nous en avons besoin, pas quand nous le décidons ».

Il ajouta deux morceaux de bois au poêle pour se réchauffer pendant la nuit. Il éteignit la musique et se coucha, en s'endormant sur les notes de la pluie.

- les liens -

CHAPITRE 8

Décembre n'était plus qu'à quelques jours.

Ce matin-là, Filippo s'était levé tôt comme d'habitude, avait ouvert la fenêtre pour respirer l'air marin et avait mis de la musique. Son humeur lui avait suggéré un beau morceau de Paolo Fresu, avec Richard Galliano et Jan Lundgren, *Mare Nostrum*.

Il se lava et s'habilla, puis commença à préparer le petit-déjeuner. Curieusement, Bart n'était pas aussi vif que d'habitude. Il était toujours là, sur son oreiller, près du poêle.

Filippo le caressa : « Hé, mon vieux, comment vas-tu ? ».

Bart le regarda, commença à remuer la queue, mais ne bougea pas. Puis il leva la tête, lécha la main et se recoucha. Il n'avait jamais fait ainsi.

« Allez, Bart, le petit déjeuner est prêt ! », essaya-t-il, mais il ne réagit pas.

Il était très inquiet, et alors il décida d'appeler Vincent. Adèle et lui avaient un chien et ils savaient quand le vétérinaire passait en ville.

Vincent lui donna le numéro de téléphone du docteur et Filippo le contacta immédiatement.

« Allô, bonjour, Monsieur Andreas, c'est Filippo Sabiani. Vincent du *Bistrot de la mer* m'a donné votre numéro. J'aimerais que vous veniez voir mon chien. J'habite au phare, à quelques kilomètres de la ville de Deauville ».

« Bonjour, Monsieur Sabiani, malheureusement je ne pense pas devoir venir dans votre zone avant la semaine prochaine, sauf appel urgent. Si vous souhaitez l'apporter ici, dans mon studio, je serai à Houlgate aujourd'hui et demain. Vous me trouverez de neuf à quinze heures », répondit cordialement le médecin.

« D'accord, je viens tout de suite. Donnez-moi le temps

d'arriver ! ».

Son inquiétude grandissait et il n'avait pas envie d'y aller seul. Aussi, après avoir mis fin à la conversation avec le vétérinaire, il appela Auguste. Il savait qu'il était tôt pour lui, mais c'était une urgence et il était sûr qu'il comprendrait.

Après quelques sonneries, son ami répondit : « Bonjour, Filippo. Il s'est passé quelque chose ? Pourquoi m'appelles-tu à cette heure-ci ? ».

« Excuse-moi, Auguste. Bart est malade et je dois l'emmener chez le vétérinaire. Veux-tu m'accompagner ? ».

« Bien sûr. Laisse-moi le temps de m'habiller et je te rejoins », répondit-il sans attendre.

Filippo mit fin à l'appel et se remit à caresser Bart, qui continuait à le regarder et à remuer la queue, mais sans se lever.

« Bart, s'il te plaît, tu ne peux pas me laisser aussi », dit-il, les larmes aux yeux.

Au bout de vingt minutes, Auguste était en bas et l'attendait. Filippo prit une couverture, enveloppa son vieil ami et sortit. Il ouvrit la portière du fourgon et l'installa sur les sièges à côté du conducteur, avec Auguste à ses côtés. Il mit en marche le moteur et démarra.

Ces quinze kilomètres lui parurent une éternité.

Lorsqu'ils arrivèrent enfin, c'est le docteur Andreas qui lui ouvrit la porte. « Bonjour, vous devez être Filippo ».

« Oui, c'est moi, docteur. Enchanté de vous connaître ».

« Bienvenu », répondit-il en lui serrant cordialement la main. Puis il se tourna vers Bart. « Nous allons tout de suite nous occuper de toi ».

Il les fit asseoir dans l'une des chambres et demanda à Filippo de de le poser sur la table d'examen, puis commença à l'ausculter.

Au bout de quelques minutes, il se retourna et dit : « Je devrais faire une radiographie de l'abdomen »

« Très bien, docteur. Faites tout ce que vous avez à faire », répondit Filippo.

« D'accord. Je vous demande seulement d'attendre ici ».

Filippo et Auguste s'assirent dans la salle d'attente, tandis qu'Andreas et son assistant préparaient l'appareil et procédaient à l'examen.

Le temps sembla s'arrêter. Il chercha à ne pas laisser son esprit vagabonder sur les scénarios les plus désastreux et se força à rester calme, pour Bart.

Au bout d'une quarantaine de minutes, le vétérinaire sortit et demanda à Filippo de le suivre.

« Nous avons fait la radiographie, et comme vous pouvez le voir, Bart a une tache noire près du foie », dit-il en montrant l'écran. « Malheureusement, il s'agit d'une tumeur ».

Filippo se sentit mourir. Il se baissa pour prendre son chien dans ses bras et commença à l'embrasser sur la tête. « Bart, s'il te plaît, ne meurs pas ! S'il te plaît... ».

Le médecin posa une main sur son épaule. « Monsieur Sabiani, Bart n'est pas encore mort. Je vais faire une aspiration à l'aiguille et nous ferons un examen histologique pour déterminer la gravité de la maladie. Si c'est ce que je pense, nous l'avons pris à temps et si nous commençons le traitement tout de suite, Bart aura encore du temps à passer avec vous ». Ceci dit, il l'endormit pour procéder au prélèvement, tandis que Filippo retournait dans la salle d'attente.

Il se sentait épuisé. Auguste ne parlait pas, mais il savait que c'était sa façon d'être proche de lui.

Après quelques minutes interminables, Andreas revint. « Ecoutez, si vous êtes d'accord, je vais le garder en observation pendant quelques jours, en attendant les résultats, afin de lui donner des médicaments antidouleur et de surveiller la situation ».

« D'accord, docteur ».

« Très bien ! Vous pouvez venir le chercher jeudi »

« Puis-je lui dire au revoir ? »

« Bien sûr, il ne manquerait plus que ça ! ».

Bart dormait, encore sous l'effet de l'anesthésie. Filippo le caressa et l'embrassa sur la tête. « Au revoir, mon ami, à jeudi. Tu vas me manquer ».

Lorsqu'ils quittèrent le cabinet de consultation, il était déjà midi.

« Tu verras que Bart ira bien. J'en suis sûr », dit Auguste.

Filippo acquiesça légèrement.

« Ecoute », poursuivit-il, « allons maintenant chez Adèle et mangeons un morceau ensemble ».

« Je n'ai pas faim ».

« Tu verras que la faim arrivera ».

Arrivés au bistrot, Adèle s'approcha de lui et le serra dans ses bras. « Je me suis permise d'appeler le docteur Andreas », lui fit-elle remarquer, « il m'a dit que tu dois rester tranquille. D'après lui, c'est bénin et surtout cela a été pris à temps. C'est tout à fait normal qu'un chien de son âge ait des problèmes de ce genre, mais il s'en sortira, m'a-t-il assuré ».

« Merci, j'en suis sûr, mais pour l'instant, je suis désespéré. Mon Bart, tu sais ? Il n'est pas qu'un chien pour moi ».

« Je sais, Filippo, je sais. Mais je peux t'assurer qu'Andreas est non seulement un très bon vétérinaire, mais surtout, en bon Allemand qu'il est, il ne parle pas et ne donne pas son avis s'il n'est pas sûr de ce qu'il dit. Maintenant, assieds-toi et mange quelque chose de chaud. Aujourd'hui, j'ai préparé une crème de potiron, c'est léger ».

« Merci de tout cœur, Adèle ».

Il prit place à côté d'Auguste, mais ses pensées allaient toujours vers Bart, endormi sur cette table d'examen.

Il goûta deux cuillerées de crème de potiron, mais il n'arrivait pas à manger. Il posa la cuillère sur l'assiette.

« Écoute, Filippo », dit Auguste, « je sais que ce n'est pas facile, mais nous sommes là pour te tenir compagnie en attendant que ton Bart rentre à la maison ».

« Je sais, mon ami, et je vous en remercie. Mais excusez-moi, je suis très fatigué. Je rentre chez moi, je vais essayer de dormir un peu ».

« Tu veux que je t'accompagne ? », demanda Auguste, inquiet.

« Non, merci. J'ai besoin d'être seul, excusez-moi ».

Il dit au revoir à tout le monde et retourna au phare.

Il s'allongea sur le lit, mais ne parvint pas à s'endormir. Il se leva, alla à la cuisine et prépara la tisane que Sophie lui avait donnée.

Il avait particulièrement froid. Peut-être à cause de tout ce qui s'était passé. Il alluma donc le poêle et s'assit dans le fauteuil pour siroter l'infusion qu'il avait versée dans une tasse.

Alors qu'il était là, plongé dans ses pensées, son téléphone portable sonna.

« Allô ? », répondit-il.

« Salut, Monsieur Sabiani. C'est Andreas, le vétérinaire, je vous dérange ? »

Filippo se leva du dossier. « Non, non, pas du tout. Comment va Bart ? », demande-t-il, plein d'espoir.

« Je vous ai appelé pour cette raison. Il s'est réveillé et il va bien. Je l'ai mis sous perfusion pendant qu'il dormait. Il a aussi mangé tout ce que je lui ai donné. Rassurez-vous, il va s'en sortir. J'ai demandé que l'échantillon soit analysé d'urgence et nous aurons les résultats dans quelques jours. Je suis sûr qu'ils seront réconfortants. Dans ce cas, nous devrons procéder à une petite opération et retirer cette petite masse. Dans quelques semaines, Bart pourra à nouveau courir, encore plus vite qu'avant. Si vous voulez, je le ramènerai chez vous demain, en attendant de savoir ce qu'il faut faire ».

« Merci, docteur, merci beaucoup. D'accord, mais si cela vous dérange trop, je viendrai le chercher moi-même », répondit Filippo, soulagé. Il se réjouit de retrouver son ami à la maison.

« Ne vous inquiétez pas, il n'y a pas de problèmes. Je dois venir à Deauville de toute façon, j'ai une urgence. Je serai chez vous en fin de matinée ».

« C'est magnifique ! Merci, docteur, à demain ! ».

L'appel du vétérinaire et la tisane de Sophie avaient eu un effet incroyable. Filippo se sentait plus serein et avec plus d'envie de faire quelque chose.

C'est bien vrai : « Change tes pensées et tu changeras ta vie », se dit-il.

Il lui faut faire comme toujours. Ne penser qu'aux bonnes

choses, même dans les moments les plus difficiles. La maladie de Maria le lui avait bien appris.

« Filippo, pense positivement ! Allez, fais-le, s'il te plaît. Il ne sert à rien de se plaindre de quelque chose ou de quelqu'un. Tu ne peux pas changer l'état des choses, mais tu peux changer ton attitude mentale à leur égard », lui dit-il.

Et c'est ainsi qu'il avait commencé à mettre en pratique ce conseil, d'abord avec difficulté, puis en entrant peu à peu dans la dimension suggérée par Maria. Elle soutenait que chaque individu a en lui tout ce qui est nécessaire et capable de le conduire vers la résolution d'un problème. Chacun, s'il le veut, a la possibilité d'avoir une bonne santé, de bonnes relations et un travail qui le satisfasse. Mais pour y parvenir, il faut entrer dans la dimension de la positivité. Il est essentiel de croire que c'est possible et, en même temps, d'être prêt à abandonner les vieux modèles mentaux qui créent de mauvaises conditions.

« Il suffit de regarder à l'intérieur de soi et de puiser dans ces facultés intérieures qui sont capables de changer notre vie, parce qu'elles savent ce qui est le mieux pour nous », c'est ce que Marie lui répondait lorsque Filippo manifestait sa perplexité.

Il finit par comprendre, pas à pas. Il s'était rendu compte qu'il était maintenant entré dans cet état de conscience où il était certain qu'elle serait guérie et qu'elle irait bien.

Car dans les difficultés et la maladie, quand la conscience rencontre la conviction, elle est toujours la première à gagner.

« Assez ruminé », se dit-il soudain en se levant d'un bond. « Mieux vaut s'occuper ».

Il allait faire quelques courses au village et en profiterait pour passer à l'atelier d'Ernest pour lui montrer le fourgon ; depuis quelques jours, il entendait un bruit étrange au niveau de la roue arrière droite. D'ailleurs, la vente aux enchères n'était pas loin et il y avait encore beaucoup de choses à préparer.

Alors qu'il s'apprêta à partir, son téléphone portable sonna à nouveau. C'était Pietro.

« Bonjour, Pietro. Quel plaisir d'avoir de tes nouvelles ! Comment vas-tu ? ».

« Bonjour, papa. Nous allons tous bien. Comment vas-tu ? ».

« Je vais bien, mais je suis un peu inquiet pour Bart. Je l'ai laissé chez le vétérinaire...il a pris un échantillon de sang pour faire un examen histologique, mais il m'a assuré que ce sera tout à fait réparable, et j'ai bon espoir ».

« Tu as raison de l'être, papa, tu verras qu'il ira bien bientôt. Alors, vieux jeune homme, comment ça va ? Il fait froid ? ».

« Ça va, Pietro, vraiment. À part le problème de Bart, tout va bien, je ne m'ennuie pas du tout ».

« Je sais, je te crois, tu ne t'ennuies jamais... Je sais que Viola t'a annoncé la bonne nouvelle ».

« Oui, et tu ne sais pas à quel point je suis heureux », répondit Filippo en repensant à la joie que cette extraordinaire nouvelle avait suscitée en lui.

« J'ai aussi appelé pour te dire quelque chose d'autre...le 5 décembre, je dois me rendre à Paris pour rencontrer une société que nous sommes en train d'acquérir. J'ai pensé passer par ton coin de pays et passer quelques jours avec toi, qu'en dis-tu ?".

« Mais c'est merveilleux ! ».

« Je voulais emmener Cristine et les enfants aussi, mais Cristine ne peut malheureusement pas s'absenter. Son travail à l'hôpital ne lui laisse aucun répit ces temps-ci ».

« Dommage, ça aurait été super ».

« Je sais, papa, mais il y aura d'autres occasions. Quand viendras-tu nous rendre visite à San Francisco ? Pour que tu puisses voir notre nouvelle maison à Nob Hill. Elle donne directement sur Huntington Park. Je suis sûr que tu l'aimeras, puisque tu aimes la nature et la verdure ».

« Je viendrai tôt ou tard, sois-en sûr. Mais dis-moi, sais-tu déjà à peu près quand tu comptes arriver ? »

« La réunion est prévue pour le 5, mais je pense qu'elle se prolongera jusqu'au 6. Donc, s'il n'y a pas de contretemps, je devrais être chez toi le lendemain, dans l'après-midi. J'ai vu qu'il y a environ deux cents kilomètres. Je vais louer une voiture et dans trois heures, je serai là ».

« Parfait ! Préviens-moi quand tu atterriras à Paris et quand tu partiras pour venir ici ».

« D'accord, papa. Prends soin de toi, tu verras que Bart va se rétablir et qu'il sera encore meilleur qu'avant », dit Pietro pour le réconforter.

« Merci, mon fils. Dis au revoir à Cristine et aux enfants, je t'embrasse très fort ».

« Salut, papa, à bientôt ».

Filippo quitta la maison, monta dans le fourgon et se dirigea vers le village. Une légère bruine lui tint compagnie pendant ce court trajet.

Tout en conduisant, il réfléchit aux événements de la journée.

Maria avait raison : la vie, quand on l'embrasse, ne permet pas de s'ennuyer, au contraire, elle pousse à la vivre intensément.

Il pensa à Bart, à Pietro et Viola, à ses petits-enfants, à Cristine et Francesca, à ses amis, à toutes les personnes qu'il avait rencontrées dans la vie, même pour quelques instants.

Les liens, de quelque nature qu'ils soient, sont comme les couleurs : une fois qu'ils ont trouvé leur place sur la toile, ils donnent vie à une œuvre d'art, la rendant unique. Nous avons tous besoin de liens, mais nous ne devons pas oublier un seul instant que la plus grande et la plus profonde des relations est celle que nous entretenons avec nous-mêmes.

C'est alors qu'un poème du poète et écrivain argentin Jacques Luis Borges lui vint à l'esprit :

Vous ne savez pas si la vie est un voyage,
si c'est un rêve, si c'est une attente,
si c'est un plan qui se déroule jour après jour
et vous ne vous en rendez pas compte
qu'en regardant en arrière.
On ne sait pas si cela a un sens.
À certains moments, le sens ne compte pas.
Ce qui compte, ce sont les liens

-Circostances-

CHAPITRE 9

Il arriva au village en quelques minutes et se dirigea vers l'atelier.

« Bonjour, Ernest », le salua-t-il, en entrant.

« Bonjour, Filippo. Quel plaisir ! Qu'est-ce qui vous amène ici ? », lui répondit-il, toujours aussi cordial.

« Je suis passé parce que j'aimerais que vous jetiez un coup d'œil au fourgon. J'entends un bruit étrange au niveau de la roue arrière droite ».

« Certainement. Mais nous ne nous tutoyions pas ? ».

« Si, désolé Ernest, j'ai eu une journée assez dure... ».

« Ah, je suis désolé. J'espère que ce n'est pas grave ».

« Bart a eu des problèmes de santé et j'ai dû l'emmener d'urgence chez le docteur Andreas. Il devra subir une petite opération et se soigner un peu, mais il s'en sortira », expliqua Filippo.

« C'est certain. Si Felix était déjà vétérinaire, il l'aurait soigné avec plaisir ».

« Felix sera sans doute un jour un grand vétérinaire. Au fait, comment va-t-il ? ».

« Il va bien, même si je le vois un peu triste ces derniers temps. Si tu veux lui dire bonjour, il est là-bas, dans la pièce qui me sert de bureau. Il est en train d'étudier », dit Ernest.

Filippo remarqua une certaine inquiétude dans son ton, même s'il ne voulait pas la laisser transparaître.

« D'accord. Si tu me le permets... ».

« Mais il ne manquerait plus que ça ! Je suis sûr qu'il sera ravi de te voir ».

Filippo s'approcha de la porte vitrée et frappa deux coups doux.

« Entrez ! », répondit Félix.

Lorsqu'il ouvrit la porte, il le vit assis, le dos tourné, en train d'écrire.

«Papà, da quando in qua bussi per entrare?»

« Je suis désolé, Felix, mais...je ne suis pas ton père. J'espère que je ne t'ai pas dérangé ».

Le garçon se retourna brusquement. « Monsieur Sabiani ! Excusez-moi, je croyais que vous étiez mon père ».

« Pas de problème. Mais on commence mal si tu me vouvoies », plaisanta Filippo. « Qu'est-ce que tu es en train d'étudier ? ».

« J'avais du mal avec les maths, mais je n'ai pas la tête pour étudier ».

« Pourquoi ? As-tu des problèmes ? ».

« Non, non. Pas de problèmes », répondit le garçon, mais Filippo remarqua qu'il avait légèrement rougi.

« Ecoute-moi, Felix, tu n'as pas à te cacher quand quelque chose ne va pas, surtout à ton âge. Il est important d'en parler ».

« Non, mais c'est vrai, je me porte bien ».

« Je ne doute pas que tu ailles bien physiquement, mais je pense que le problème est d'une autre nature, n'est-ce pas ? », essaya-t-il d'enquêter, pour l'inciter à s'ouvrir.

« Eh bien, oui, je veux dire...je suis un peu comme ça », répondit-il en haussant les épaules.

« Qu'est-ce qui t'arrive ? Est-ce que tu veux m'en parler ? ».

« Je ne sais pas, je me sens bizarre ces derniers temps. C'est comme si j'étais sur des montagnes russes. Je ne sais plus ce que je veux. Je passe de moments où je me vois déjà à l'université en train d'étudier les sciences vétérinaires, à d'autres où je n'ai même pas envie de sortir du lit. Je vois mes parents faire des sacrifices pour moi et ma sœur Agnès, et je me sens coupable de ne pas être comme ils voudraient que je sois », avoue-t-il, visiblement découragé. De plus en plus souvent, ils me demandent : « Qu'est-ce que tu as, Félix ? Pourquoi ne parles-tu pas ? As-tu des problèmes ? Comment vas-tu à l'école ? », et ainsi de suite. Parfois, je ne les supporte plus. Je sais qu'ils le font parce qu'ils s'inquiètent, mais ces jours-ci, j'ai juste envie d'être seul. Excuse-moi, Philippe, si je te parle comme ça, mais c'est comme ça que je me sens », conclut-il.

« Pourquoi t'excuses-tu ? Tu n'as pas à t'excuser pour quelque chose qui est arrivé à tout le monde, y compris à moi-même. Cela arrive à vous et dans quelques années, cela arrivera aussi à Agnès ».

« Qu'est-ce que tu veux dire ? », demanda Félix d'un ton presque alarmé.

« Que tu n'es pas bizarre ou mauvais, mais que tu traverses simplement une période normale. Cela s'appelle l'adolescence ».

« Oui...dommage que je déteste ça ».

« L'adolescence est une phase de la vie réservée à tout le monde, mon cher Felix. Une phase de transition qui implique une évolution continue, dans laquelle les transformations sont souvent confondues de l'extérieur avec de l'instabilité, du déséquilibre, de l'impolitesse, du manque de respect. Tous ces changements rapides et massifs créent un déséquilibre où tout est remis en question. Tes interrogations et tes doutes sur toi-même, ainsi que les transformations de ton corps, les conflits avec tes parents, représentent des moments de transition qui sont physiologiques. Je suis d'ailleurs sûr de connaître les questions que tu te poses tous les jours ».

Félix le regarda, et une expression d'incrédulité se dessina sur son visage.

« J'ai moi-même été adolescent, tu sais, et je suis le père de deux merveilleux garçons, aujourd'hui adultes, et j'ai côtoyé des adolescents pendant de nombreuses années dans le cadre de mon travail. À tout cela, il faut ajouter qu'à mon âge, on comprend certaines choses plus tôt et mieux », lui dit-il en lui faisant un clin d'œil. « Ne t'inquiète pas, les questions que tu poses sont toutes légitimes. Sur ce que tu penses de toi et l'image que tu as de toi dans différents contextes, sur tout ce qui t'entoure, parents compris, et sur les relations affectives, l'amour, la sexualité et puis l'avenir ».

« Il y a des moments où je me sens écrasé par le poids de je ne sais quoi », avoua le garçon. « C'est comme si j'avais peur d'échouer dans tous les domaines et de décevoir mes parents ».

« C'est normal, malheur si ce n'était pas le cas. On ne déçoit personne, et surtout pas ses parents. Il faut juste être patient, avec toi-même et avec eux. Tu te souviens de ce que je vous ai dit lors de la réunion dans la salle du conseil ? Être parent est le travail le plus difficile qui soit. Tes parents font des efforts. Ils feront sûrement des erreurs, mais ils donneraient leur vie pour toi et ta sœur », dit Philip en lui souriant affectueusement.

« Merci ».

« Tu n'as pas à me remercier. En fait, si tu veux remercier quelqu'un, ce sont tes parents. Et quand ils s'y attendent le moins, serre-les dans tes bras et dis-leur que tu les aimes. N'attends pas qu'ils le fassent. Il n'y a pas de règles pour les câlins, la gentillesse et l'amour. Ne pense pas qu'étreindre ceux que tu aimes est du temps perdu ou synonyme de faiblesse. Un câlin est comme la pluie qui arrive soudainement ; comme les gouttes d'eau qui donnent de la vitalité à la terre. Tu vois, Felix, nous sommes comme la terre, nous avons besoin de cette eau toujours, à chaque instant ».

« Moi, j'ai l'impression qu'on m'a enlevé un poids énorme des épaules », dit Félix. Après un moment d'hésitation, il s'approcha de Filippo, le prit dans ses bras et fondit en larmes. Un cri libérateur, comme seuls les adolescents en sont capables.

Filippo ne dit rien. Il savait que dans certains moments, le silence est la meilleure réponse.

« Merci, vraiment », dit encore le garçon, d'une voix tremblante.

« Je t'ai déjà dit que tu n'as pas à me remercier. Je suis un vieux grand-père qui a déjà vécu ces moments. Mais souviens-toi d'une chose : cela t'arrivera encore, même quand tu seras plus grand ».

« Quoi ? ».

« Il t'arrivera encore d'avoir peur, de ne pas savoir quoi faire, de te sentir seul, mais ne t'inquiète pas. Arrête-toi, respire et attends. Toutes les réponses que tu cherches viendront, mais elles ont leur propre temps. Certaines arrivent immédiatement, d'autres doivent parcourir des chemins plus longs, mais toutes arriveront à destination et toujours au bon moment. Écoute, le docteur Andreas vient en ville demain pour me ramener Bart ».

« Comment cela se fait-il ? Qu'est-ce qui ne va pas avec Bart ? », demanda Félix, soudainement inquiet.

« Il ne va pas bien, mais il est entre de bonnes mains. De toute façon, je disais que le vétérinaire vient demain et j'aimerais lui parler de toi, si ça ne te dérange pas. Je pense qu'une discussion avec lui sur ton avenir te ferait le plus grand bien ».

« J'aimerais bien ! », s'exclama le garçon, tout émoustillé.

« C'est bien. Maintenant, continue à faire ce que tu faisais, mais n'oublie pas ce que je t'ai dit : fais un câlin à tes parents ».

« C'est promis ».

« Maintenant, je vais aller voir mon fourgon ».

« Au revoir, Filippo ». Sur le visage de Félix, le sourire était revenu.

Satisfait de la discussion qu'il venait d'avoir, Filippo retourna à l'atelier. « Alors, Ernest, dois-je m'inquiéter ? », demanda-t-il en plaisantant.

« Pas du tout. Ce ne sont que de vieux roulements qui doivent être changés. Dans quelques heures, nous l'aurons réparé ».

« Très bien ! Alors je vais en profiter pour faire quelques courses ».

« Tu as pu parler un peu à Félix ? », demanda Ernest.

« Il va bien, ne t'inquiète pas. Tu as un bon fils. Toi et ta femme avez fait du bon travail ».

« Merci, je suis très heureux de l'entendre ».

À ce moment-là, Félix sortit du bureau et s'approcha de son père. « Papa, j'ai fini d'étudier et je n'ai rien à faire. Et si je te donnais un coup de main pour réparer le *bolide* de Filippo ? ».

« Ernest regarda Filippo avec étonnement, puis se tourna vers son fils. Ce sera plus rapide ».

« Alors je laisse mon bijou entre de bonnes mains. À tout à l'heure », sourit Filippo.

« Attends, j'ai oublié de te dire quelque chose... », Félix l'arrêta, un moment avant qu'il ne quitte l'atelier.

«Dis-moi ! Je t'écoute ! ».

« Nous avons évalué tes œuvres et attribué à chacune une valeur pour la vente aux enchères ».

« Très bien, mon cher garçcon ! »

« Eh bien, ce n'est pas tout à fait moi le mérite. De toute façon, si nous vendons toutes les œuvres, comme nous sommes sûrs de le faire, nous encaisserons assez d'argent pour tout faire ».

« C'est une bonne nouvelle. À tout à l'heure, bon travail ».

Filippo quitta l'atelier encouragé et se dirigea vers le bistrot, qui se trouvait à environ un kilomètre de là.

Il faisait assez froid, mais heureusement il ne pleuvait pas.

Tout en marchant, perdu dans ses notes mentales, il passa devant la petite librairie du village.

Il y était passé plusieurs fois, mais ne s'y était jamais arrêté. Déjà en possession de nombreux livres, il n'avait jamais ressenti le besoin d'y entrer, mais étrangement, ce jour-là, c'était comme si quelqu'un le poussait à en franchir le seuil.

Il entra donc et se sentit immédiatement enveloppé d'une incroyable énergie. L'odeur du papier, embrassée par celle de l'encens, l'envahit, le transportant dans une autre dimension.

Cette boutique semblait sortir tout droit d'une époque révolue, d'un lieu où le temps semblait s'être arrêté pour ne pas en disperser le caractère sacré.

Elle n'était pas très grande. Une lumière jaunâtre, très tamisée, mettait en valeur l'incroyable quantité de livres entreposés sur les étagères, attendant de choisir leur prochain lecteur.

Alors qu'il respirait les odeurs de ce lieu enchanteur, une petite vieille s'approcha de lui et lui demanda poliment : « Bonjour, puis-je vous aider ? ».

« Bonjour, Madame. Vous savez, c'est étonnant, j'habite ici

depuis plusieurs années mais je n'étais jamais entré dans ce petit coin de paradis », répondit Filippo.

« Alors, c'est peut-être le bon moment », répondit la femme avec empressement.

« Je m'appelle Filippo, je suis italien, mais je vis ici depuis de nombreuses années. Au phare », lui sourit-il.

« Enchanté, Filippo », dit-elle en souriant à son tour. Je m'appelle Anne et je suis la propriétaire de ce « petit coin de paradis », comme vous l'avez appelé. Une petite librairie héritée de mes parents. J'ai quatre-vingt-six ans et je suis ici depuis l'âge de quinze ans ».

« C'est merveilleux, Madame Anne ».

« Anne, tout simplement », dit-elle.

« Cet endroit est magique, Anne ».

« Oui, c'est vrai. Et je sais aussi que peu de gens ressentent cette magie ».

« Pourquoi pensez-vous que si peu de gens la ressentent ? »

« Vous voyez, Filippo, dans les livres, il n'y a pas seulement des lettres éparses qui forment des mots, des phrases, des concepts et des chapitres. Dans les livres, il y a la magie de l'écrivain. Une magie qui nous est prêtée, afin que nous puissions à notre tour la partager avec d'autres personnes. Lorsque nous offrons un livre, nous ne nous contentons pas d'un simple cadeau matériel. Car dans le don, outre le bonheur du moment, il y a toute l'imagination de cette joie que nous découvrirons sur le visage du destinataire. C'est pourquoi, pour choisir un livre, il faut prendre le temps, sortir de sa tête et penser à la personne qui le recevra, à tous ces petits détails imperceptibles qui nous feront opter pour un choix ou un autre. Offrir un livre demande de créer un contexte de sacralité entre deux personnes ».

« Vos paroles me font frissonner », affirma Filippo, sincèrement impressionné.

« Pourquoi ? C'est ainsi. En fait, il devrait en être ainsi. Ne pensez-vous pas que c'est le cas ? ».

« Vous avez raison. Mais, voyez-vous, nous avons généralement tendance à ne pas réfléchir à ce genre de pensées. Réfléchir aux émotions demande des efforts et beaucoup, beaucoup de respect. Les émotions, comme les livres, doivent être manipulées avec soin ».

« Mon cher, j'y suis arrivée en soixante-dix ans, pas un jour. Puis-je vous poser une question ? ».

« Bien sûr ».

Devant cette femme minuscule, il se sentait terriblement petit. Elle dégageait une énergie indescriptible.

« Comment se fait-il que vous ayez déménagé à Deauville, et pourquoi au phare ? ».

« C'était un rêve pour moi et ma femme, Maria. S'installer dans un phare et peut-être en Bretagne ou en Normandie. Malheureusement, elle est décédée avant que ce rêve ne se réalise. Trois ans après son décès, j'ai décidé d'honorer notre vœu. J'ai cherché un peu et j'ai trouvé le phare tout près d'ici. Je l'ai vu le matin et je l'ai acheté l'après-midi ».

« Merci d'avoir répondu à ma curiosité », dit la femme d'un air solennel, comme quelqu'un qui vient d'avoir une confirmation. « Venez, suivez-moi, je veux vous montrer quelque chose », ajouta-t-elle.

Elle se dirigea vers un couloir étroit où, de chaque côté, des étagères débordaient de livres. Au fond, il y avait une porte.

Elle s'arrêta et, avant de l'ouvrir, elle se tourna vers Filippo. Elle le regarda dans les yeux et lui adressa un doux sourire. « N'ayez pas peur, vous êtes entre de bonnes mains ».

Filippo lui rendit son sourire. « Je n'ai pas peur, mais je suis très curieux ».

Anne ouvrit la porte et, de l'autre main, alluma une lumière, puis lui fit signe d'entrer.

Filippo franchit le seuil et resta bouche bée. Il se trouvait dans une pièce très haute de plafond, dont les murs étaient couverts d'étagères débordant de livres ; au fond, une fenêtre donne sur une cour. Un peu plus loin, une belle cheminée et, au centre de la pièce, un grand tapis aux couleurs vives qui couvrait presque tout le sol.

Filippo n'arrivait pas à parler. Il était tout ébloui par tant de beauté.

« Voici, cher Filippo, les secrets de trois générations de libraires. Vous voyez ce fauteuil rouge au fond, sous la fenêtre, avec cette vieille lampe à huile sur la petite table ? ».

« Oui », répondit-il, encore hébété.

« Venez... ». Anne se dirigea vers le fauteuil, s'approcha et le caressa : « Ici, chaque semaine, une grande amie de ma grand-mère Nina venait et passait des heures à lire et à boire du thé. Elle disait que lorsqu'elle était ici, le monde s'arrêtait et qu'elle pouvait se ressourcer et stimuler sa créativité. Elle disait aussi qu'en regardant par la fenêtre, elle pouvait admirer le changement des saisons qui, comme une course de relais, se passaient non seulement le témoin, mais aussi les couleurs qui peignaient les mois à venir ».

« Qui était cette personne ? », demanda Filippo, de plus en plus intrigué.

« Une femme incroyable et unique. La célèbre créatrice de mode

Coco Chanel. Mais ma grand-mère l'appelait par son vrai nom : Gabrielle. Coco Chanel a passé de nombreuses années à Deauville et, comme je vous l'ai dit, chaque semaine, lorsqu'elle était au village, elle venait ici pour lire et réfléchir. Regardez ça », dit Anne en lui faisant signe de se diriger vers la petite table près du fauteuil. « Lors d'une des dernières périodes de son séjour, il a laissé ce billet ici même et nous ne l'avons jamais déplacé depuis ».

Alors que Filippo s'apprêta à demander ce qui était écrit dessus, Anne le devança. Elle prit le papier, jauni par le temps, et commença à lire :

« Quand tu seras vieille, grise et chargé de sommeil,
et que tu somnoleras, la tête hésitante, au coin du feu,
prends ce livre et lis-le lentement,
et tu rêveras du doux regard que tes yeux avaient autrefois,
et de leur ombre profonde.
Beaucoup ont aimé tes moments de grâce heureuse
Et ont aimé ta beauté d'un amour faux ou vrai,
mais un seul homme a aimé ton âme de pèlerine,
Et a aimé les douleurs de ton visage qui changeait sans cesse.
Penche-toi maintenant près de la grille ardente de la cheminée
Et murmure, avec tristesse, comment l'amour s'est évanoui,
et s'est égaré au-dessus des montagnes,
et s'est caché dans une nuée d'étoiles ».

Elle plia le papier. « C'est un merveilleux poème de William Butler Yeats, poète, dramaturge, romancier et mystique irlandais. Il a été l'un des poètes les plus importants du XXe siècle et a reçu le prix Nobel de littérature en 1923. Chaque fois que je le lis, je suis émue ».

L'émotion de Filippo à ce moment-là était également palpable.

« Savez-vous combien de personnes sont entrées dans cette pièce ? ».

« Non », répondit-il.

« Avec vous, ça fait neuf personnes, à part ma grand-mère, mon grand-père, mes parents et moi ».

« Excusez-moi, Anne, pourquoi moi ? ».

« Quand vous vous êtes présenté et que vous avez dit : « Je n'étais jamais entré dans ce petit coin de paradis », je me suis sentie défaillir. Ma grand-mère et ma mère m'ont toujours dit : "Anne, tu dois préserver ce coin de paradis. Ne le vends pas, et si à la fin de ton parcours terrestre tu n'as pas eu d'enfants et que tu ne peux pas leur laisser, tu verras que l'Univers t'enverra quelqu'un pour prendre ta place ». Par conséquent, lorsque vous avez prononcé ces mots, j'ai su que le moment était venu. Et savez-vous qui avait ainsi défini cette pièce ? ».

« Non ».

« Juste elle, Gabrielle. Quand elle entrait, elle marchait de long en large en admirant tous les détails. Un jour, elle a appelé ma grand-mère et lui a dit : « Nina, j'ai un cadeau pour toi. Cette pièce a besoin d'une touche spéciale ». Voyez-vous ce magnifique tapis ? C'est un cadeau de sa part. C'est un tapis ancien et rare de Mashad, une ville d'origine persane située dans la partie orientale de l'Iran, dans la province de Khorassan ».

« Je suis de plus en plus étonné, vraiment. Cette histoire est incroyable. Je ne trouve pas d'autres mots pour la décrire ».

« Elle répétait souvent qu'elle créait son style en observant la vie des gens autour d'elle. Tout comme la vie commune et fatigante des femmes iraniennes qui créent ces merveilleux chefs-d'œuvre, dont beaucoup nécessitent des années de travail acharné. Il y a des livres dans cette pièce qui sont de véritables bijoux, tout comme ce tapis ou le poème de William Butler Yeats ».

« Mais ces livres ne sont-ils pas à vendre ? », demanda Filippo.

« Non. Ils sont l'héritage et le don de toutes les personnes qui ont fréquenté et fréquentent notre petite librairie. Lorsqu'elles ont fini de lire un livre et qu'elles le jugent digne d'être conservé, elles nous le donnent, parce qu'elles savent qu'il sera gardé avec amour ici. Tous les livres que vous voyez ont été sélectionnés parmi les nombreux que nous recevons. Certains sont très rares. Tous sont dignes d'être conservés ».

« Comment un tel lieu peut-il se trouver dans une petite ville normande d'un peu plus de quatre mille habitants ? Plus personne ne lit, ou plutôt très peu lisent ».

« Mon cher, même si j'aurai quatre-vingt-sept ans en janvier, j'ai rattrapé mon retard. J'ai eu pendant cinq ans une gentille jeune femme pour m'aider. Nos livres sont recherchés dans le monde entier et au-delà. Ce lieu est devenu une référence pour de nombreuses personnes qui échangent des connaissances par le biais des livres. C'est pourquoi, il y a trois ans, à la demande de nos clients, nous avons créé un site web et un petit commerce électronique. Les ventes marchent bien, mais hélas, je suis à nouveau seule et je ne peux pas tout faire ».

« Depuis combien de temps êtes-vous seule, Anne ? ».

« Environ un an. Je n'ai trouvé personne. La plupart des jeunes ont perdu leur passion pour la lecture. Mais je ne désespère pas, je suis sûre que quelque chose de bien arrivera ».

En écoutant la libraire âgée parler, Filippo pensa immédiatement à Yves. « Anne, j'ai la personne qu'il vous faut », s'exclama-t-il.

Elle le regarda et lui dit en souriant : « J'étais sûre que vous me le diriez ».

Filippo écarquilla les yeux, abasourdi par cette déclaration.

« Oui », continua-t-elle, « si vous êtes, c'est pour une raison bien précise. L'Univers ne vous a pas conduit à moi par hasard. Je vais vous raconter un épisode qui s'est déroulé il y a quelques jours... J'étais presque à la fin de ma journée de travail. J'avais fini de préparer trois colis à envoyer par coursier et je me disais que j'avais vraiment besoin de quelqu'un pour m'aider. À ce moment précis, il y a eu une coupure de courant. En tâtonnant, j'ai essayé de m'approcher de l'armoire où je gardais une lampe à piles de rechange. En marchant lentement, en m'appuyant sur les étagères, j'ai fait tomber un livre sans le vouloir. Mais je n'y ai pas regardé de trop près. J'ai atteint l'armoire, j'ai pris la lampe et je l'ai allumée. Je suis allé au tableau électrique pour voir si, comme cela arrive parfois, le disjoncteur avait sauté, et c'était le cas. J'ai remonté le levier et la lumière s'est rallumée. J'ai remis la lampe à sa place et en retournant à mes paquets à envoyer, je me suis souvenue du livre qui était tombé. Je l'ai ramassé et j'ai lu le titre : *La synchronicité*, de Carl Gustav Jung. J'ai été stupéfaite pendant un moment, puis j'ai simplement dit « merci ».

Filippo écoutait Anne comme un enfant écoute des histoires de science-fiction : excité, incrédule, curieux, passionné et émerveillé.

Elle s'arrêta pour un instant, puis reprit son récit : « J'ai poussé un long soupir de soulagement. J'étais fatiguée, mais heureuse. Je venais d'obtenir une réponse à mon appel à l'aide inexprimé. J'ai fermé le magasin et je suis rentrée chez moi. Là, m'attendaient mes chats bien-aimés, Bizet et Matisse. Étrangement, ils étaient plus affectueux que d'habitude ; ce n'est pas qu'ils ne le soient pas, mais ce soir-là, ils l'étaient particulièrement. Je les ai caressés et leur ai donné à manger. Ensuite, j'ai allumé le feu et fait chauffer de l'eau pour ma tisane habituelle. Je me suis assise devant le feu et j'ai commencé à la boire lentement jusqu'à ce que je m'endorme. Lorsque je me suis réveillée et que j'ai regardé l'horloge, il était deux heures et demie. Je ne m'étais jamais endormie dans le fauteuil avant cette heure-là. Bizet et Matisse dormaient à mes pieds et les braises de la cheminée étaient encore vivantes ». Tout en racontant cela, Anne se dirigea vers le fauteuil situé derrière le bureau et s'y assit. « Soudain, je me suis souvenue que pendant ces quelques heures de sommeil profond, j'avais rêvé que ma grand-mère me tenait la main au milieu d'un beau champ de fleurs. Elle me sourit et me dit : « Tu vois, Anne, tout est parfait. Les fleurs, l'air, les abeilles, le ciel, les prés, l'eau. Apprends à écouter la nature, ma chère, apprends à écouter l'Univers. Quand tu as besoin de réponses, demande-lui, et tu verras qu'il n'hésitera pas à te les donner ». À ce moment précis, deux papillons se sont posés sur mon épaule et ma grand-mère, en me regardant, a ajouté : « Voilà ce que je voulais te dire. Je ne me souviens pas du reste du rêve, mais j'ai compris qu'entre ce livre tombé et les paroles de ma grand-mère, l'Univers était apparu pour me dire de me taire, qu'il m'écouterait ».

Filippo avait des frissons et une forte envie de pleurer s'était emparé de lui, mais il se retint.

« Puis vous êtes arrivé, et quand vous avez appelé cet endroit « un coin de paradis », j'ai compris que vous étiez là dans un but très précis, pour me communiquer quelque chose ».

« Anne, ça m'en a bouché un coin... ».

« Ce n'est pas le moment de rester sans mots à dire. Vous êtes ici pour une raison, mais certainement pas pour rester sans mots. J'attends ce jour depuis longtemps et il est enfin arrivé ». Ses yeux étaient devenus vitreux. Elle se leva, s'approcha de lui et lui prit les mains. Elle fixa son regard dans le sien et, d'une voix brisée par l'émotion, murmura : « Merci. Merci, Filippo ».

« Vous n'avez pas à me remercier, Anne, je n'ai rien fait. Il était simplement temps pour moi de découvrir ce lieu enchanteur et d'apprendre à vous connaître. Ecoutez-moi, je crois que j'ai la personne qu'il vous faut. Il s'appelle Yves. C'est un garçon de Deauville qui vit chez ses grands-parents. Il cherche un travail pour pouvoir s'inscrire à l'université. Il aimerait étudier la littérature ou la philosophie. Croyez-moi, c'est un garçon merveilleux, parfait pour vous », déclara Filippo.

« J'étais sûre que tôt ou tard, la bonne personne se présenterait pour perpétuer notre tradition ».

« Ecoutez, je vous appellerai plus tard. J'aimerais bien vous le présenter, si vous êtes d'accord ».

« Bien sûr, absolument. J'ai hâte d'y être ».

« Puis-je avoir vos coordonnées pour confirmer notre venue ? ».

« Certainement ! », répondit Anne, revigorée par cette nouvelle possibilité.

Elle ouvrit le tiroir de son bureau, en sortit une carte de visite et la lui tendit.

Filippo la prit et la lit :

Les gardiens des mots

En dessous, un numéro de téléphone portable et un e-mail.

« Bonne journée, mon cher Filippo. J'attends votre appel », dit la femme en posant une main sur son bras.

« Bonne journée à vous aussi, Anne. Je vous appellerai demain matin au plus tard ».

Elle lui adressa un dernier sourire doux et Filippo sortit de la librairie.

Il était étourdi. Cet événement l'avait vraiment bouleversé.

Il était assez habitué aux signes de l'Univers et aux coïncidences, mais là, c'était quelque chose d'étonnant.

D'un pas lent et la tête embrouillée, il se dirigea vers le bistrot, puis son regard tomba sur sa montre et il réalisa qu'il était maintenant tard et qu'il devait aller récupérer le fourgon. Il se dépêcha donc de rentrer.

Lorsqu'il arriva à l'atelier, Ernest avait terminé son travail et l'attendait.

Il lui demanda : « Il s'est passé quelque chose ? ». La confusion devait se lire sur son visage.

« Non, non, pardon Ernest, j'ai perdu la notion du temps. Je me suis arrêté à la librairie et j'ai commencé à parler au propriétaire. Je n'ai pas réalisé qu'il était déjà sept heures du soir ».

« Ah, tu as été chez Mademoiselle Anne ? ».

« Oui, tu la connais ? ».

« Eh bien, c'est évident. Tout le monde la connaît ici à Deauville. Elle est la dernière d'une génération de grands libraires. Une famille honnête et cultivée, toujours prête à aider les autres. On ne la voit pas souvent. Parfois au marché ou dans une boutique, toujours avec son signe distinctif ».

« Et qu'est-ce que c'est ? ».

« Le sourire, Filippo. Elle en a un pour tous ceux qu'elle rencontre », répondit Ernest. « Beaucoup de gens se demandent ce qu'il adviendra de la librairie et de sa belle maison quand il ne sera plus là. Je n'y suis jamais allé, mais on dit que c'est une très belle maison, pleine d'œuvres d'art ».

« Je confirme tout. Anne est une femme très gentille et son sourire est contagieux », dit Filippo. « Alors, qu'as-tu fait de mon vieux fourgon ? », demanda-t-il.

« Rien de particulier. À part les roulements à changer, j'ai nettoyé le filtre à air et remis de l'huile dans le moteur. Il faut dire que ces fourgons ont tendance à la perdre avec l'âge », précisa Ernest en tapotant le capot de la Citroën. « Quoi qu'il en soit », ajouta-t-il, « il te tiendra compagnie pendant un bon moment. Il est parfait, même si elle a pris de l'âge ».

« Merci, Ernest. Combien te dois-je ? ».

« Tu ne me dois rien ; en fait, je pense que je te dois quelque chose. Ce que tu as fait et feras pour Félix, et pour nous tous, n'a pas de prix ».

« Pas question ! Je ne fais certainement pas tout cela pour obtenir quelque chose en retour, mais parce que je le ressens du fond du cœur, cela me vient naturellement. Appelle ça comme tu veux...gentillesse ou autre, c'est comme ça pour moi. Alors dis-moi combien je te dois, s'il te plaît, sinon tu m'obligeras à ne plus amener ma Citroën ici. Je ne veux pas être gêné », rétorqua Filippo avec conviction.

« Il ne s'agit pas pour moi de sentir que je dois te donner quelque chose en retour. C'est simplement que, comme tu l'as dit, je me sens aussi obligé d'agir ainsi ; alors, entre amis, ça peut aller. Je sais que tu comprends », dit Ernest en le regardant fermement.

« D'accord. Mais je voudrais te poser une question et tu devras me répondre ».

« Bien sûr. Demande ce que tu veux ! ».

« Combien une autre personne aurait-elle payé pour ce travail ? ».

Ernest le regarda d'un air soupçonneux, puis répondit : « Compte tenu des deux heures de travail, des deux roulements et des deux litres d'huile dans le moteur...je dirais quatre-vingts euros ».

« C'est bien. Alors je donnerai ces quatre-vingts euros comme contribution à la vente aux enchères du 8 décembre », dit Filippo, satisfait.

Un large sourire se dessina sur le visage d'Ernest. Il dit : « D'accord. Je trouve que c'est un bon compromis », dit-il en clignant de l'œil.

« Merci, tu es un vrai ami ».

« Merci à toi pour y être ».

Filippo monta dans le fourgon, démarra le moteur et se rendit au bistrot.

Arrivé devant le bistrot, il se gara sur la place.

« Filippo, enfin ! Nous étions inquiets », le salua Vincent dès qu'il le vit franchir le seuil.

A ce moment-là, Adèle sortit de la cuisine. « Bonjour, Philippe ! », lui dit-elle en souriant.

« Bonsoir à vous, et excusez-moi de ne pas être venu avant ».

« Tu as mangé ? », demanda Adèle, avec son habituel ton maternel.

« Non, et d'ailleurs je suis à jeun aujourd'hui car je n'ai même pas déjeuné ».

Une main se posa sur son épaule. Il se retourna et ses yeux rencontrèrent ceux d'Auguste.

« Mon vieux, tu es là. Viens avec nous ! Gilbert et Nestor sont là », dit-il en lui donnant une tape fraternelle.

« Je te remercie. En effet j'ai très faim ».

« Eh bien, entre donc », l'invita Adèle, « J'ai préparé une très bonne soupe de légumineuses et des croûtons de pain noir. Il n'y a rien de mieux après une journée comme celle-ci et par ce temps ».

« Je vous apporte aussi du bon vin », ajouta Vincent.

« C'est parfait ! », s'exclama Auguste en se frottant les mains, puis il accompagna son ami jusqu'à sa table.

Le temps passa vite et Filippo se retrouva épuisé par cette longue journée. Il dit au revoir à ses amis et rejoignit Adèle au comptoir.

« Combien te dois-je ? », lui demanda-t-il. « En fait, fais l'addition totale de toute la table ».

« Le dîner est offert, Filippo », répondit-elle, avec un ton aimable.

« Vous aussi ? ! Je ne peux pas accepter cela. S'il te plaît, Adèle... », tenta-t-il d'insister.

« Ne t'inquiète pas. Tu paieras la prochaine fois, pas de problèmes ! Maintenant, va te reposer, tu as l'air épuisé ».

Filippo se rendit. Il était conscient d'avoir trouvé sur son chemin des personnes fantastiques.

« Merci, et remercie aussi Vincent », dit-il en la serrant dans ses bras.

« Je le ferai. Il est à la cave en train de trier les fûts de bière ».

Alors qu'il s'apprêtait à partir, il se souvint de la réunion qu'il avait eue cet après-midi-là et fit demi-tour.

« Tu sais, Adèle, j'ai rencontré une personne vraiment merveilleuse aujourd'hui ».

« Qui ? », demanda-t-elle en s'affairant derrière le comptoir.

« Mademoiselle Anne, à la librairie ».

La femme se tourna vers lui et lui sourit. « Deux belles âmes sont destinées, tôt ou tard, à se rencontrer. Mademoiselle Anne... Je passe de temps en temps à sa librairie pour lui dire bonjour. Elle m'aime beaucoup, un jour je te dirai pourquoi ».

Filippo sortit du bistrot, monta dans le fourgon et se dirigea vers le phare, alors que la pluie devenait de plus en plus épaisse.

Il arriva au bout d'un quart d'heure. Une fois à l'intérieur, il enleva ses bottes et sa veste et fut immédiatement assailli par un sentiment de vide dans sa poitrine. Bart lui manquait.

Il alluma le poêle et fit bouillir de l'eau.

Il n'eut aucune difficulté à choisir le morceau à écouter ; il lui vint naturellement de mettre Dvorák/Transc. Lenaerts : Rusalka, op. 114, acte 1 : *Chant à la lune.*

Les notes de la harpe d'Anneleen Lenaerts lui rappelèrent mademoiselle Anne.

Il sortit son journal de bord et commença à écrire :

« Les circonstances de la vie quotidienne ne sont que le miroir de notre volonté. Si notre volonté exprime la gratitude, le sens de la liberté, la beauté, l'énergie positive, l'harmonie et la confiance dans l'Univers, tout ce que nous avons à faire est de suivre la douce vague des événements et de la laisser amener à nous des personnes merveilleuses, qui sont là pour nous apporter quelque chose de grand et nous rappeler que tout passe, même les moments sombres ».

Il rangea le carnet dans le tiroir, prit la tasse contenant la tisane et, après s'être assis dans le fauteuil, commença à la boire à petites gorgées. Il regarda par la fenêtre les gouttes de pluie qui rejoignaient la mer, et un sentiment de paix l'étreignit doucement.

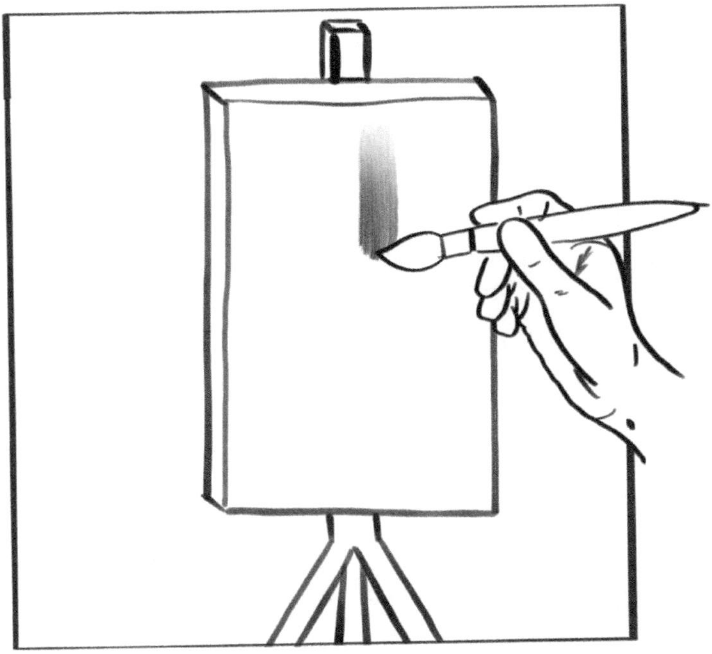

-le bonheur est liberté!-

CHAPITRE 10

Il était trois heures du matin lorsqu'il se réveilla en sursaut.

Il se leva pour boire de l'eau, puis ajouta deux morceaux de bois au poêle pour qu'il puisse continuer son travail et diffuser de la chaleur.

Il se remit au lit et, enveloppé dans la tiédeur des couvertures, il pensa aux événements de ces derniers temps.

Il vivait au phare depuis de nombreuses années, et jamais auparavant il n'avait vécu avec autant d'intensité qu'au cours de cette dernière période. Il y a encore quelques mois, sa vie était normale. Il se promenait avec Bart, à la plage ou au village ; des sorties hors de la ville, quelques parties de cartes entre amis au bistrot, des soirées où l'on parlait de philosophie, de poésie et d'histoires passées. Ses tableaux, les coups de téléphone avec Pietro et Viola, le journal de bord, son coin sacré, mais rarement sa vie avait été traversée par des événements aussi intenses.

Pourquoi maintenant ? Et si Maria avait été là ? Que serait-il arrivé ? Comment auraient été mes journées ?

Trois heures du matin avaient quelque chose de magique. Le temps ne semblait jamais passer. Il pensait à l'aube, qui prenait lentement sa place, tandis que la nuit lui préparait le bon accueil, mais avec grâce et respect, car le nouveau jour pourrait apporter on ne sait quelles nouveautés.

A quatre-vingt-six ans, il continuait à être émerveillé par la vie, par la lenteur avec laquelle elle racontait les événements qu'elle lui donnait jour après jour.

Il se souvint de ce que Carl Gustave Jung avait écrit dans son *Livre rouge* :

« Je voyais les scènes tous les jours, je les vivais intensément et j'appréciais

l'attente. Tout ce qu'on peut avoir tout de suite n'est jamais intéressant. L'attente sert à sublimer le désir, à le rendre plus puissant ».

Ou peut-être, comme son père le lui rappelait : « Profite du présent et vis l'instant présent ! Enjambe la vague de la vie comme un surfeur enjambe les vagues de la Gold Coast en Australie. Affronte tes peurs, gère-les avec respect, mais avec courage. Allume ta passion, apprends à reconnaître tes émotions et vis tout cela sans si ni mais. Et alors tu recevras le cadeau le plus grand et le plus convoité : le pouvoir d'être le seul maître de ta vie ».

Alors que les souvenirs et les images affluaient, il réalisa soudain que plus de deux heures s'étaient écoulées. Il n'avait plus sommeil, alors il se leva. Il se sentait plein d'énergie, même s'il n'avait pas beaucoup dormi.

Il se lava, s'habilla et mit de l'eau pour le thé. Il se dirigea vers la fenêtre pour regarder l'aube qui commençait à prendre forme. Le ciel devenait rose, orange, rouge, et bientôt l'aurore apparaissait, avec sa lumière et ses couleurs : lilas-lavande, puis tendant vers le pêche-orange.

Il choisit la musique. Il y avait une chanson parfaite pour ce moment : *L'aube*, de Mario Rosini, un pianiste et chanteur extraordinaire qu'il avait eu le grand plaisir de rencontrer et avec qui il avait eu la chance de partager des moments inoubliables. Une grande et profonde amitié était née avec lui. Chaque fois qu'il avait la chance de l'écouter, il était toujours captivé par sa musique et sa voix incroyable. Il n'y avait pas de notes plus appropriées pour décrire les couleurs et la naissance de ce nouveau jour.

Il sirota un peu de thé chaud, mais n'avait pas vraiment envie de prendre son petit-déjeuner. Alors il pensa qu'il irait se promener.

Il enfila son manteau et ses bottes et partit à la plage.

La mer dormait encore et les mouettes aussi. L'air était vif.

Il leva les yeux vers le ciel et aperçut quelques étoiles ; les dernières qu'on pouvait encore observer avant que la lumière du soleil ne les cache.

En les regardant, il se souvint d'une phrase que Maria répétait toujours dans ses derniers jours de vie : « Je ne veux pas te voir triste, alors arrête avec ces visages ! Donne-moi un sourire, ou plutôt souris et n'arrête jamais de le faire. Et rappelle-toi, comme l'a dit le poète Rumi : *« Je deviendrai une étoile parmi les étoiles et je brillerai au-delà de la naissance et de la mort »*. Chaque fois que vous penserez à moi ou que vous regarderez les étoiles, souriez. Promettez-le-moi ».

Il s'arrêta, regarda l'une de ces dernières étoiles dans le ciel et sourit. « Bonjour Maria. Tu me manques ».

Avec le calme qui la caractérisait, la nature commençait peu à peu à se réveiller. Le soleil avait déjà pris place, comme un roi prend place sur son trône.

Après avoir beaucoup marché, il retourna au phare.

Bart arriverait sous peu.

Il monta dans la maison, mit encore deux morceaux de bois dans le poêle et prépara le vieux mais irremplaçable moka, pour offrir un café au docteur Andreas à son arrivée.

Aucune des personnes venues lui rendre visite n'avait jamais refusé un bon café italien.

Il ouvrit les fenêtres pour laisser l'air changer. La journée était fraîche mais pas particulièrement froide.

Il était un peu nerveux. Il ne pouvait pas rester assis et continuait à faire des allers-retours entre les pièces. Il sentit les émotions l'envelopper, ne laissant aucune place aux pensées rationnelles.

Pour se distraire, il alla à l'entrepôt chercher du bois à apporter dans la maison, puis il commença à nettoyer la cuisine, à faire le lit, tout en essayant de concentrer son attention sur la musique de fond : un concert d'Ennio Morricone, avec ses succès les plus célèbres.

Alors qu'il se disait mentalement qu'il devrait penser à acheter une télévision pour regarder quelques films, il entendit une voiture approcher. Au bout de quelques minutes, la sonnette retentit.

Filippo se précipita vers la porte. Il l'ouvrit et trouva le docteur Andreas devant lui.

«Bonjour, Monsieur Sabiani, nous voilà !», commença-t-il.

Instinctivement, Filippo baissa les yeux et à ce moment précis Bart lui sauta dessus. « Mon ami! Comment vas-tu ? Enfin de retour à la maison ! », s'exclama-t-il en s'accroupissant et en le serrant dans ses bras. Les larmes commencèrent à couler d'elles-mêmes tandis que Bart lui léchait le visage et lui démontrait son bonheur.

« Il va bien, il va bien », murmura le médecin. « Il est dans une forme éblouissante ».

« Asseyez-vous, s'il vous plaît ». Filippo l'invita à entrer. Ému comme il l'était à cause du retour de son fidèle ami, il avait presque oublié ses manières. Il essaya de se ressaisir.

Bart ouvrit la marche et monta les escaliers en remuant la queue. Une fois dans la cuisine, il fit un bref examen des lieux, pour voir si tout était comme avant, puis revint vers Filippo, avec sa queue toujours en mouvement.

« S'il vous plaît, docteur, installez-vous confortablement. Puis-je vous offrir un café et des biscuits ? ».

« En attendant, que diriez-vous de nous tutoyer et de m'appeler Andreas ? Cependant, j'accepterais volontiers un café ».

« Eh bien, j'avais déjà préparé mon bon vieux moka napolitain, avec du café italien ».

« C'est magnifique ! », s'exclama Andreas. « Je voulais aussi te dire que j'ai consulté un autre très bon vétérinaire, un de mes chers amis, et après avoir vu les tests de Bart, il m'a confirmé qu'il n'était pas nécessaire d'intervenir. Nous sommes convaincus qu'il s'agit d'un kyste bénin, même si l'examen histologique a le dernier mot, mais lui et moi sommes sûrs qu'il n'est pas cancéreux et je suis également certain qu'il n'y a pas de métastases. Seulement, lorsqu'il s'enflamme, tu devras lui donner des médicaments pour éviter qu'il ne se sente aussi mal que la dernière fois. Pendant ces heures, je lui ai donné de la cortisone et, comme vous pouvez le constater, il va beaucoup, beaucoup mieux. Il est un peu faible, donc les promenades lui feront du bien mais avec modération. Et je recommande la nourriture, qui soit adéquate et de bonne qualité ».

Les paroles du médecin lui réchauffèrent le cœur et il se sentit immédiatement plus léger, comme si le plomb qu'il portait sur sa poitrine depuis que Bart avait quitté leur maison s'était brisé en mille morceaux.

« Je ne sais vraiment pas comment te remercier », dit-il avant de placer le moka sur le feu. Au bout de quelques minutes, une odeur de café envahit la cuisine. Filippo le versa dans deux tasses et les posa sur la table.

« Du sucre ? », demanda-t-il.

« Non, merci. Le café italien doit être dégusté lentement et sans sucre ».

« Tu as raison, c'est exactement comme ça. Je le bois aussi sans sucre, tout l'arôme serait perdu. Aimerais-tu quelques biscuits ? ».

« En bon Allemand, je me lève tôt et j'ai déjà pris mon petit-déjeuner », plaisanta-t-il.

« Adèle avait fait allusion à tes origines... ».

« Oui, j'ai étudié à Berlin puis j'ai déménagé en France pour suivre ce que je pensais être l'amour de ma vie, même si ce n'était pas le cas. Mais ça ne fait rien. Je suis tombé amoureux de ces endroits et j'y suis resté. Cela fait maintenant cinq ans que je vis ici et je suis heureux. Tôt ou tard, je trouverai aussi l'amour, après tout je suis encore jeune », sourit-il.

« Tu l'es certainement », déclara Filippo. « Quel âge as-tu? ».

« J'ai trente-huit ans ».

« Eh bien, je dirais que tu as encore beaucoup de temps ! ».

« C'est vrai. Et puis en ce moment je dois résoudre un problème plus urgent... ».

« J'espère que ce ne soit rien de grave ».

« Non, rien de grave, heureusement. J'ai simplement besoin de comprendre comment gérer la somme de travail. J'ai un très bon stagiaire qui vient d'obtenir son diplôme et qui m'aide, mais j'ai besoin de trouver quelqu'un, qui étudie peut-être la médecine vétérinaire, qui puisse m'aider pour les petites choses : les rendez-vous, la commande des médicaments, le rangement de la clinique et l'organisation de ce type ».

Filippo pensa immédiatement à Félix et son visage s'illumina. « Je pense que j'ai la solution pour toi !», s'exclama-t-il avec enthousiasme.

« C'est vrai ?! ».

« Écoute, qu'est-ce que tu fais le 8 décembre ? Es-tu occupé ? ».

« Non, rien du tout. Pourquoi ? », répondit-il.

« Bien, car nous avons organisé une petite vente aux enchères pour aider l'école de Deauville et les familles les moins aisées, suivie d'une petite réception. J'aimerais que tu participes, et à cette occasion j'aimerais te présenter Félix. Je pense que c'est la personne qui pourrait te convenir ».

« Merci pour l'invitation. Je n'ai rien de particulier à faire et puis, avec un objectif si profond, je ne peux certainement pas rater ça ».

« Je suis heureux de t'entendre parler ainsi ». C'était une excellente nouvelle. « Revenons à nous...combien te dois-je pour le traitement de Bart ? ».

« En fait, je n'ai pas fait le calcul. Attendons le résultat de l'examen histologique et nous verrons ensuite ».

« Comme tu préfères. Mais s'il te plait, ne m'oblige pas à te poursuivre partout en Normandie ! », plaisanta Filippo.

« Mais non, bien sûr. Dans le pire des cas, nous nous reverrons le 8 décembre ».

« C'est parfait ! ».

« Je dois partir maintenant », dit Andreas en se levant. « On m'attend pour voir un veau et sa mère ».

« D'accord, et...encore merci ».

Andreas se tourna et se mit à genoux. Bart partit immédiatement à sa rencontre, heureux.

« Bonjour Bart », lui tapota-t-il, « ce fut un plaisir de te rencontrer et de me prendre soin de toi. Être un bon garçon. À bientôt ».

Une fois seuls, Filippo s'approcha de lui et regarda ses doux yeux. « Mon ami, des choses incroyables nous arrivent », murmura-t-il.

A ce moment, il se souvint de Sophie. Il récupéra donc sa carte de visite sur son bureau, décrocha le téléphone et composa le numéro.

« Allô ? », répondit-elle, à la troisième sonnerie.

« Bonjour, Sophie. C'est Filippo. Est-ce que vous vous rappelez de moi ? ».

« Bien sûr que oui! Mais quelle belle surprise ! Comment allez-vous ? ».

« Je vais bien, merci. Et vous ? ».

« Un peu fatiguée, mais ça va. Mais quel plaisir de vous entendre ! ».

« C'est vraiment un plaisir pour moi aussi. Écoutez, Sophie, je vous ai appelé à propos de ce fameux dîner. Pourriez-vous demain soir, ou êtes-vous occupée ? », demanda Filippo avec espoir.

« Laissez-moi réfléchir... Je ne pense pas avoir de problèmes, mais ma mère et mon fils ne seront pas là ».

« Je suis désolé », répondit-il, « mais je suis sûr qu'il y aura bientôt une autre occasion de les rencontrer ».

« Alors, d'accord. Je pense que je peux me libérer vers six heures trente, il n'y a pas grand monde en semaine. Si ce n'est pas un problème pour vous, je ne serai pas en retard pour rentrer à la maison ».

« C'est bon. Je serai avec vous demain à six heures trente ». Il était vraiment content de cette réponse affirmative.

« C'est magnifique ! Alors à bientôt et merci pour l'appel. Vous ne savez pas à quel point je suis contente », le salua Sophie.

« Merci à vous pour avoir accepté. On se verra bientôt ».

Il raccrocha et se tourna vers Bart, qui s'était entre-temps endormi sur son oreiller. Il devait être très fatigué.

« Mon cher ami, tu es enfin de retour. Maintenant, profitons de cette journée. Nous ne sommes pas obligés de faire ce que nous voulons. Et pendant que tu te reposes, je vais essayer de peindre un peu... ».

Il regarda autour de lui : la lumière du soleil en cette fraîche journée de décembre, le vent caressant la mer et sa plage, Bart dormant près du poêle allumé, la goutte du robinet qui marquait le temps.

Toutes les histoires ont un début et une fin. Une partie de leur durée est choisie par nous, l'autre par l'Univers, elles restent donc un merveilleux mystère et nous ne savons pas quand elles se termineront. Ce que nous savons, ou du moins devrions savoir, c'est que pour rendre chaque histoire spéciale, nous devons apprendre à la vivre « ici et maintenant », toujours, à chaque instant, en oubliant le passé et en ne pensant pas à l'avenir. Quand on aime quelqu'un et qu'on l'aime vraiment, il n'y a que le moment présent et ce moment que l'on voudrait ne jamais voir se terminer.

Il trempa son pinceau dans le bleu océan et laissa aller sa main sur la toile vierge, tandis que l'odeur de la peinture à l'huile commença lentement à envahir la pièce. Il allait intituler cette œuvre *Ici et maintenant.*

Curieusement, il n'avait même pas mis de musique, il avait laissé la fenêtre entrouverte pour entendre le concert de la nature.

Il regarda la toile et les couleurs qui y prenaient place. *Mais si les couleurs pouvaient parler, que diraient-elles ?*

Le temps était volé et il n'avait même pas déjeuné.

Filippo trouvait incroyable la rapidité avec laquelle il passait lorsqu'on vivait dans l'instant présent.

Bart se leva et erra à la recherche de nourriture. Il quitta la toile, ramassa les croquettes et les versa dans le bol.

« Tu avais faim, mon vieux », dit-il en le regardant dévorer goulûment tout le contenu. « Oui, tu avais effectivement faim ».

Lui, par contre, il n'avait pas d'appétit, mais avait envie d'un verre de vin.

Il descendit dans l'entrepôt et choisit une bouteille de vin italien, plus précisément un *Nerello Mascalese*, un rouge sicilien.

Après tout, s'il devait boire, il voulait le faire bien. Il lui restait quatre des six verres que Maria lui avait offerts à l'occasion d'un de ses anniversaires, un *Ridel Vinum Pinot Noir.*

Il versa un peu de ce liquide corsé dans le gobelet et le huma. Ses senteurs lui rappelaient les arômes séduisants des fruits rouges, de quelques épices et du maquis méditerranéen.

Il prit du pain, une tranche de salami et savoura le *Nerello Mascalese.*

Maintenant, il nous faut aussi un peu de musique, pensa-t-il.

Il avait envie d'écouter Ezio Bosso et son *Rain, in your black eyes.*

Il s'installa dans son fauteuil et, avec pour seule compagnie la lumière de la petite lampe, il sirota son vin en se laissant aller, comme s'il voulait méditer.

En toute conscience, c'était exactement ce qu'il pouvait appeler un « moment présent ». Tout était parfait, tout était normal.

Il posa le verre désormais vide à côté du fauteuil et ne pensa plus à rien.

Il se réveilla brusquement, sans même savoir quelle heure il était et combien de temps il avait dormi. Il se leva et s'approcha de Bart pour s'assurer qu'il allait bien. Il ouvrit les yeux un instant, remua la queue et se rendormit.

Filippo ajouta un morceau de bois au poêle, puis alla à son bureau et sortit le journal de bord du tiroir. C'était le bon moment pour mettre sur papier les pensées de la journée. Il commença donc à écrire :

« Que représente le bonheur ? Est-ce un état d'esprit ou autre chose ? Je ne me pose pas souvent cette question, mais aujourd'hui j'ai compris, du moins je le pense, ce qu'est pour moi le sens profond de la notion de bonheur.
J'ai réalisé que le bonheur consiste en la liberté de vivre l'instant présent, de se sentir libre de glisser doucement dans le temps qui rythme mes journées. Dans ces moments-là, tout semble s'arrêter en attendant mon hochement de tête, comme un chef d'orchestre prêt à entamer une nouvelle représentation.
Chaque musicien est prêt à lire sa propre partition et à suivre, note par note, cette composition parfaite qui est la bande-son de sa vie.
Avec une infinie gratitude,

Filippo»

C'est à ce moment-là que l'illumination qu'il avait cherchée en vain quelques jours plus tôt le saisit.

Il avait enfin trouvé le nom de sa demeure : *le Phare des âmes.*

- L'amour sans condition -

CHAPITRE 11

Bart avait décidé de le réveiller tôt. Il avait certes faim, mais il voulait surtout sortir.

« Doucement, doucement, mon vieux. Laisse-moi le temps de me laver et de m'habiller ». En quelques minutes, Filippo était prêt.

Ils quittèrent rapidement la maison et se dirigèrent vers la plage. Ce n'était pas une belle journée ; le temps était nuageux, mais il ne pleuvait pas.

Bart s'arrêta à son endroit habituel, ce qu'il avait maintenant décrété être sa « salle de bain privée », et après avoir flairé un peu le sol, il fit ses besoins. Peu après, il se remit en route, tout guilleret.

Soudain, Filippo se souvint qu'il était attendu au bistrot ce matin-là pour les derniers détails de la vente aux enchères, et qu'il devait ensuite se préparer à l'arrivée de Pietro.

« Bart, reviens ! Bart, reviens ! », l'appela-t-il. « Il faut rentrer, nous avons mille choses à faire ! ».

Lorsqu'ils rentrèrent, il était un peu plus de huit heures. Filippo se prépara son petit-déjeuner, remplit le bol de son ami et rangea le lit.

« Allez, Bart, il est temps de partir. Allons dire au revoir à tes amis. Ils étaient tous inquiets pour toi, tu sais ».

Ils montèrent donc dans le fourgon et partirent pour Deauville. Bart était redevenu son vieil ami de toujours. Il regardait par la fenêtre, avec sa curiosité habituelle.

Filippo se gara devant le bistrot, là où Adèle écrivait le menu du jour sur le tableau.

Dès qu'il arrêta le moteur, Bart pointa immédiatement dans sa direction et se mit à aboyer ; Adèle se retourna et lui donna un de ces sourires uniques qu'elle seule savait donner.

Ils sortirent du fourgon et Bart courut vers elle. Adèle s'accroupit et commença à l'embrasser sur la tête et à le caresser, tandis qu'il remuait la queue et lui léchait le visage. « Bart, tu es de retour. Comment vas-tu ? Tu nous as inquiétés ».

« Le voilà, le grand Bart ! Nous sommes tous là maintenant, il ne manquait que toi ! », s'exclama Vincent en sortant du bistrot, puis en se penchant pour s'unir aux câlins.

Filippo profita de cette merveilleuse scène, les yeux brillants, ravi de cet accueil.

Je crois qu'il y a des amours qui ne s'expliquent pas, comme celui d'un chien envers les humains et celui que certaines personnes ont envers ces merveilleux animaux, pensa-t-il.

« Bonjour, Adèle. Bonjour, Vincent. Vous avez vu ? Bart est retourné », leur dit-il en les saluant.

« Oui, enfin! », s'exclama Vincent.

« Nous ne pouvions pas organiser la vente aux enchères et tout le reste sans lui », déclara Filippo.

Adèle se leva et le serra dans ses bras. « Je suis heureuse que Bart aille bien et je suis heureuse pour toi. Je t'avais vu très inquiet et triste ».

« Oui, je l'étais. Je me sentais perdu, je ne pouvais pas penser qu'il pouvait me quitter. Mais maintenant, il est de nouveau ici, avec nous. C'est un ami qui n'a pas froid aux yeux, mon vieil ami ».

« Oui, c'est vrai. Mais maintenant rentrons, presque tout le monde est là et il y a aussi une surprise... », dit Adèle en les précédant.

Le bistrot avait déjà été décoré avec des guirlandes, des lumières et un bel arbre de Noël près du grand poêle en céramique.

« C'est merveilleux ! Mais quand avez-vous fait tout cela ? », demanda Filippo, étonné.

« Hier. Tous ensemble. Même la maire nous a donné un coup de main, et puis elle... ».

Filippo la regarda, ne comprenant pas, puis Adèle lui fit signe de se retourner.

Quand il se retourna, il fut encore plus surpris. « Anne ! ».

« Oui, je suis là aussi », sourit la libraire. « Adèle m'a parlé de toutes les bonnes choses qui se passent à Deauville, grâce à vous, Filippo. Elle m'a parlé de la rencontre avec nos jeunes et de la vente aux enchères, et croyez-moi, jamais, au grand jamais, je ne renoncerais à ma contribution ».

Filippo tendit la main et prit ses petites mains dans les siennes. Il la regarda dans ses yeux bleus profonds et doux et murmura : « Merci, Anne. Pour votre présence et pour vos paroles ».

« Maintenant, allons par-là », dit Adèle en les incitant à passer dans l'autre pièce, où le reste du groupe les attendait.

« Voilà le retardataire habituel ! », s'exclama Auguste en le voyant, suscitant les rires des autres personnes présentes.

Filippo sourit. « Excusez-moi, ça n'arrivera plus ! ».

« Oui, oui, il le dit à chaque fois, mais c'est toujours la même histoire », répondit encore le vieux « grincheux », en lui donnant une petite tape dans le dos.

« Bon », intervint Madame Elodie, « maintenant que tu es arrivé, il faut vérifier les dernières choses et chiffrer les travaux. Filippo, peux-tu nous dire comment tu les as appelées ? ».

« Bien sûr ! ». Il sortit de la poche de son manteau un bout de papier sur lequel il avait noté tous les titres. « *Gialal al-Din Rumi,*

Elizabeth de Bohême, Wyne Dyer, Ralph Waldo Emerson, Henry David Thoreau, Lao Tze, John Keats, Platon, Socrate, Cicéron, Aristote, Simone de Beauvoir. Ce sont les douze œuvres que vous connaissez déjà, mais...il y a un mais. Hier, quand Bart est rentré, j'ai eu envie de peindre et, ce faisant, j'ai réfléchi à certaines choses. Surtout, j'ai médité sur une rencontre que j'ai faite et qui a déclenché en moi le désir de mettre sur la toile les émotions que j'ai vécues. C'est ainsi qu'est née la treizième œuvre. Je l'ai appelée *Gabrielle* ».

Filippo croisa le regard d'Anne, qui lui sourit. Ils savaient tous deux quelle avait été la véritable inspiration.

« Parfait ! », s'exclama Madame Elodie. « Laissons maintenant la parole aux garçons et aux filles. Comment comptiez-vous procéder ? ».

« Nous avons pensé à faire en sorte que les personnes qui assisteront à la vente aux enchères puissent arriver plus tôt », répondit Aude. « Cela leur permettra d'admirer les tableaux que nous exposerons sur des chevalets que nous préparons dans l'atelier de Laurine. Nous devons entre autres la remercier, car gratuitement, en plus de nous aider en mettant à disposition ses compétences et son atelier, elle a donné tout le matériel pour les réaliser », expliqua-t-il, suscitant les applaudissements de tous les présents. « Nous placerons les œuvres au fond de la salle, comme l'ont suggéré Adèle et Vincent », poursuivit-il.

« L'invitation est prévue à trois heures de l'après-midi », poursuivit Estelle, « et nous prévoyons de commencer la vente aux enchères à quinze heures trente précises. Nous estimons qu'elle devrait durer environ une heure et demie ».

« Une information de service... », intervint Vincent. « Dès leur arrivée, le quatuor à cordes animera les invités avec de la musique dédiée à Noël, afin de créer l'atmosphère adéquate et de stimuler les cœurs, et pas seulement, des personnes présentes. Cela n'interviendra que pendant la vente aux enchères ».

Encore un applaudissement collectif. L'excitation pour cet événement grandit.

Nestor leva la main.

« Je t'en prie, Nestor. Dis-nous », lui donna la parole Elodie.

« Vous savez tous que Gilbert et moi nous avons été pêcheurs pendant de très nombreuses années et que nous le sommes toujours, dans l'âme. Nous avons gardé le contact avec tous nos anciens camarades et les avons contactés pour leur parler de cette belle initiative. En ce moment, vous savez qu'il y a la coquille Saint-Jacques, et vous savez aussi que la coquille Saint-Jacques de Normandie a le « Label Rouge », qui est un gage d'excellente qualité. Chaque année, d'octobre à décembre, a lieu le festival *Le goût du large*, qui célèbre la coquille Saint-Jacques et la culture maritime dans son ensemble. Cet événement incontournable dans le département du Calvados comprend également le Festival des chants maritimes européens. Et puis il y a des cours de cuisine, du fumage de poisson, des ateliers de nœuds marins, des visites de bateaux, des visites commentées du port et des phares », énuméra-t-il, enthousiaste. « Lors de la vente aux enchères, et là je demande à notre maire, les marins aimeraient contribuer à leur manière. L'idée que nous avons eue avec Gilbert et Auguste est d'installer des stands à l'extérieur du bistrot où les participants à la vente aux enchères pourront déguster des plats typiques à base de coquilles Saint-Jacques et avoir la possibilité de les acheter. À l'extérieur, des marins chanteront également des chansons. Le président du consortium, en accord avec tous les représentants des pêcheurs, utilisera toutes les recettes pour acheter un opéra, afin qu'ils puissent contribuer à cette belle initiative ».

Après un premier moment d'incrédulité, la nouvelle méritait une nouvelle salve d'applaudissements chaleureux.

« Mais c'est une excellente idée ! », s'exclama Elodie. « Je vais en parler tout de suite au responsable de la Vigilance pour faire fermer la route et mettre en place un service de soutien aux pêcheurs ».

« Il faut savoir que les pêcheurs sont bien équipés : ils ont avec eux des cuisines portatives, des banquettes, des groupes électrogènes pour la lumière. Tout ce dont ils ont besoin, c'est de votre autorisation et d'un peu de soutien », ajouta Nestor en se tournant vers le maire.

« Mais oui, Nestor, il ne manquerait plus que ça ! », répondit-elle.

« Les gars, vous avez quelque chose à ajouter ? », demanda Adèle.

« Oui », intervint Yves. « Nous devrions tous nous retrouver le 6 et le 7 pour les préparatifs, si Adèle et Vincent sont d'accord. C'est pourquoi nous n'avons pas beaucoup de jours pour régler les dernières choses. Nous avons, via les médias sociaux, envoyé l'invitation à tous les élèves des écoles voisines, mais il nous reste à inviter les adultes et j'ai l'impression que nous sommes un peu en retard ».

« Aïe, aïe, mon garçon, tu sous-estimes ton maire et ton directeur Hubert. Nous avons envoyé des invitations dès que nous avons fixé la date de la vente aux enchères, et à notre grande surprise, nous avons à ce jour plus de cent vingt inscriptions, dont des commerçants, des artisans, des maires et des conseillers d'autres pays, des enseignants et des directeurs d'écoles voisines ».

« Mais où mettre tous ces gens ? », demanda Monsieur Théo.

« Nous nous débrouillerons », répondit Vincent. « Avec les garçons, nous enlèverons toutes les tables et ne laisserons que les chaises pour la vente aux enchères, que nous enlèverons dès qu'elle sera terminée, en les remplaçant par quelques tables pour poser les boissons et la nourriture ».

« Je crois que c'est parfait », affirma Elodie. « Je dirai aux responsables des installations de la municipalité de préparer la rue la veille et, si nécessaire, de nous aider pour tout le reste. Pour l'ordre public, nos Agents s'en chargeront ».

« On peut venir chercher les tableaux la veille, Filippo ? », demanda Vincent.

« Oui, bien sûr. Mais, si vous voulez, je peux vous les apporter. Si des jeunes viennent me donner un coup de main, ce sera plus rapide ».

« Je m'en charge », proposa aussitôt Ernest. « Je viendrai avec Félix et Yves le 7 au matin, vers neuf heures, on t'aidera à les charger et puis tous ensemble on les installera au bistrot ».

« C'est magnifique, pour moi c'est parfait », répondit Filippo.

« Ce sera un succès ! », s'exclama Madame Aurore, enthousiasmée par l'événement.

« Mais faisons une pause et prenons un bon café ou un thé avec une part de gâteau fraîchement fait », proposa Adèle.

Alors qu'ils se dirigeaient tous vers le comptoir, Anne s'approcha de Filippo. « Vous êtes un cadeau du ciel », murmura-t-elle en posant une main sur son bras.

« Non, Anne, je suis simplement un homme qui a beaucoup appris de la vie et des erreurs que j'ai commises ». Il la regarda doucement et pose sa paume sur sa main.

« C'est peut-être vrai. Mais, croyez-moi, vous avez quelque chose de spécial ».

« Merci, Anne. Ecoutez, puisque nous sommes ici, j'aimerais vous présenter le garçon dont je vous parlais », profita Filippo pour appeler Yves qui les rejoignit quelques instants plus tard.

« Yves, je te présente Mademoiselle Anne, la propriétaire de la librairie *Les gardiens des mots*. Tu la connais ? ».

« Bien sûr que oui ! Qui ne connaît pas cette merveilleuse boutique ! J'y vivrais bien... », répondit-il, les yeux pétillants.

« Anne, je vous présente Yves ».

Elle le regarda. « Eh bien, je connais ce garçon... Il passe de temps en temps à la librairie et je remarque avec quelle admiration et quel respect il feuillette les livres », dit la femme, puis se tournant directement vers lui, « Filippo m'a dit beaucoup de bien de toi ».

« Je pense que vous avez des choses à vous dire. Je vais prendre un café. Si vous avez besoin de moi, vous savez où me trouver », dit Filippo en prenant congé, puis en s'approchant du comptoir.

« Tu as une capacité incroyable », dit Adèle, qui avait observé toute la scène. Elle contourna le comptoir et déposa un baiser sur la joue de Filippo.

Filippo fut surpris par ce geste inattendu. « Quelle capacité ? », demanda-t-il.

« Tu as la capacité de réunir les bonnes personnes au bon moment. Et sais-tu ce que cela signifie ? ».

« Non », répondit-il sincèrement.

« Tu donnes à ces gens deux choses : de l'espoir et un but ».

Filippo se limita à lui sourire.

Adèle s'éloigna et il resta à observer toutes les personnes présentes, Bart à ses côtés. « Mon cher ami, il nous arrive tant de bonnes choses, n'est-ce pas ? », murmura-t-il. Il était sûr que Bart comprenait parfaitement.

« Ce qui nous attend sera certainement une journée merveilleuse », prononça Elodie, derrière lui.

Filippo se tourna. « Oui, j'en suis sûr, vous êtes en train de faire un travail extraordinaire ! ».

Elle le regarda. « Nous nous efforçons simplement de rendre ton énergie aussi contagieuse que possible. Tu as libéré la grande beauté qui était cachée dans tous ces gens, mais surtout tu as fait croire à nos garçons en l'avenir, et un peu en nous aussi », dit-elle avec conviction.

« Merci, Elodie. Ce que vous réalisez, c'est grâce à tout le monde, personne n'est exclu. L'important, c'est que nous croyions aussi en eux ».

« C'est vrai. Et si nous le réalisons aujourd'hui, c'est uniquement grâce à toi ».

« J'en suis heureux », répondit-il, reconnaissant de ces mots.

Pendant qu'il était occupé à siroter son café, Mademoiselle Anne et Yves le rejoignirent.

« Mon cher, vous m'avez apporté un cadeau que j'attendais depuis longtemps. Yves est un garçon extraordinaire », déclara la vieille libraire, visiblement excitée.

Yves le serra dans ses bras. « Je ne sais pas comment te remercier, je ne l'espérais plus », déclara-t-il, tandis que des larmes commençaient à couler sur son visage.

« Tu n'as pas à me remercier. C'est tout simplement le bon moment pour nous deux ». Elle lui tapota affectueusement l'épaule. C'était toujours agréable d'aider quelqu'un, surtout si la personne en question le méritait vraiment.

« Demain, je commencerai déjà à travailler », poursuivit le garçon, « et ce soir, Anne m'a invité à dîner avec mes grands-parents ».

« L'invitation s'adressa à vous aussi, Filippo », ajouta Anne.

« Oh, merci, mais j'ai déjà rendez-vous ce soir. Il y aura certainement d'autres opportunités... ».

« D'accord », sourit-elle. « Mais je vous attends bientôt à dîner chez moi ».

« Je ne manquerai pas, Anne ».

Il les salua et se tourna vers Vincent et Adèle : « Si ma présence n'est pas indispensable, et si cela ne vous dérange pas, je rentrerais chez moi. J'aimerais commencer à arranger les tableaux... ».

« Dîner galant ce soir, Filippo ? », intervint Auguste, le taquinant. « Je t'ai entendu dire à mademoiselle Anne avant que tu n'es pas libre ».

« Non mon cher. Un dîner oui, mais dans un but précis, qui n'a rien à voir avec ce que tu penses », reprit-il en plaisantant à son tour.

« Alors tu peux aller », répliqua-t-il, en souriant.

Alors qu'il enfilait son manteau et rappelait Bart, Madame Elodie se dirigea vers lui. « Puis-je t'accompagner jusqu'au fourgon ? », chuchota-t-elle.

« Avec plaisir » répondit-il, puis il se tourna vers les autres présents : « Alors, bonne journée à tous. Pour quoi que ce soit, je suis au phare. Je dois régler quelques trucs pour l'arrivée de mon fils."

« Quelle belle nouvelle ! », s'exclama Vincent.

« Oui, je suis très heureux. Il devrait arriver le sept, dans la journée, et il sera également présent à la vente aux enchères. A bientôt, bonne continuation à vous tous », les salua-t-il.

« Bonne journée à toi aussi ! », répondit Ernest.

« Nous nous retrouverons également le sept pour charger les tableaux et les amener ici ».

« Bien sûr, je vous attends ! ».

Elodie l'attendait à la porte. « Désolée, Filippo, si j'ai pris la liberté, mais je voulais te demander quelque chose... ». Elle semblait un peu gênée.

« Pas de problèmes, ne t'inquiète pas ! Dis-moi tout ! ».

Elle marchait bras dessus bras dessous avec lui alors qu'ils se dirigeaient vers le fourgon.

« Je ne sais pas pourquoi je fais ça, mais c'est quelque chose que je ressens depuis le jour où nous avons rencontré les gars en ville et où tu leur as parlé. J'avais quelques doutes, mais le soir où tu m'as invité à dîner avec tout le monde, j'ai eu la confirmation. J'aimerais te parler un peu, si ça ne te dérange pas. J'ai besoin de m'ouvrir à quelqu'un et tu es la seule personne avec qui je sens que je peux le faire ».

« Ça va, Elodie? Est-ce qu'il est arrivé quelque chose ? », demanda Filippo, en s'arrêtant et en la regardant dans les yeux.

« Non, non, pas du tout ».

« Ah, heureusement ! », répliqua-t-il. « En tout cas, nous pouvons parler quand tu veux ».

« Si tu es là demain matin, comme je n'ai pas d'engagements particuliers à la mairie, je viendrais volontiers boire un café italien avec toi ».

« C'est parfait ! Demain matin, c'est magnifique. Est-ce que neuf heures te conviennent, ou préfères-tu plus tard ? ».

« Faisons-le à neuf heures et demie. Je dois d'abord faire une course et je ne veux pas être en retard, c'est quelque chose que je n'aime pas ».

« D'accord, je t'attendrai à neuf heures et demie pour un express italien », lui sourit-il.

« Entendu ! », s'exclama Elodie, retrouvant sa verve habituelle.

« À demain ».

Filippo arriva au phare presqu'à midi. Il monta les escaliers après avoir ôté ses bottes et pris la caisse de bois à porter à l'étage.

Bart alla immédiatement s'allonger sur son oreiller moelleux.

Il faisait particulièrement froid, alors, en attendant que le poêle fasse son travail, Filippo se couvrit d'une veste en polaire et commença à faire chauffer de l'eau pour préparer du thé au jasmin.

Il avait toujours aimé ce thé en particulier. Il l'avait découvert plusieurs années plus tôt dans un magasin d'épices de Londres, ce qui permettait aux clients de déguster les différentes infusions proposées à la vente. Avec Maria, il avait suivi les conseils d'une très gentille jeune femme aux traits orientaux qui, avec une grande gentillesse, en plus de lui offrir du thé au jasmin, leur avait dit que la préparation de ce type d'infusion remontait au XIIe siècle, lorsqu'il était préparé exclusivement pour les nobles. Mais, petit à petit, tous les secrets de ce mélange avaient été partagés avec d'autres couches de la population, jusqu'à devenir une boisson à la portée de tous. Elle avait raconté aussi que préparer le thé au Jasmin était une expérience de contemplation et de méditation : un véritable rituel, pour vivre le moment présent. Ceux qui y goûtaient pour la première fois éprouvaient une sorte d'extase. Pour cette raison, avait-elle ajouté, cette boisson était considérée comme un anti-stress au pouvoir calmant.

À partir de cette occasion, chaque fois que Filippo buvait du thé, *Jasmine* consacrait toute son attention au présent. Pour lui, c'était un rituel authentique, un bienfait pour le corps, la tête et l'esprit. Et ce jour-là, il en avait vraiment besoin.

Il s'assit sur le fauteuil, dans son coin sacré, entouré de la musique d'Edvard Grieg, du Concerto pour piano en la mineur, de l'*Opéra 16:2 Adagio* et des senteurs du thé.

Lorsqu'il eut fini de boire, il fut envahi par un état de légèreté incroyable et inattendu, et il s'endormit.

– Crispin –

CHAPITRE 12

C'est Bart qui le réveilla en lui léchant la main.

Son regard tomba sur l'horloge du bureau, il était quinze heures. Il avait dormi trois heures.

Il se leva de son fauteuil. Il continuait à se sentir étrange, il ressentait un épuisement inhabituel.

Ça passera, pensò.

« Allons, Bart ! ». À ces mots, il ne perdit pas de temps et se dirigea joyeusement vers la porte.

Filippo enfila ses bottes, sa veste, son écharpe, son chapeau et ses gants et ils sortirent en direction de la plage.

Malgré le beau soleil, la journée était très froide. Ils marchèrent pendant environ une heure, puis rebroussèrent chemin.

« Dépêchons-nous, Bart, je dois préparer le rendez-vous avec Sophie et ranger un peu la maison pour la visite de Madame Elodie demain ».

Il avait du mal à l'appeler maison, il ne l'appelait comme ça presque jamais.

Il est vrai qu'il s'agissait d'une maison, mais sa recherche et son désir de vivre dans un phare résidaient dans sa signification intrinsèque, dans la dérivation du nom lui-même, c'est-à-dire *pharos*, le nom grec de l'île de Faro qui se trouvait au bord de l'eau. Côte égyptienne faisant face à Alexandrie, et sur laquelle se trouvait le célèbre phare d'Alexandrie. Source de lumière et de signalisation, qui servait de point d'orientation aux marins. Un phare, une référence, il le voyait ainsi. Une source d'inspiration, un lieu sacré pour partager tout le « ici et maintenant » des années que lui et Maria auraient passées ensemble, si les choses s'étaient déroulées différemment.

Il rangea les pièces, même s'il n'y avait pas grand-chose à faire, réorganisant principalement les livres et les disques et enlevant un peu la poussière.

Alors qu'il s'occupait de ces petites mais nécessaires tâches ménagères, il décide d'écouter *Kind of Blue*, un album réalisé par Miles Davis en 1959 et entré dans l'histoire du jazz.

Il ouvrit les fenêtres pour laisser entrer le parfum de la mer et l'air qu'elle apportait. Puis il se rasa et s'habilla.

« C'est fait ! Nous pouvons y aller, vieil homme », dit-il à Bart. « Mademoiselle Sophie nous attend et les femmes ne se font jamais attendre ».

Ils montèrent dans le Citroën vers Saint-Pierre-en-Auge.

Filippo ne voulait pas écouter la radio, mais seulement entendre le bruit du fourgon, entrecoupé parfois des ronflements de Bart.

En une heure, ils atteignirent leur destination.

Il n'y avait pas beaucoup de monde et Filippo trouva une place de parking sans trop de problèmes. Il laissa descendre Bart, lui passa la laisse et se dirigea vers le petit marché.

Il arriva à l'étalage de Sophie alors qu'elle était occupée à servir une dame. Elle le vit et lui sourit.

Les sourires de Sophie faisaient partie de ces gestes qui ouvrent le cœur lors d'une journée triste, qui éclairent une journée sombre, qui réchauffent un matin froid d'hiver.

Il attendit que la dame parte et s'approcha. « Bonjour Sophie, comment allez-vous ? Que c'est agréable de vous revoir ! ».

« Bonjour à vous, Filippo. Je vais bien, je suis juste un peu fatiguée. Vous savez, il me tardait de vous rencontrer ».

« Il me tardait également ! », répondit-il. « Comment se passent les ventes ? ».

« Je ne peux pas me plaindre, elles vont bien, même si étant seule il y a beaucoup de travail à faire. Et vous ? Que me racontez-vous de beau ? », demanda la jeune femme.

« Eh bien, Bart a eu des problèmes de santé, mais heureusement, il s'est rétabli et il est en forme maintenant ».

« Bart! », s'exclama-t-elle. « Je t'ai oublié ! Excuse-moi ». Elle se tourna pour prendre deux biscuits, fit le tour de l'étalage et s'arrêta devant lui. Elle se pencha et commença à le caresser. « Bonjour, tu es une merveille, comment vas-tu ? Les voilà, ce sont ceux que tu aimes », dit-elle en lui tendant un biscuit.

Bart le dévora presque sans le mâcher. Sa queue en mouvement frénétique indiquait son appréciation pour ce délicieux cadeau.

Sophie se leva. « Vous savez, je suis vraiment heureuse de vous voir », dit-elle en baissant les yeux, presque intimidée.

« Ça va, Sophie ? ».

« Oui, oui, ne vous inquiétez pas. Mais vous savez, à ce moment de ma vie, j'ai vraiment besoin d'une personne comme vous. Quelqu'un à qui je peux parler sans crainte d'être jugée ou plainte », révéla-t-elle, avec une pointe de rougeur sur les joues.

« Ça me fait plaisir », répondit Filippo. « Sachez que je ne suis pas intéressé à juger ou à plaindre qui que ce soit. En tout cas, je suis aussi très heureux d'être là et je crois, ou plutôt j'en suis certain, que Bart l'est aussi », la rassura-t-il, pour la sortir de son embarras. Le grand sourire qui apparut sur son visage lui montra qu'il avait réussi son objectif.

« Écoutez, Filippo », dit-elle, si vous me donnez dix minutes, je vais arranger les choses et tout fermer pour que nous puissions aller manger ».

« D'accord, allez-y doucement, j'attendrai ».

« Si vous voulez vous asseoir, il y a un tabouret ici », elle lui montra une chaise en bois à côté de l'étalage.

« Non, merci, ne vous inquiétez pas, j'en profite pour faire un tour par ici ».

« D'accord, mais...je dirais qu'à ce moment-là, nous pouvons arrêter de nous échanger des politesses, et nous pouvons nous tutoyer... ».

« Je suis complètement d'accord avec toi, Sophie ».

Il la laissa arranger les choses sereinement, et avec son inséparable ami il commença à parcourir les étals.

Il s'arrêta devant l''étalage d'un monsieur âgé avec de magnifiques figurines pour la crèche.

À ce moment-là, le souvenir de l'époque où il emmenait ses enfants ramasser de la mousse lui revint. C'était un moment unique. La veille au soir, Pietro et Viola préparaient le sac à dos avec les sandwichs et la bouteille d'eau. Aller ramasser de la mousse était un rituel.

Maria lui disait toujours : « C'est votre moment, tout pour vous ». Même dans ces choses-là, elle avait une sensibilité incroyable. Elle comprenait l'importance de passer des moments sans elle. « Ils passent déjà beaucoup de temps avec moi, ils doivent aussi faire la même chose avec toi, Filippo. Il n'est pas nécessaire que ce soit beaucoup, mais intense. Il faut être complice de ce que l'on fait, c'est la vraie magie entre un père et ses enfants ».

Ils l'appelaient « le jour des elfes ». Filippo déclarait que les elfes préparaient la meilleure mousse, la colorant du vert parfait pour leur crèche. C'étaient de longues promenades à travers les collines, à travers les bois. Tout était ralenti, car il fallait que ce soit le plus magique possible.

Il pensait que le vieux monsieur devait avoir plus de quatre-vingt-dix ans. Son visage et ses mains étaient marqués par le temps.

Qui sait à combien de ces figurines il a donné vie…

« Bonjour. Ce sont très belles, mes compliments ! ».

Il le regarda et sourit. « Merci. Est-ce que vous êtes intéressé à quelques-unes en particulier ? ».

« Non, je les admirais juste. Mais comme je n'ai pas fait de crèche depuis des années, peut-être que j'en prends quelques-unes ».

L'homme se leva lentement de son tabouret. « Avez-vous des préférences ? », demanda-t-il cordialement.

« Je ne sais pas... Je pourrais en faire un petit pour le mettre dans la maison. Que recommandez-vous? », répondit Filippo, tandis que son regard scrutait les figurines devant lui. Elles étaient toutes vraiment belles, c'était difficile de choisir.

« Si vous me faites confiance, je vous préparerai un petit groupe de personnages. Le bœuf, l'âne, l'enfant Jésus, Joseph et Marie, un couple d'anges, les trois Rois mages, deux pastoureaux et quatre brebis ».

« Ç'est parfait, Monsieur... ? », demanda Filippo, reconnaissant qu'il lui ait simplifié le choix.

« Je m'appelle Crispin ».

« Enchanté de vous rencontrer, je m'appelle Filippo. Depuis combien d'années produisez-vous ces merveilles ? ».

« J'ai commencé avec mon grand-père quand j'avais six ans, aujourd'hui j'en ai quatre-vingt-douze. Depuis, je n'ai jamais arrêté. Créer ces figurines, c'est ma vie. Je prends un petit morceau de bois et je commence à réfléchir. Vous savez, je parle avec elles. Je peux vous paraître fou, mais c'est vrai, et je suis sûr qu'elles m'écoutent ».

« Comme c'est beau, Monsieur Crispin, comme c'est merveilleux ! Mais...êtes-vous tout seul ? N'y a-t-il personne pour vous aider ? ».

« Non, personne. Je ne me suis jamais marié, je n'ai pas d'enfants et mes petits-enfants ne souhaitent pas continuer mon travail. Mais ça ne me dérange pas, ça me fait me sentir vivant. C'est comme si j'avais toujours six ans ».

« C'est dommage que personne ne veuille apprendre votre art ».

« Eh bien, mais je comprends aussi les jeunes. Ils ont autre chose à faire. Le monde a changé. Il y a de moins en moins de familles qui font des crèches et puis il y a les figurines réalisées en série ; les figurines industrielles, pour ainsi dire ».

« Je vous comprends très bien, Crispin. Mais pourquoi ne vous êtes pas marié, si je peux me permettre de vous le demander ? ». La curiosité avait soudainement pris le dessus.

« Quand je n'étais qu'un enfant, j'espérais fonder une famille. J'étais amoureux d'une fille de mon village, elle s'appelait Paulette. Elle avait le même âge que moi. Nous allions à l'école ensemble. Nous nous voyions en secret, car elle était la fille d'un marchand de bétail et sa famille voulait pour elle un mari riche. Moi, j'étais le fils d'une famille très modeste. Mon père était mort très jeune à la suite d'une maladie et il ne restait plus que moi, ma mère et ma sœur, qui avait quatre ans de moins que moi. Nous vivions avec peu, dans une petite maison de deux pièces où je vis encore aujourd'hui. Mon grand-père Marin, le père de ma mère, celui qui m'a appris cet art, nous aidait à survivre. Ma mère travaillait comme femme de ménage dans la maison du secrétaire de mairie ». Crispin prit un bâton qu'il avait placé à côté de sa chaise pour s'aider à mieux se tenir debout. « Paulette était belle. Lorsque nous pouvions nous voir, pendant ces quelques minutes volées, nous passions le temps à nous tenir la main, à nous regarder dans les yeux et à planifier notre lendemain. Puis les Allemands sont arrivés et nos rencontres sont devenues de plus en plus rares. La dernière fois que nous nous sommes vus, elle me donna son mouchoir de première communion, en me disant de le garder toujours avec moi, car ainsi je pourrais sentir son parfum, me souvenir de ses yeux, et surtout cela me porterait chance. Elle me dit aussi : « Crispin, quand nous nous marierons, tu me le rendras. » Je lui avais répondu : « Alors je te le rendrai très bientôt, Paulette ». Il me prit la tête entre ses mains, me donna un baiser et me promit que rien ne nous séparerait. À ce moment-là, je jurai à elle et à moi-même qu'il n'y aurait jamais que Paulette et qu'elle serait la seule mère possible de mes enfants ». Il s'arrêta.

Ses yeux brillaient de larmes qui menaçaient de sillonner son visage marqué par le temps. Il inspira longuement et recommença son histoire.

« C'était la dernière fois que je la vis. Le 9 mars 1943, un groupe de personnes fut emmené par des soldats allemands et chargé dans un camion. Parmi ces personnes, il y avait aussi Paulette, avec toute sa famille. Nous avons appris qu'ils avaient été emmenés d'abord à Drancy puis transférés à Auschwitz-Birkenau. Elle n'est jamais revenue à la maison, ni elle ni aucune des personnes chargées dans ce foutu camion ce matin-là ». Il s'arrêta de nouveau, sortit un mouchoir de la poche de son pantalon et essuya les larmes qu'il n'avait finalement pas pu retenir. « Excusez-moi ».

« Vous n'avez absolument pas à vous excuser, sinon je devrais le faire aussi. Vous voyez, je suis aussi touché que vous et on ne s'excuse jamais lorsque cela arrive ».

« Regardez... ». Crispin sortit son portefeuille de la poche intérieure de sa veste en velours marron et l'ouvrit ; il en sortit un petit carré de tissu désormais jauni par le temps. « C'est le mouchoir que Paulette me donna. Je l'ai toujours porté avec moi, à chaque instant, pendant soixante-dix-sept ans. Quand je m'endors, je le sors et je le place sur l'oreiller à côté du mien, pour savoir que ma bien-aimée Paulette est toujours à côté de moi ».

Filippo était à la fois étonné et ému. Jamais il n'avait vu autant d'amour pour une femme.

« C'est une histoire très touchante, Monsieur Crispin. On sent combien d'amour vous avez ressenti et ressentez encore pour votre Paulette ».

Le vieux marchand hocha tristement la tête, reniflant à nouveau. « Depuis, c'est juste moi et mes petites œuvres. De temps en temps je vois mes deux neveux, mais si tout va bien une fois par an. Ma sœur et mon beau-frère sont décédés il y a quelques années et je n'ai plus personne à part eux deux. Quel est son nom ? », demanda-t-il alors en faisant un signe de tête à Bart.

« C'est mon ami et partenaire de vie, Bart ».

« Salut, Bart », dit Crispin, le caressant avec douceur.

C'était incroyable de voir à quel point des mains si éprouvées et usées par le travail et le temps pouvaient avoir un toucher aussi délicat.

Bart resta immobile, en jouissant de toutes les caresses.

« Vous êtes seul, Filippo ? ».

« Oui, c'est moi et lui. Je suis italien et j'ai déménagé ici il y a quelques années, après le décès de ma femme Maria. J'habite à Deauville, au phare.

« Ah, c'est merveilleux ! », s'exclama le vieil homme. « Je vis ici, à Saint-Pierre-en-Auge, dans la vieille ville, dans la maison où je suis né et où j'ai grandi. Je n'ai plus la petite boutique qui fut celle de mon grand-père puis la mienne. Ce que je fais, je le fais pour passer le temps, et une fois par an, je vais à cette foire pour pouvoir

voir quelques personnes, anciennes et nouvelles, et discuter, comme je le fais avec vous. Même si, en réalité, j'ai eu bien plus qu'une simple conversation avec vous ».

« Je vous suis reconnaissant ».

« C'est là que tu es ! ». La voix de Sophie capta Filippo par derrière. « J'avais peur que tu t'es enfui ou que tu sois perdu », rit-elle.

« Absolument pas. J'étais ici en train de parler à Monsieur Crispin et d'acheter quelques petites œuvres d'art »

« Bonsoir, Crispin, comment vas-tu ? ». Sophie s'adressa au vieil homme avec un air familier.

« Bonsoir, chérie, je vais bien. Et toi ? Comment vont les affaires ? ».

« Allez, je ne me plains pas. Et les tiennes ? ».

« Heureusement qu'il y a encore quelqu'un qui achète mes figurines, je ne peux pas être insatisfait, même si je commence à être un peu fatigué », répondit-il avec la même familiarité.

Il était évident qu'ils se connaissaient.

« Tu vois, Filippo, ici, plus ou moins, nous nous connaissons tous », dit Sophie, presque comme si elle lisait dans ses pensées, « mais tout le monde, sans distinction, connaît Crispin ».

« Eh bien, pour ma part, je peux dire : qui ne sait pas qui est la belle et gentille Sophie ? Ses tisanes sont quelque chose de spécial », déclara Crispin.

« Merci, tu me fais rougir, mais je t'assure que je suis tout à fait normale ».

« Ce n'est pas vrai ! », commenta-t-il, en haussant l'index.

« Je suis d'accord avec Crispin », intervint Filippo.

« Oh, allez, arrêtez ! Alors, qu'as-tu acheté, Filippo ? ».

« Mais, vraiment, j'attendais juste que Monsieur Crispin me fasse une boîte... ».

« Je vais vous la préparer maintenant, avec les figurines dont je vous parlais tout à l'heure ». Il se tourna vers la table, où toutes ses œuvres d'art étaient placées à la vue de tous. Puis, une à une, il prit celles qu'il avait énumérées et les emballa. « Voilà ! ». Il tendit à Filippo une boîte de couleur bordeaux, avec des lettres dorées : « L'art de Maître Crispin ».

« Merci. Combien ça fait ? ».

« Je les vends cinq euros pièce, mais cinquante euros pour l'ensemble, c'est très bien pour vous ».

« Mais non ! Ce n'est pas juste. C'est votre travail ! », Filippo tenta de répliquer.

« Cinquante euros c'est parfait. En parlant avec vous, j'ai remonté le temps et j'ai eu l'impression que Paulette était encore là ». Les yeux clairs et bienveillants de Crispin soutinrent fièrement son regard.

Filippo sortit cent euros de sa poche et les lui tendit. « Je vous remercie. Pour moi aussi, c'était comme un retour en arrière de plusieurs années, alors je vous prie de les accepter ».

La main de Crispin vacilla, incertaine, mais le geste de Filippo était ferme et n'admettait aucune réponse, si bien qu'il céda. « Très bien, je n'insiste pas davantage et je vous remercie ».

« Qu'est-ce que tu fais maintenant ? », intervint Sophie en s'adressant au vieil homme.

« Je vais tout fermer maintenant. Je suis un peu fatigué, mais j'ai surtout froid. J'ai besoin de quelque chose de chaud », répondit-il en prenant le coffre pour y ranger les marchandises.

« Écoute, je crois que je peux aussi parler au nom de Filippo : nous allons manger quelque chose, nous aimerions que tu te joignes à nous ».

Crispin leva le regard, en interrompant son activité.

« Oui, oui, absolument », renchérit Filippo, « nous en serions ravis ».

« Mais, non, je ne veux pas déranger... ».

« Mais tu ne déranges pas, tout au contraire !», s'exclama Sophie.

« Allons tout près d'ici, nous mangeons quelque chose de chaud, passons un peu de temps ensemble, puis rentrons tous à la maison et reposons-nous ! ».

Crispin sourit. « D'accord, alors je viens aussi. Je suis toujours seul, une belle compagnie me fera du bien ».

« C'est magnifique ! », répondit Filippo.

« Laissez-moi juste quelques minutes pour ranger les affaires ».

« Attends, on va t'aider », dit Sophie.

En quelques minutes, ils rangèrent tout et se dirigèrent vers une brasserie située à quelques pas du marché.

Une fois à l'intérieur, ils s'installèrent près de la grande cheminée. Ils commandèrent trois soupes chaudes et une bouteille de vin rouge.

Pendant qu'ils attendaient, Filippo profita de l'occasion pour expliquer à Sophie la raison de son invitation. « Le 8 décembre, il y aura une vente aux enchères à Deauville afin de récolter des fonds pour aider les jeunes issus de familles pauvres et pour réparer l'école du village, qui a quelques problèmes. Nous vendrons aux enchères treize œuvres que j'ai peintes depuis que je suis en France. Il y aura des rafraîchissements et un quatuor à cordes, et à l'extérieur quelques stands des pêcheurs de coquilles Saint-Jacques, avec leur chorale. J'aimerais beaucoup que tu puisses y participer, avec ta mère et ton fils. Je suis sûr que vous vous amuserez et que vous rencontrerez beaucoup de gens sympathiques. Qu'en penses-tu ?"

Sophie sembla réfléchir un instant. « Je ne sais pas, Filippo. J'aimerais bien, mais comment quitter le banc ? ».

« Tu n'as personne pour te remplacer pour une seule journée ? En fait, pour quelques heures, à partir de quatre heures de l'après-midi ».

« Je ne sais pas vraiment. J'essaierai d'y réfléchir et je te tiendrai au courant ».

« D'accord, j'attends de tes nouvelles c. Puis il regarda Crispin. « L'invitation vous est également adressée. Vous pourriez venir ensemble », proposa-t-il.

«Merci, mais je suis trop vieux pour ce genre de choses ».

« Non, tu n'es pas vieux », répliqua Sophie. « Tu es beaucoup plus jeune que la plupart des jeunes. Je vais te dire : si je peux me libérer, tu viendras avec moi. D'accord ? ».

Le sourire de la jeune fille était véritablement magique et Crispin fondit.

« Je ne sais pas, on verra comment je me sens ce jour-là. Si ça va, je viens volontiers, à condition que vous ne me fassiez pas conduire ! », s'exclama-t-il, suscitant un rire général.

Des soupes chaudes avec des croûtons arrivèrent et ils les

consommèrent en parlant de choses et d'autres, interrompus de temps en temps par une gorgée de vin.

Entre-temps, Bart s'était endormi à côté des pieds de Filippo.

Ils passèrent les deux heures suivantes sans même s'apercevoir que le temps passait vite.

« Excusez-moi, mais maintenant je dois vraiment aller », dit Sophie soudain. « J'ai un peu du chemin à faire ».

« Moi aussi je dois partir », s'unit Filippo.

« Je ne vais certainement pas rester seul ici », rétorqua Crispin. « Mais j'ai plus de chance que vous. Dans cinq minutes, je serai chez moi ».

Ils se levèrent de table et Sophie se dirigea vers la caisse pour payer.

« J'ai déjà tout payé », l'arrêta Filippo.

« Mais... tu n'aurais pas dû... En tout cas, merci ».

« Mais oui, ma chérie, je devais sans aucun doute ! ».

« Merci de ma part aussi », dit Crispin, « mais la prochaine fois, ce sera mon tour ».

Filippo lui fit un clin d'œil. « Affaire faite ! Alors Sophie, j'attends ton appel et j'espère vraiment que tu pourras venir ».

« Bien sûr, je te le dirai demain soir au plus tard ».

« Et s'il te plaît, Crispin, je t'attends aussi. Tu ne peux pas manquer ! », se tourna-t-il vers le vieil artisan qui, entre-temps, essayait de se réchauffer les mains dans les poches de son manteau.

« D'accord, j'y penserai moi aussi. Si Sophie vient et que je me sens bien, je vous rejoindrai certainement ».

Ils se dirent au revoir et chacun suivit son propre chemin.

Pendant que Filippo conduisait, avec des nuages blancs se condensant dans l'habitacle à chaque respiration, il continuait à penser à l'histoire de Crispin, et de nouveau il redevenait ému.

Une fois à la maison, Bart ne s'arrêta même pas pour manger des croquettes, mais alla immédiatement vers son oreiller et se rendormit. Filippo alluma le poêle, enfila son pyjama et s'assit dans son coin sacré. Il prit le journal de bord et commença à écrire :

« Aujourd'hui, j'ai vécu une expérience qui a réveillé en moi l'essence même de l'amour, me rappelant son sens le plus profond. J'ai retouché de mes propres mains l'essence de l'amour inconditionnel, sans barrières ni réserves. C'est un sentiment qui va au-delà des mots et se nourrit de compréhension, de confiance et de respect, sans place pour l'incertitude ou le doute. L'amour authentique ne connaît pas la détérioration du temps, il ne se laisse pas envelopper par la tristesse, mais nous fait vibrer d'émotions profondes. On le ressent dans l'acte même de respirer, dans les rêves qui peuplent les nuits, même lorsque son corps physique n'est pas présent. Parce que le véritable amour, l'amour éternel, est destiné à durer éternellement, au-delà de toute limite et de tout obstacle qui pourrait croiser notre chemin ».

Il remit le journal dans le tiroir et s'endormit.

Quel genre d'amour devait être celui entre Crispin et Paulette ? Et avec quel esprit peut-on vivre toute sa vie en pensant à une personne qui ne reviendra jamais ?

Il ne pouvait pas répondre à une question aussi profonde.

Il ferma les yeux et retraça mentalement les plus beaux moments qu'il avait vécus avec Maria et, avec son visage imprimé dans son esprit, il s'endormit.

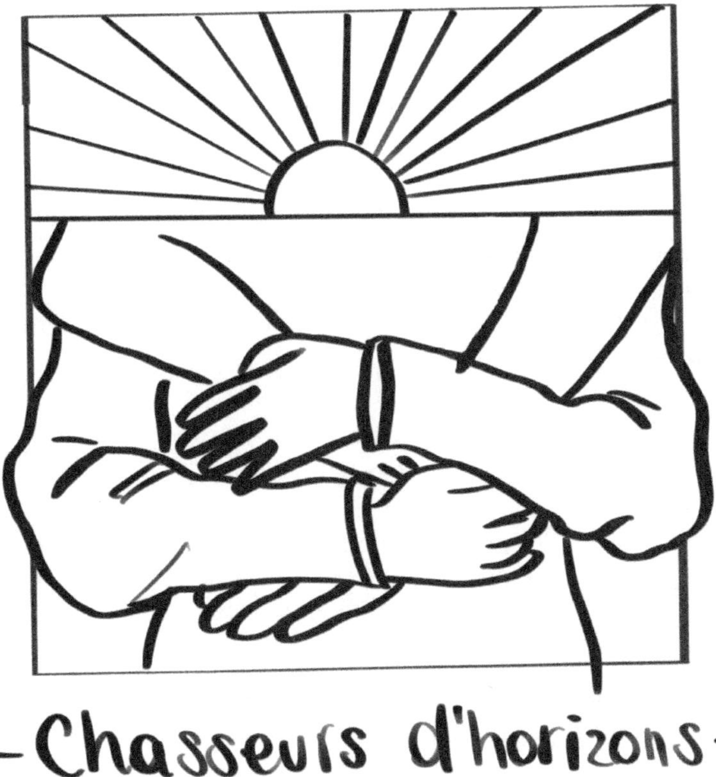

-Chasseurs d'horizons-

CHAPITRE 13

Le clapotis des vagues passant par la fenêtre le réveilla, ainsi qu'un air particulièrement froid.

Filippo regarda l'heure sur sa vieille montre posée sur la table de nuit : il était un peu plus de six heures. Il se leva et ferma la fenêtre plus fort. Bart leva la tête et commença à remuer la queue.

« Si ça ne te dérange pas, mon vieux, je vais dormir encore une heure, qu'en penses-tu ? ».

Comme d'habitude, Bart semblait avoir compris. D'un bond, il sauta sur le lit, s'accroupissant à ses pieds.

Mais lorsque Filippo rouvrit les yeux, il s'était écoulé bien plus d'une heure.

« Merde alors, Bart ! Il est presque neuf heures. Madame Elodie va bientôt arriver et j'ai encore beaucoup de choses à faire ! ».

Le chien leva les yeux vers lui. De son côté, il ne semblait pas du tout inquiet.

Filippo courut à la salle de bains, se brossa le visage et les dents, puis retourna dans sa chambre pour s'habiller. Il rajouta du bois dans le poêle et ouvrit les fenêtres.

Alors que le bruit des vagues et l'air vif du matin envahissaient tous les recoins de la maison, il prépara la vieille cafetière napolitaine et mit la table pour le petit-déjeuner.

« Allez, mon vieux, on y va », dit-il à Bart. « Mais il faut faire vite ».

Il descendit rapidement les escaliers, enfila ses bottes et son manteau et sortit.

Bart se dirigea tout droit vers la rue étroite. Il renifla un peu, puis, comme à son habitude, se dirigea vers son coin habituel.

Filippo se retourna et resta à admirer la mer et ses vagues, tandis que le vent caressait la peau de son visage.

Il y avait une odeur particulière ce matin-là, un mélange de sel, d'algues et d'iode. Une odeur qui reste sur les vêtements après une journée passée à marcher au bord de la mer en plein hiver. Ce mélange de sulfure de diméthyle qui s'associe à celui des dictyoptérènes, phéromones sexuelles de certaines espèces d'algues utilisées par les parties femelles pour attirer leurs homologues mâles, et qui sont responsables de l'odeur caractéristique des « algues sèches » perceptible sur certaines plages et dans certaines cuisines, où les algues sont utilisées comme ingrédients, et des bromophénols, composés chimiques qui donnent à la mer cette forte odeur d'iode. Un arôme également véhiculé par les mollusques et les crustacés, qui se nourrissent d'algues et d'autres organismes présents sur les fonds marins et en héritent l'odeur caractéristique.

Qui sait combien de cœurs battent à l'unisson du mien en admirant la ligne qui sépare la mer du ciel. En ce moment même, une multitude de rêveurs et de rêveuses, de voyageurs et de voyageuses, d'explorateurs et d'exploratrices d'âmes, avides d'aventures, se seront déversés sur le rivage, les yeux émerveillés et l'âme à la recherche de nouvelles histoires à vivre. Au milieu de cette mer d'émotions, il y a nous, chasseurs d'horizons, prêts à nous laisser emporter par l'enchantement de chaque instant et à danser avec la beauté du monde, pensa-t-il en se perdant du regard dans cette étendue de mer et de ciel.

Avec un soupir, il se retourna vers Bart. « Allez, mon vieux, il faut qu'on rentre. Elodie ne va pas tarder à arriver ».

Ils rentrèrent au phare en quelques minutes.

Peu après, Filippo entendit une voiture approcher, puis la sonnette de la porte d'entrée. Bart aboya en allant à sa rencontre et en lui rendant les honneurs.

« Bonjour, Elodie, tu es le bienvenue », lui sourit-il d'un ton cordial.

« Bonjour, Filippo. Comment vas-tu ? Merci encore pour ce rendez-vous, j'espère vraiment ne pas te déranger ».

« Mais absolument pas ! Tout au contraire ! En fait, j'en suis très heureux ! »

« C'est pour vous », dit Elodie en lui tendant un plateau emballé. « Ils sont tout frais, je les ai trouvés dans la pâtisserie de Monsieur et Madame Dubois. Ce sont des *mirlitons*, des pâtisseries typiquement normandes ».

« Merci, mais ce n'était pas la peine. De toute façon, on va les goûter tout de suite avec un bon café italien. Qu'en dis-tu ? », proposa-t-il en lui laissant la place de s'asseoir dans l'embrasure de la porte.

« Qu'il fait bon et chaud ici ! », s'exclama Elodie, sitôt le seuil franchi.

Filippo se rendit à la cuisine et alluma la flamme sous la cafetière, puis prépara deux tasses. « Tu veux du sucre ? ».

« Non, merci, je prends mon café sans sucre », répondit-elle en glissant ses gants. « Sinon, je ne perdrai jamais de poids », dit-elle en plaisantant.

« Mais tu as l'air en pleine forme ! ».

« Tu dis ça pour me faire plaisir, mais ces quatre ou cinq kilos, je devrais les perdre ».

« Je dis que non », répondit Filippo, « mais je ne veux pas compromettre ton objectif de défiler pour Miss Deauville ». Ils éclatèrent tous deux de rire. « De toute façon, je le préfère amer aussi », dit-il en remettant le sucrier dans l'armoire. « Eh bien, en attendant que le café sorte, je propose que nous essayions les sucreries ».

« Tu verras, Filippo, tu ne pourras pas t'arrêter à un seul, tu devras en manger au moins deux ! ».

« Je vais devoir faire ce sacrifice », répondit-il en riant à nouveau.

Il en choisit un et Elodie fit de même.

« Mais ils sont si bons ! », s'exclama-t-il après la première bouchée. « Quelle bonté absolue ! Je n'en ai jamais mangé d'aussi bons. C'est sûrement parce que c'est toi qui me les as apportés ».

« Tu vois, nous, les Français, nous avons aussi quelque chose à t'apprendre », dit Elodie en clignant de l'œil.

« Vous avez tant à m'apprendre, et vous m'avez déjà tant donné. J'espère pouvoir vous rendre la pareille... ».

« Ce n'est pas comme ça, Filippo. Depuis que nous avons appris à mieux vous connaître, à vous fréquenter et surtout à vous faire confiance, vous avez fait beaucoup pour de nombreuses personnes de notre petite communauté ».

« Je te remercie, mais je n'arrive pas à comprendre ce que j'ai fait de si spécial ».

« Nous le comprenons, crois-moi », lui sourit-elle en prenant une autre friandise.

Le glouglou de la cafetière, pendant ce temps, annonçait que le café était presque prêt. Filippo se leva, éteignit le feu et retourna à la table. Il versa le breuvage foncé dans les tasses posées sur le plateau et s'assit à nouveau en face d'Elodie. Sans dire un mot, ils contemplèrent l'instant, sirotant tous deux l'excellent café.

Puis Elodie posa sa tasse et prit une grande inspiration. « Depuis le jour où tu es venu à la mairie pour parler à nos garçons, il n'y a pas eu un moment où l'idée de venir te voir ne m'a pas traversé l'esprit. J'ai même passé quelques nuits à me demander si cela avait un sens. Puis tu m'as invité à dîner avec tous les autres ce soir-là, et c'était peut-être le signal que j'attendais ».

« Je suis heureux que vous ayez enfin pris votre décision. Tu préfères qu'on parle ici ou qu'on se promène sur la plage ? C'est une belle journée et il ne fait pas si froid ».

« J'aimerais bien sortir, mais je ne pense pas avoir les bonnes chaussures », répondit-elle en regardant ses pieds d'un air hésitant.

« Peut-être que je peux t'aider », dit Filippo. « Auguste a un petit pied et il a laissé ici une paire de bottes dont il se sert lorsqu'il vient me rendre visite. Il les porte quand nous nous promenons au bord de la mer. »

« Ah, c'est bien ! », s'exclama Elodie. « Si ça me va, ce serait bien qu'on aille se promener ensemble ».

« Quelle pointure chausses-tu ? ».

« Je chausse le trente-huit ».

«Attends, je vais les prendre et on va voir ensemble ».

Filippo descendit à la réserve, trouva les bottes d'Auguste et remonta.

« Je pense que celles-ci sont un peu plus grandes que ta pointure ». Il les lui tendit.

« Oui », répondit-elle en les examinant.

« J'ai une solution ».

Il se rendit dans la chambre et revint avec une paire de chaussettes.

« Regarde, elles sont neuves, je ne les ai jamais portées parce qu'elles sont petites, je me suis trompé de taille quand je les ai achetées. Elles tiennent chaud et je pense que les bottes te conviendront avec celles-ci ».

« D'accord, on va essayer ».

Élodie enleva ses chaussures et mit ses chaussettes, puis enfila les bottes d'Auguste. « Alors elles sont parfaites ! ».

«Bon, alors on peut aller ! ».

Bart se leva précipitamment de son coussin et commença à marcher d'un pas festif vers l'entrée. Une fois dehors, il se dirigea vers l'avant, comme pour ouvrir la marche.

Filippo et Élodie marchèrent quelques minutes sans qu'aucun d'eux ne dise quoi que ce soit. La seule voix était celle de la mer, avec ses vagues qui clapotaient sur le rivage, ainsi que le bruit gargantuesque des mouettes qui se laissaient bercer, ailes ouvertes, par le vent qui soufflait du nord et qui semblait vouloir les avertir de l'arrivée prochaine d'une chute de neige.

« Tu sais, c'est la première fois que je décide de lâcher tout ce qu'il y a en moi », ce fut Élodie qui rompit le silence. « Même une mairesse d'un petit village de quatre mille âmes sur la côte normande a ses secrets », sourit-elle, l'air fatigué, comme si elle avait trop souvent dû mettre son être de côté pour paraître impeccable dans son rôle. « Je viens de Colmar, une ville charmante et romantique d'Alsace. Quand je suis arrivée à Deauville, j'étais très jeune. J'ai été envoyée de force par mes parents. Mon père était médecin et ma mère femme au foyer ».

« De force ? Pourquoi ?», demanda Filippo avec curiosité.

Élodie soupira. « J'avais seize ans et je suis tombée amoureuse d'un beau garçon plus âgé que moi, Bernard. Il avait dix-neuf ans et, en plus de ses études d'avocat, il travaillait comme aide-jardinier. Il venait souvent chez nous pour mettre de l'ordre dans notre jardin, qui était la passion quasi obsessionnelle de ma mère. Elle adorait les roses *Lady Shalott*. En fait, elle aimait ces fleurs plus que ses trois enfants. Elle les considérait comme ses « créatures ». J'ai encore cette fleur dans les yeux ; bien que je l'aie longtemps détestée, je la trouve encore belle aujourd'hui. Ses boutons sont d'un rouge-orange vif et lorsqu'ils s'ouvrent, ils prennent la forme d'une coupe avec de nombreux pétales désordonnés. Chaque pétale a un sommet de couleur saumon qui contraste magnifiquement avec l'autre côté, qui est d'un charmant jaune doré. Le parfum est une agréable et chaude odeur de thé, avec une touche de pomme épicée et de clou de girofle. Le nom vient du poème du même nom de Lord Tennyson. Lady of Shalott vivait dans un château près de Camelot et était sous l'emprise d'un charme qui ne fut rompu que lorsqu'elle vit l'image de Sir Lancelot se refléter dans un miroir », déclara-t-elle. « Excuse-moi cette digression... ».

« Tu ne dois pas t'excuser », dit Filippo, « tout au contraire, c'est un plaisir de t'écouter ».

« Quoi qu'il en soit, je disais... Je suis tombée follement amoureuse de Bernard. Je passais des heures à la fenêtre, à attendre qu'il franchisse le portail pour travailler dans notre jardin. Un jour, au début de l'hiver, ma mère m'ordonna de lui apporter du thé chaud, vu le froid glacial. Cela ne me paraissait pas réel. Je me suis préparée, j'ai changé de vêtements, j'ai mis mon parfum préféré et je suis allée à la cuisine pour le lui préparer. Puis, le cœur serré, je suis allée dans le jardin. Je n'ai rien dit d'autre que : « Tiens, c'est pour toi, tu pourras te réchauffer ». Il me répondit simplement par un « merci ».

Filippo l'observa sans se faire remarquer et lit sur son visage l'effort qu'elle faisait pour se souvenir de ces événements, même s'il s'agissait apparemment de belles choses.

Après une courte pause, Élodie reprit : « Ce fut le premier d'une série de petits rendez-vous, au cours desquels je lui tendais simplement du thé chaud. Un jour, je m'en souviens comme si c'était hier, j'étais seule dans la maison et j'entendis frapper à la porte. Je suis allée ouvrir et c'était Bernard qui demandait les clés de la réserve pour récupérer des outils qu'il avait laissés la fois précédente. Je l'ai laissé entrer et je suis allé chercher les clés. À mon retour, sans même me laisser le temps de parler, il m'attrapa et m'embrassa longuement. Puis, me regardant dans les yeux, il me dit : « Mademoiselle, vous êtes très belle ». Un instant plus tard, il se retourna et partit. Ce fut le début d'une passion irrésistible. Chaque moment fugace était une bonne occasion de se voir et d'être ensemble. Jusqu'à ce que, deux mois plus tard, j'apprenne que j'étais enceinte".

L'étonnement se lit sur le visage de Filippo.

« Ce fut comme un ouragan dans le ciel. Bernard fut mis à la porte par le maître jardinier pour lequel il travaillait, et je fus enfermée dans la maison pendant toute la durée de la grossesse. Au bout de sept mois, je donnai naissance à une magnifique petite fille, qui ne me fut montrée qu'une seule fois. Une semaine après la naissance, je fus envoyée ici, à Deauville, où je fus accueillie par la sœur de ma mère et son mari. Ils ont été pour moi deux merveilleux parents adoptifs, pour qui j'étais la fille qu'ils n'avaient pas pu avoir. Ils m'ont acceptée, protégée, soutenue et aimée inconditionnellement tout au long de ma triste adolescence, et même après, me permettant d'étudier et me donnant l'opportunité de devenir celle que je suis aujourd'hui, à l'âge de cinquante-neuf ans. Ils sont décédés à quelques semaines d'intervalle, il y a une dizaine d'années ». Un petit sanglot lui échappa, qu'elle étouffa aussitôt en portant la main à sa bouche. « Je n'ai jamais revu mes parents, ni mes frères et sœurs, trop occupés à avoir honte de moi, trop préoccupés par leur ego et le qu'en-dira-t-on. J'ai toujours eu mal à l'intérieur, en pensant à ma fille, à l'endroit où elle pourrait être, jusqu'à il y a environ six ans, quand j'ai commencé à la chercher. Avec l'aide d'amis et beaucoup de patience, j'ai appris qu'elle avait été adoptée par une famille de marchands de tissus à Mulhouse, où elle vit encore aujourd'hui. Elle y a grandi et s'est mariée. Elle a un fils et possède un beau magasin de tissus hérité de ses parents adoptifs. Son mari est professeur de musique dans un lycée », conclut-elle.

« Élodie, c'est une histoire incroyable. Je n'aurais jamais imaginé un tel parcours », déclara Filippo.

« Oui, je sais », répondit-elle, avec les yeux pleins de larmes.

« Et Bernard ? »

« J'ai perdu ses traces, je ne l'ai plus jamais cherché ». Elle s'arrêta un instant, et après une longue inspiration, elle reprit : « Tu sais, Filippo ? Je suis allée la voir. Je suis entrée dans sa boutique et je n'ai rien acheté. Je n'ai même pas eu le courage de lui parler ».

« Et ses parents adoptifs ? ».

« Ils sont tous les deux encore en vie. Je me suis renseignée et je sais qu'elle sait qu'elle a été adoptée, mais je sais aussi qu'on lui a dit que ses parents biologiques étaient morts quand elle était très jeune ». Elle s'arrêta net, les larmes coulant à présent abondamment sur son visage. « Tu te demanderas pourquoi je t'ai raconté mon histoire, n'est-ce pas ? ».

« Pour l'instant, je ne me demande rien, ma chère, je t'écoute simplement ».

Élodie le prit dans ses bras. « Je suis seule, Filippo, seule. Depuis l'âge de seize ans, j'ai la mort dans le cœur. Je souffre sans cesse de ne pas pouvoir embrasser ma fille et mon petit-fils, d'être abandonnée par mes parents et aussi par mes frères, de ne pas pouvoir réagir et changer les choses. J'ai l'air d'une femme droite, forte, déterminée, mais je ne le suis pas. Quand je m'assois à table le soir pour dîner, ou dans le fauteuil pour lire un peu, je me demande toujours quand cet état d'angoisse perpétuelle qui est le mien prendra fin ».

« Tu n'es pas seule », dit Filippo, tout en cherchant à la réconforter.

« Oui, je suis seule », affirma-t-elle ; elle porta les mains à son visage pour cacher ses pleurs.

Filippo lui entoura les épaules d'un bras. « Je te dis que tu n'es pas seule, Elodie. Lorsque tu es seule, tu es en fait en compagnie de toi-même. La grande histoire d'amour que tu as construite pendant toutes ces années de solitude, comme tu le dis, c'est avec toi-même. Tu es Élodie, ne l'oublie jamais ! Dans chacune de tes cellules se trouve Élodie, une femme incroyable et merveilleuse. Une femme forte et courageuse qui a su résister pendant toutes ces années. Une femme qui a combattu l'ignorance et la méchanceté avec ses propres forces. Ne fais pas comme la plupart des gens, qui se considèrent comme acquis. Ne vis pas ta vie en pensant que tu veux être quelqu'un d'autre que ce que tu es. La vérité, c'est que tout ce que tu sais de toi n'est pas le résultat d'une réflexion approfondie, mais plutôt une leçon que tu as tirée des suppositions des autres, de ce qu'ils t'ont fait ressentir ». Il lui tendit un mouchoir et elle se tamponna les joues et les yeux.

« Que dois-je faire ? Je ne peux pas penser passer encore du temps dans cet état ».

Alors qu'elle continua de pleurer, Filippo perçut toute sa mélancolie et, en même temps, son appel à l'aide silencieux.

« Ecoute-moi, Élodie, je vais t'aider. Je veux, oui, nous devons tous deux vouloir que tu puisses prendre ta fille dans tes bras et, en la regardant dans les yeux, lui dire que tu es sa mère. Il est juste qu'elle aussi connaisse la vérité ».

Entre-temps, le vent s'était renforcé et les vagues étaient devenues plus hautes.

« Viens », lui dit-il, « retournons au phare, je crois qu'il va bientôt commencer à pleuvoir ». Il rappela Bart, et soutenant

Élodie, il se mit en route vers sa petite demeure.

Ils restèrent silencieux pendant tout le trajet. Lorsqu'ils montèrent dans la maison, elle se dirigea vers la fenêtre et, en silence, regarda la mer.

Bart s'installa sur son inséparable oreiller et ferma les yeux.

Filippo se rendit à la cuisine et remplit la bouilloire d'eau pour faire une tisane ; il la mit sur le feu et retourna auprès d'Élodie.

« Comment ça va ?», demanda-t-il à voix basse, comme s'il ne voulait pas déranger ses réflexions.

« Maintenant ça va mieux, et excuse-moi... ». Elle se retourna pour le regarder. Son visage semblait moins angoissé.

« Tu n'as pas à t'excuser auprès de moi. Tu n'as aucune raison ». Il lui posa une main sur l'épaule. « Viens, assieds-toi dans le fauteuil, je vais te préparer quelque chose de chaud en attendant. Je te ferai goûter une tisane qu'une amie très chère m'a préparée pour les moments où l'on a besoin de s'arrêter et de savourer le présent, de se retrouver et de s'apaiser ».

« Merci, j'en ai vraiment besoins », répondit-elle.

« Est-ce ça te dérange si je mets un peu de musique ? ».

« Non, non, tout au contraire ! ».

Filippo choisit un CD qu'Adèle lui avait offert quelques mois plus tôt et qu'il n'avait pas encore écouté. Selon lui, il fallait en profiter quand on avait besoin d'écouter son cœur.

L'artiste était Tom Kristiaan et le titre de l'album était parfait pour ce moment : *Petites danses et rêveries.*

Il prépara la tisane, mais en apportant une tasse à Élodie, il s'aperçut qu'elle s'était endormie. Il prit alors le plaid bleu, celui que Maria lui avait donné, et la couvrit doucement.

Pendant qu'Élodie dormait, il se dit qu'il allait en profiter pour faire quelques recherches, il alla chercher son ordinateur portable et le posa sur la table de la cuisine.

Il était en train de chercher sur internet des vols pour Mulhouse, lorsqu'il fut à nouveau saisi par l'étrange vertige qui le visitait tous les deux ou trois jours depuis quelques jours.

Comme les autres fois, cela dura quelques secondes, mais c'était comme s'il était sur le point de s'évanouir à tout moment.

Il était fatigué aussi, comme Bart et comme Élodie.

Peut-être était-ce dû à toutes les émotions qu'il avait vécues récemment, peut-être était-ce dû à son âge, peut-être était-ce dû au froid...

Il ne se rendit même pas compte qu'il s'assoupissait, la tête posée sur la table.

-Agora-

CHAPITRE 14

Il fut réveillé en sursaut par Bart, qui posa sa tête sur son genou. Il se leva lentement et se dirigea vers Élodie. Elle était également réveillée, assise dans le fauteuil, le regard dans le vide.

« Salut, tu es bien ? As-tu reposé un peu ? », lui demanda-t-elle.

Elle se tourna vers lui pour le regarder. « Bonjour, Filippo. Désolée, je me suis endormie, mais surtout désolée pour tout le reste... ».

« S'il te plaît, Élodie, ne dis pas cela, même pas en plaisantant. J'ai été ravi et j'aimerais trouver un moyen de t'aider ».

« Je te remercie. Tu ne sais pas combien je désire d'embrasser ma fille », soupira-t-elle.

« Je la sais », répondit-il. « Et tout se passera très bientôt, je te l'assure. Voyons dans les prochains jours si nous pouvons organiser un voyage à Mulhouse ».

Elle lui sourit. Enfin un sourire ouvert. « Merci de tout cœur. Maintenant, je rentre à la maison pour me changer, puis je dois passer à la mairie pour régler quelques affaires. J'ai reçu au moins une douzaine d'appels sur mon portable pendant que je dormais, mais je n'ai rappelé personne. Je n'en ai pas envie ».

« Tu as bien fait ».

« Et puis il y a ta vente aux enchères ! ».

« Ce n'est pas ma vente aux enchères, Élodie, c'est la vente aux enchères de nous tous », voulut préciser Filippo.

« Tu as raison. Nous sommes en train de nous engager beaucoup ».

« Écoute, dès que nous aurons terminé l'événement, nous déciderons de ce qu'il faut faire. D'ailleurs, comme mon fils Pietro vient, il nous accompagnera. Pendant que tu dormais, j'ai regardé sur Internet et il y a un vol direct, donc nous économiserons sept heures de voiture ou de train, et nous utiliserons au mieux le temps ».

Élodie le regarda et dans ses yeux Filippo put lire la gratitude profonde qu'ils exprimaient.

« Merci, Filippo. Tu es un don du ciel. Comment pourrai-je m'acquitter envers toi ? ».

« Pas de dette, c'est un plaisir », affirma-t-il, avant de la raccompagner à la porte d'entrée et de lui dire au revoir.

Il était midi, mais il n'avait pas faim. Mais il remplit le bol de son fidèle ami de croquettes, sur lesquelles il se jeta avec son doux museau.

Alors qu'il était occupé à l'observer et à profiter de sa nouvelle bonne santé, son téléphone portable se mit à sonner. Il le sortit de la poche de son pantalon et répondit.

« Allô, papa. Comment vas-tu ? ».

« Bonjour, mon fils ! Ça va bien, c'est merveilleux de t'entendre ! ».

« Je voulais juste te dire que demain matin nous terminerons les dernières choses ici et que je prévois de partir immédiatement après le déjeuner ». « Il me tarde de te voir ».

« Moi aussi, mon cher papa », répondit Pietro. « Une chose, cependant : je ne veux pas aller dormir au village, je veux rester avec toi, tu le sais ! », il ajouta.

« D'accord, pour moi, cela ne peut être qu'un plaisir de t'accueillir. Je t'hébergerai dans ma chambre, le lit est grand, je prendrai soin de moi dans le bureau ». « Mais non, papa ! C'est moi qui dormirai dans le bureau, bien sûr ».

« Non, nous n'en parlons même pas. Pour une fois que tu viendras me voir, laisse-moi te mettre à l'aise », répondit Filippo. Il savait combien il était difficile de convaincre son fils.

« D'accord, on en parle demain », le congédia-t-il, d'un ton à moitié résigné.

« Je t'en prie, allez-y doucement ! ».

« Bien sûr, papa, j'y vais doucement comme toujours. Je t'aime, à demain », le salua-t-elle.

« À demain, mon fils, moi aussi je t'aime ».

Lorsqu'il raccrocha, son cœur battit la chamade. Il ne lui semblait pas réel qu'il le reverrait bientôt. A ce moment, ses pensées se tournèrent vers Viola. Il n'avait pas eu de ses nouvelles depuis des jours.

Il l'appela, mais ce fut le répondeur qui répondit ; alors il décida de lui laisser un message : « Salut, Viola, je suis papa. Je voulais te dire bonjour, mais il y a un répondeur... Rappelle quand tu peux et dis bonjour à Francesca. Je t'embrasse ».

Il raccrocha et appela Auguste.

« Allô, Auguste ? »

« Oui, qui est à l'appareil ? ».

« Mais quoi ? C'est Filippo à l'appareil ! ».

« Désolé, Filippo, j'étais occupé à réparer un tuyau qui fuyait », répondit l'autre. En fond sonore, quelques bruits métalliques qui n'auguraient rien de bon.

« Tu es toujours aux prises avec quelque chose... J'espère que c'est un défaut réparable ».

« Cher Filippo, le bon Auguste l'a déjà réparé. Je vérifiais simplement qu'il n'y avait pas d'autres fuites ».

« Je n'avais aucun doute, tu peux tout faire, mon vieux ».

« Je vais me débrouiller », répondit l'autre. « Mais dis-moi, pourquoi m'as-tu appelé ? ».

« J'aurais besoin de bois et je voulais aussi te demander si tu pouvais me prêter le lit pliant. Pietro est sur le point d'arriver et je dois ajouter un lit. Si tu as des problèmes, dis-le-moi, je me chargerai de les charger, car dans l'après-midi je dois venir en ville pour faire quelques courses ».

« Mais non, il ne manquerait plus que ça ! D'ailleurs, comme je viendrai demain avec Ernest et les garçons chercher les tableaux, j'en profite pour t'apporter du bois et un lit pliant. Que dis-tu ? ».

« Ce serait parfait ».

« Alors je t'apporterai tout demain, mais si tu viens à Deauville aujourd'hui, nous prendrons un verre chez Adèle. Vers cinq heures, qu'en penses-tu ?

« Je dis que c'est parfait ».

« Alors on se voit au bistrot dans l'après-midi. A plus tard, mon ami ».

Filippo avait toujours pensé qu'en prenant sa retraite, sa vie ralentirait dans la façon dont il la vivrait, mais il avait tort, et beaucoup.

Ce n'était pas une question de vitesse, c'était une question d'intensité. Sa vie était intense et jamais banale.

Pendant qu'il réfléchissait à ce concept, son téléphone portable sonna à nouveau. « Allô ? », répondit-il. « Bonjour, Filippo, c'est Sophie à l'appareil. Est-ce que je te dérange? ».

« Bonjour, Sophie. Tu ne me déranges jamais. Ça va bien ? ».

« Oui, merci. Je t'ai appelé pour te dire que je serai là le 8 décembre pour la vente aux enchères. J'ai réussi à faire en sorte que ma cousine et son copain me remplacent. J'emmènerai ma mère et mon fils avec moi, ainsi que Crispin ».

« C'est une nouvelle merveilleuse ! J'espérais vraiment que tu pourrais venir. Tu ne sais pas à quel point je suis heureux ».

« Moi aussi. À quelle heure ça commence ? ».

« Vous pouvez arriver dès 16 heures, vous pourrez ainsi en profiter pour rencontrer du monde et profiter de tout ce que nous avons organisé ». « Ça va bien. Alors, je te verrai le 8. Je dois y aller maintenant car je dois charger le fourgon ».

« Bon travail, Sophie. On se voit bientôt ».

« Bonne journée, Filippo ».

Le temps passait vite ce jour-là. Il était déjà deux heures et il n'avait pas encore déjeuné. Mais comme il n'avait pas beaucoup d'appétit, il ne mangea que quelques fruits. Puis il alla s'asseoir dans le fauteuil. Il se sentait fatigué et décida donc de se reposer un peu.

En regardant par la fenêtre, il pensait à l'histoire d'Élodie et à ses quarante-deux années passées avec cet énorme fardeau sur le cœur, comment elle avait réussi à passer tout ce temps seule avec sa douleur, celle qui se consume lentement ; elle pensa à ses parents, qui avaient eu le courage et la force de l'oublier, et à sa fille, un amour qui était duré moins qu'un clin d'œil.

Pourquoi Elodie avait-elle décidé de lui révéler ce secret ?

Pour la deuxième fois de la journée, accompagné par le flot de pensées, il s'endormit.

Lorsqu'il se réveilla, deux heures s'étaient écoulées. Il regarda par la fenêtre et, à sa grande surprise, vit qu'il neigeait. Il ne pouvait pas y croire. La neige au bord de la mer, à Deauville.

C'était une merveille…

Il appela Bart, toujours recroquevillé sur son oreiller. « Allez, mon vieux. Sortons et accueillons la neige ». Pendant qu'il s'habillait et cherchait des gants, il lui vint à l'esprit un poème de Gianni Rodari, que Maria lisait toujours à Viola et Pietro quand ils étaient petits :

En hiver, quand la neige tombe et blanchit la pelouse et cache les rues sous la couverture gelée, aux enfants, aventuriers du cœur sans crainte, aucun chemin n'est nécessaire pour tenter l'aventure : ils marchent hardiment là où les chutes de neige sont intactes ouvrir de nouvelles voies dans le désert de coton. (Mais les empreintes des petits pieds la neige tiendra pour guider les enfants à la maison, quand maman appelle…)

Eh bien, oui, Maria...elle était spéciale, elle ne laissait jamais rien au hasard.

Combien de choses tu m'as apprises, mon amour. Tout cela, c'est aussi grâce à toi. Merci.

Après avoir couru et roulé dans la neige, Bart décida de monter dans la vieille Citroën en direction de Deauville.

Filippo prit la chose calmement. Il voulait profiter du paysage complètement blanc de cette chute de neige inattendue, et il semblait que Bart appréciait également la vue. Il baissa la vitre pour respirer l'odeur de la neige.

En marchant avec Élodie, il avait ressenti un air étrange, une odeur qui en réalité était presque une sensation, un moment unique de contact avec l'atmosphère ; comme s'il s'agissait d'une odeur complice et, en même temps, créatrice d'un processus magique. Les parfums que l'on ressentait normalement dans l'air hivernal avaient été remplacés par un arôme qui sentait des suggestions merveilleuses et indescriptibles. Autrement dit, des moments à vivre.

Il ne croyait pas qu'il puisse neiger aussi intensément au bord de la mer. C'était comme marcher dans un paysage de conte de fées.

Lorsqu'il arriva en ville, le même scénario se présenta à lui et il sembla que le temps s'était arrêté. Il entra dans la petite épicerie de Basile, récupéra les affaires dont il avait besoin, les chargea dans le fourgon et se dirigea vers le bistrot.

Dès son entrée dans la pièce, il fut enchanté. Ils avaient pratiquement déjà tout préparé pour le 8 décembre.

Yves et Félix sont allèrent à sa rencontre.

« Bonjour Filippo ! Comment vas-tu ? As-tu vu combien de neige ? », dit le premier. « Je parie que tu n'arrives toujours pas à croire qu'une neige aussi abondante ait pu atteindre Deauville ! ».

Filippo fit signe que oui.

« Eh bien, si cela peut te consoler », dit Félix, « c'est incroyable pour nous aussi. Nous avons tous pensé la même chose : c'est un petit cadeau d'en haut pour ce que nous faisons, pour rendre notre vente aux enchères encore plus magique ».

« Eh oui... C'est un chef d'œuvre, les gars. Je ne m'attendais pas à trouver tout déjà préparé ».

Filippo parut émerveillé par la disposition qui avait été réalisée : depuis les supports créés par Laurine pour les tableaux – pas de banals chevalets mais de véritables œuvres d'art –, jusqu'aux décorations de Noël, en passant par la composition des tables avec de belles nappes rouges et un centre de table décoré avec des seaux de fleurs et des bougies dorées ; à l'incroyable scène conçue pour l'occasion, pour présenter les œuvres, et à droite une scène légèrement plus petite, où le commissaire-priseur aurait remis à l'acheteur la toile achetée. Au fond de la pièce, près de la grande cheminée, se trouve la place du quatuor à cordes, avec tapis rouge et quatre tabourets rembourrés en place.

« Qu'en penses-tu, Filippo ? », demanda Adèle en se rapprochant. « As-tu vu mon travail? Tout le monde a travaillé dur, mais les garçons et les filles, sous la direction de Laurine et Auguste, ont été tout simplement fantastiques ».

« Oui », répondit-il, « ils ont fait un travail vraiment incroyable ! ».

En prononçant ces mots, il vit entrer Laurine, la veste et le chapeau pleins de neige.

« Bonsoir, me voici ! Pendant un moment, j'ai cru que je n'y arriverais pas. Je suis allé livrer un meuble à Saint-Arnoult, et pendant que je l'assemblais avec Pier, le garçon qui travaille avec moi, il s'est mis à neiger. A notre sortie, nous nous sommes retrouvés devant un véritable spectacle. Il nous a fallu une heure pour parcourir quatre kilomètres, mais cela en valait la peine », déclara-t-il en secouant son chapeau.

Vincent alla à sa rencontre. « Bonjour, Laurine, donne-moi ta veste et ton chapeau. Installe-toi confortablement et je t'apporterai quelque chose de chaud ».

Elle le remercia avec un sourire, puis s'approcha de Filippo. « Qu'est-ce que tu en penses ? Avons-nous fait du bon travail ? ». « Absolument ! Vous avez fait un travail extraordinaire ! ».

« Les gars ont été super, mais... », dit Laurine en lui faisant un clin d'œil, « sans Auguste qui dirigeait les travaux, nous n'aurions pas fait grand-chose ». Elle l'avait probablement vu s'approcher du coin de l'œil.

« Oui », il intervint, « en fait, j'ai dû travailler un peu pour tenir les ouvriers à distance. Ils sont encore immatures et il m'a fallu toute mon expérience et surtout mon calme sans égal », a-t-il déclaré en gonflant le torse.

« Tu ne changes jamais !», s'exclama Vincent, en déclenchant un rire général alors qu'il tendait à Laurine une tisane fumante.

« Oui, oui, moquez-vous de moi, mais vous savez aussi que c'est la vérité », répondit-il d'un air moqueur et offensé. « Je sais, je sais, mon ami, sans toi, nous serions toujours là pour décider quoi faire ». Vincent lui donna une tape amicale sur l'épaule et Auguste lui rendit son sourire.

Il continuait de neiger dehors et ne semblait pas vouloir s'arrêter.

« Alors les gars, vous venez demain chercher les tableaux avec Auguste ? Filippo s'en est assuré ».

« Oui », répondit Yves. « Et nous profiterions de cette occasion pour discuter avec toi, comme nous l'avions évoqué, pour partager avec toi les thèmes et les règles de notre café littéraire. Nous aimerions annoncer la nouvelle à la fin de la vente aux enchères ».

« Si c'était possible, moi aussi je voudrais participer ! », intervint Laurine.

« Mais bien sûr ! », répondit Filippo, « le seul problème est que je n'ai pas de chaises suffisantes pour tous ! ».

« Excusez-moi », intervint Adèle, « nous pourrions organiser la réunion ici demain matin, après que vous ayez apporté les tableaux. Donc Vincent et moi nous sommes là aussi ».

« Cela me semble une excellente idée », affirma Auguste.

« D'accord, alors on fera comme ça. À quelle heure pensez-vous venir ? », lui demanda Filippo.

« Ah, nous devons être bientôt chez toi. Nous avons encore beaucoup de choses à faire et si nous ne bougeons pas, nous risquons d'être en retard pour tout », grogna-t-il, comme d'habitude.

« Alors je dirais qu'on se retrouve ici à huit heures et demie, pour qu'au plus tard à huit heures et demie nous soyons chez Filippo pour décharger le bois et le lit pliant qu'il a demandé. Ensuite, nous chargerons les tableaux ».

« Un lit pliant ?», murmura Laurine. « T'as cassé ton lit ? », demanda-t-elle en riant.

« Non ». Filippo lui rendit le sourire, « simplement, demain après-midi, mon fils arrive et reste ici quelques jours ».

« Eh bien, maintenant que nous sommes d'accord sur ce qu'il faut faire, allons-nous prendre un verre ? », proposa Auguste.

« Écoute, Laurine, pourquoi tu n'irais pas chercher ton père ? », risqua Filippo. « Je pense qu'il apprécierait vraiment d'être ici avec nous ». « Oui, c'est vrai, mais par ce temps...». La femme scrutait le paysage par la fenêtre : la neige tombait sans pitié et tout était désormais blanc.

« Si tu veux, je peux t'accompagner ! », dit Felix en offrant son aide.

« Je te remercie, je cherche à le contacter ».

Pendant que Laurine appellait son père, Yves s'approcha de Filippo. « Puis-je te déranger pendant deux minutes ? ».

« Bien sûr. Quelque chose ne va pas ? ».

« Non, en fait, je voulais te parler du dîner que nous avons eu chez mademoiselle Anne avec mes grands-parents. C'était une soirée parfaite. Anne nous a vraiment mis à l'aise et le dîner qui a suivi...divin, appétissant ! », s'exclama-t-il, toujours ravi.

« Je n'avais aucun doute. Quand vas-tu commencer à la librairie ? ».

« Tout de suite après la vente aux enchères. Toutefois, j'aurais besoin de te demander une faveur... ».

« Tu peux parler librement ».

« Pourrais-tu nous accompagner à Rouen pour obtenir des informations sur l'inscription à l'université ? ».

« Oh, bien sûr. Ce sera un vrai plaisir pour moi ».

« Filippo, je...je ne sais vraiment pas comment te remercier. Ma grand-mère ne fait que pleurer de joie ».

« Tu vois, mon cher garçon, tu mérites tout cela, tout comme tes grands-parents. Je suis sûr que tes parents sont heureux et fiers de toi, même de là-haut. La vie nous demande parfois de la patience, mais tôt ou tard, si nous ne cessons pas d'y croire, ce que nous désirons nous sera donné ».

Yves le serra dans ses bras, Filippo lui caressa la tête et ils restèrent silencieux pendant un moment.

« Le vieux Théo a lui aussi décidé de se joindre à nous », annonça Laurine en rangeant son téléphone portable dans son sac. « Je vais le chercher ».

A ce moment-là, Filippo ressentit à nouveau cette étrange sensation d'évanouissement. Il s'appuya contre une table, puis s'assit.

C'était une sensation étrange, comme si son cœur s'était arrêté et qu'il allait perdre connaissance à tout moment.

« Ça va, Filippo ? », demanda Vincent en posant une main sur son épaule.

« Oui, oui, ne t'inquiète pas ! J'ai eu des vertiges pendant un moment, mais ça va maintenant », répondit-il en essayant de garder un ton calme pour ne pas l'inquiéter.

« Tu es sûr ? », insista l'autre.

« Bien sûr, ne t'inquiète pas. Cela m'arrive de temps en temps. Ça dure quelques instants, puis ça passe ».

« As-tu vu le docteur Raymond ? ».

« Non, Vincent, ce n'est rien d'important ».

« Pardonne-moi d'insister, mais tu devrais le voir. Il ne faut pas sous-estimer ces choses-là ».

« J'irai dans les prochains jours ». Il ne pouvait pas se défausser sur ses amis.

« Ne t'inquiète pas, Vincent, je l'accompagnerai de force », dit Auguste. « Je vais appeler le docteur Raymond et prendre un rendez-vous ».
« Je me sens bien, vraiment. Tu n'as pas à t'inquiéter ».
« Ce sera certainement comme tu le dis, mais j'appellerai le docteur en attendant, au cas où... ». Le ton d'Auguste n'admettait aucune réponse.
Vincent dit : « Assieds-toi là, je vais te chercher quelque chose de chaud et une part de gâteau ».

Un peu plus tard, alors que Filippo était en train de siroter un thé, Laurine et Félix revinrent, accompagnés de Monsieur Théo.

« J'ai pris la liberté de prévenir Madame Elodie et Monsieur Hubert, puisque nous devons parler d'un sujet aussi important que la naissance du café littéraire », fit remarquer Laurine, avant d'enlever son manteau.

« Anne va arriver aussi », annonça Adèle. « Le temps de fermer la librairie et elle sera là ».

« J'irai à son encontre », dit Yves, tout en se levant. « Par ce temps... Félix, tu appelles les autres et tu leur demandes s'ils ont envie de venir ».

Au bout d'une heure, ils étaient tous réunis au bistrot.

Ils passèrent les deux heures suivantes à planifier le contenu et les règles à partager pour la naissance du café littéraire, et trouvèrent même le nom, suggéré par Auguste : Agora.

Les gars proposèrent Filippo comme président d'honneur, mais il refusa, suggérant plutôt Mademoiselle Anne, qui était certainement plus qualifiée, tandis qu'il agirait volontiers comme mentor.

Adèle et Vincent seraient respectivement président et vice-président. Auguste aurait fait office de secrétaire, avec Monsieur Théo, tandis que les jeunes auraient fait partie du comité de pilotage, proposant de temps à autre des sujets sur l'art, la musique, la croissance culturelle, l'actualité, les coutumes, l'innovation sociale, avec des calendriers mensuels.

Il n'y avait qu'une seule règle fondamentale : tous les sujets devaient être traités de manière positive, sans jugement ni critique.

Ce fut un moment unique, où jeunes et moins jeunes partagèrent non seulement des connaissances, mais aussi de l'enthousiasme et de la positivité.

Lorsqu'ils quittèrent le bistrot, c'était déjà le soir et il avait cessé de neiger.

Les nuages et la neige avaient laissé place à un ciel étoilé et l'air, bien que pur, était résolument frais.

Filippo arriva au phare et trouva la maison froide, le poêle étant resté éteint trop longtemps. Il enfila un pull-over, s'installa confortablement dans le fauteuil et écrivit ses pensées de la journée.

Il s'assit un moment, puis alla à la fenêtre pour regarder la vue. Le ciel était plein d'étoiles, la mer calme et tout autour blanc, blanc partout.

Il avait envie de s'endormir sur une musique douce, il mit un CD de Ludovico Einaudi qu'il n'avait pas écouté depuis longtemps, *Elements*, et alla se coucher.

Il était temps de mettre fin à cette journée intense, car la suivante ne le serait pas moins.

Bart le suivit et, d'un bond, se positionna au fond du matelas. Filippo éteignit la lumière, souhaita bonne nuit à Maria et la remercia pour cette nouvelle chance dans la vie.

Il n'avait jamais imaginé que vivre dans le phare pouvait enrichir son âme à ce point.

-La nature parle en silence-

CHAPITRE 15

Il était six heures quand il se leva. Il ne réussissait plus à dormir.

Il mit du bois dans le poêle et de la musique. Un album de 1999 tout simplement « magique », comme l'appelait Maria, intitulé *Norwegian Violin Favourites.*

Il ouvrit la fenêtre du petit studio et fut immédiatement enveloppé par un souffle d'air froid qui pénétra avec force dans la maison. Il faisait encore nuit et le ciel était constellé d'étoiles.

Lorsque la température commence à baisser, certaines molécules de l'atmosphère commencent à ralentir, se rendant moins perceptibles et laissant ainsi une sorte de « vide » des odeurs que l'on perçoit habituellement, comme si tout se vidait et s'arrêtait soudainement pour laisser place au seul maître du moment : le froid. C'est ce qu'il avait lu dans un article de la célèbre chercheuse Pamela Dalton.

Il referma la fenêtre et après s'être lavé et rasé, il se rendit dans sa chambre pour choisir les vêtements les plus appropriés à l'arrivée de Pietro. Cela faisait longtemps qu'il n'avait pas porté de cravate, il décida donc d'en mettre une fabriquée par un grand artisan sicilien, qu'il avait achetée des années plus tôt avec Maria lors de vacances à Trapani. Il mit un pantalon de velours bleu, une chemise bleue et un pull-over par-dessus.

Bart continuait à dormir, tandis que la lumière du jour avançait lentement pour prendre sa place.

Filippo se sentait fatigué, très épuisé, bien qu'il ait dormi plusieurs heures, et ses épaules lui faisaient mal.

Ce sera l'âge, pensa-t-il.

A ce moment-là, il se rappela qu'il se tenait à côté de Maria pendant les jours qu'il passait à l'hôpital après son opération. Elle ne se plaignait jamais, elle souriait toujours. Dès qu'il ouvrait les yeux, elle le regardait et lui demandait : « Comment vas-tu ?

Comment vont les enfants ? ».

Il passait ses nuits à la regarder, à sentir son souffle, à s'imaginer avec elle se promenant dans les champs et les bois, riant, cuisinant, regardant un film sur le canapé, un verre de vin rouge à la main. Il ne pouvait pas s'imaginer seul sans elle.

Il lui lisait ses livres préférés et, de temps en temps, elle se réveillait et lui souriait. Et lorsqu'il s'arrêtait, Maria, d'une voix légère, presque inaudible, lui disait toujours : « Non, continue, s'il te plaît ».

Chaque jour, il lui lisait deux poèmes en particulier : *The Human Seasons* de John Keats et *The Wild Geese* de Mary Oliver.

Ils avaient passé trois semaines à l'hôpital après l'opération, puis il l'avait ramenée chez elle pour qu'elle poursuive sa convalescence avant de commencer les cycles de chimiothérapie.

Pietro et Viola, bien que petits, souhaitaient ardemment être proches de leur mère. Ils se relayaient tous les jours, ne la perdant jamais de vue. Lorsqu'elle dormait, ils restaient tranquillement dans le fauteuil à côté d'elle, ou ils lui racontaient l'école et les moindres détails de leur journée bien remplie.

Ce fut une période difficile, mais l'amour les aidait à supporter les moments difficiles.

Au fil des mois, Maria retrouva lentement sa vie quotidienne, jusqu'à ce qu'elle se rétablisse enfin et recommença à faire tout ce qui la rendait heureuse.

Puis, des années plus tard, l'*ami indésirable*, comme elle l'appelait, fit son sinistre retour. Malgré un fragile sursis, il était cette fois déterminé à l'arracher à ses proches. Un soir, alors qu'elle faisait ses adieux à son mari et à ses enfants, elle s'endormit soudain. Et, dans ce sommeil innocent, ses yeux se fermèrent à jamais tandis que son âme prisonnière s'envolait, abandonnant son corps à l'implacable destin qui l'attendait. Le chagrin et la tristesse se répandirent dans l'air, laissant un vide irréparable, un écho de perte qui enveloppa tous ceux qui l'aimaient.

Filippo regarda par la fenêtre et admira les couleurs de l'hiver, froides, audacieuses, profondes. Le violet, le gris, le noir, le jaune, le blanc et le bleu foncé de la mer étaient là, comme des sentinelles de la saison ; un rituel constant, fait pour vérifier que personne ne fait de bruit et ne perturbe le reste. Car la végétation en hiver doit se reposer, de même que les champs après avoir porté leurs fruits, et les outils utilisés au cours des mois précédents.

Philippe ressentit lui aussi le besoin de se reposer.

Il observa les mouettes et se demanda ce qu'elles pensaient et ressentaient lorsque le vent les caressait, tandis que, les ailes tendues, elles décrivaient des cercles dans les airs, frôlant et défiant parfois la mer, se moquant presque d'elle, tandis que d'autres planaient vers on ne sait quelle destination.

Il aurait dû se réjouir de l'arrivée de Pietro, de la vente aux enchères, mais il se sentait triste.

Il s'approcha de Bart, toujours recroquevillé sur le lit, et le caressa.

Mon cher ami, heureusement que tu es là…

Bart ouvrit doucement les yeux et le fixa, comme pour confirmer sa présence.

Avec un soupir, Filippo décida qu'il était temps d'y aller.

A huit heures et demie précises, il vit une camionnette passer par la fenêtre, sortit et ouvrit la porte.

« Bonjour et bienvenus ! ». Il regarda Auguste et Yves. « Mais vous êtes les seuls ici ? »

« Bonjour à toi, Filippo », répondit Yves. « Oui, Ernest a eu une mésaventure à l'atelier », expliqua-t-il. « Comment vas-tu ? ».

« Je me porte bien, merci ».

« Mon ami, je t'ai trouvé étrange hier, tu n'étais pas le Filippo habituel que je connais, et tu as l'air particulièrement fatigué aujourd'hui », dit Auguste en le regardant dans les yeux. « Oui, c'est vrai, je suis un peu fatigué », reconnut Filippo. « Les années passent pour moi aussi ».

Auguste braqua sur lui son regard inquisiteur. « Je ne pense pas qu'il s'agisse seulement des années. Il faut que tu ailles voir le médecin. Si tu ne le fais pas, je le ferai moi-même », déclara-t-il en pointant son doigt sur sa poitrine.

« Quoi ? ».

« Appeler le docteur Raymond ! Et quoi d'autre ? »

« Faisons passer la vente aux enchères, puis je promets de l'appeler ».
« Il sera là demain de toute façon et je lui anticiperai tout. Tu n'as aucune chance de t'échapper », lui dit-il.

« Où met-on le lit pliant ? », demanda Yves en les interrompant. « Cela va dans mon studio », répondit Filippo. « Maintenant, pensons aux tableaux. Ils sont dans l'atelier, derrière la porte. Je les ai déjà rangés. Trouvez le numéro et le nom au dos de la toile. Une précision : l'œuvre numéro deux intitulée *Maria*, je veux l'acheter, parce que j'aimerais l'avoir ici ».

Yves le regarda. Il avait compris que ce tableau devait avoir une certaine importance.

Une à une, avec beaucoup de précautions, ils chargèrent toutes les toiles en les protégeant de vieux draps. « Nous pouvons y aller

», dit Yves, « nous avons beaucoup à faire. Les pêcheurs sont déjà au bistrot depuis ce matin, installant leurs étals. Adèle, Vincent et Laurine, avec les autres, terminent les dernières choses. C'est incroyable le nombre de personnes qui se trouvent autour de cet endroit. Les gens demandent ce qui se passe, d'autres demandent s'ils ont besoin d'un ticket... ». Sa voix trahissait toute son émotion. « Ah, j'oubliais une chose... », ajouta-t-il ensuite, « hier soir, après votre départ, une famille est venue manger au bistrot et a demandé des renseignements sur l'événement. Adèle a expliqué le déroulement de la journée et a parlé de la vente aux enchères et des tableaux. Lorsque la femme a demandé à qui appartenaient ces œuvres et qu'elle a mentionné ton nom en disant que tu étais un de nos concitoyens et que tu en avais fait don pour aider l'école, ses yeux se sont illuminés. Elle a regardé son mari et a dit : « C'est lui ! ». Adèle lui a demandé si par hasard ils vous connaissaient et elle a dit oui et s'est présentée comme étant Danielle ».

« Alors, elle est vraiment retournée, comme elle l'avait dit ! », murmura Filippo, étonné.

« Donc, tu la connais, cette madame Danielle ? ».

« Oui, je la connais, elle est...une vieille amie ».

« Eh bien, je pense que vous vous reverrez bientôt », sourit Yves.

« Eh bien, allons-y, ne perdons plus de temps », grommela Auguste.

« Pour une fois tu as raison, mon ami », dit Filippo en souriant. Yves retint un rire.

« Vas-y, je te rejoins ».

Une fois seul, il enfila ses bottes, sa veste et son chapeau et sortit avec Bart.

L'air froid lui frappa les joues. Il démarra le fourgon pour le réchauffer un peu et s'arrêta pour regarder la plage blanchie.

Qui sait ce que Prévert, Baudelaire et Proust pourraient écrire en regardant ce merveilleux paysage. Que dirait Coco Chanel en admirant ces couleurs, ou comment Gustave Courbet, qui se définissait comme « un élève de la nature », peignait un tableau.

Ses pensées affluaient devant ce spectacle magnifique.

Tout semblait ouaté.

La nature murmure en silence et parle à tous les êtres humains, hommes et femmes, jeunes et vieux. Malheureusement, rares sont ceux qui ont la capacité d'écouter attentivement et respectueusement.

Il revint au fourgon, récupéra Bart et partit pour Deauville.

Les rues avaient été dégagées, mais tout autour le blanc régnait toujours en maître.

Lorsqu'il arriva près du bistrot, il laissa le fourgon dans un parking voisin, descendit avec Bart et parcourut le dernier tronçon à pied. Arrivé à quelques mètres de la salle, il fut émerveillé par tout le monde présent.

Vincent donnait des ordres sur la façon d'arranger les décorations, tandis que quelques garçons aidaient à monter les stands.

Gilbert et Nestor étaient occupés à discuter avec deux hommes habillés avec les vêtements de l'ancienne marine française : un tricot rayé bleu indigo et blanc, avec une veste bleu nuit par-dessus et un beau fronton, le typique chapeau marine blanc avec un pompon rouge dessus.

Tout ça pour une vente aux enchères...

Adèle remarqua sa présence et partit à sa rencontre. « Bonjour, Filippo. As-tu vu comme c'est beau ? Tout cela c'est grâce à toi ».

Son sourire était radieux.

« Mais non, Adèle, je n'ai rien fait. Vous faites tout cela et vous le faites à merveille ».

« Avons-nous tout fait ? ». La voix d'Élodie vint de derrière lui et Filippo se tourna. « Mais réalises-tu ce que tu as réussi à faire ? Tu as aspergé cette ville de... Je ne sais pas quoi. Pendant toutes ces années, je n'avais jamais vu des gens aussi participatifs et collaboratifs ».

« Vraiment, Élodie, je me suis limité à faire des dessins. Et je ne les définirais même pas de cette façon », déclara-t-il en haussant les épaules.

« Oui, oui, tu dis ça parce que tu as peur de la notoriété ! », s'exclama le maire en éclatant de rire.

Adèle le prit bras dessus bras dessous. « Viens voir comment nous avons aménagé l'intérieur ».

Avec Bart à ses côtés, Filippo entra dans le local et ce fut comme se retrouver catapulté dans un autre contexte.

Le très long comptoir décoré, l'environnement, non seulement chaleureux et informel comme d'habitude, mais complètement révolutionné, nouveau, extrêmement raffiné. Sur les tables en bois et en métal, près de la grande cheminée, des nappes rouges complétaient le décor. Tout créait une atmosphère rétro, intime et relaxante.

Voici notre « café littéraire », pensa-t-il.

Un peu plus loin, près des tables, quatre pupitres avec quatre chaises avaient été placés pour accueillir le quatuor à cordes. Dans l'autre salle, de nombreuses chaises étaient rassemblées devant la scène, construites pour l'occasion par les mains magiques de Laurine, et tout autour les tableaux étaient disposés appuyés sur des chevalets artisanaux créés avec l'aide des garçons. Au-dessus de chaque tableau, le titre de l'œuvre était inscrit à la main dans une élégante calligraphie. Une vraie touche de classe.

« Qui a écrit les titres des œuvres ? », demanda-t-il, stupéfait par une telle beauté.

« Une de tes fans... Mademoiselle Anne », répondit Adèle. Elle a proposé de le faire et a apporté les étiquettes ce matin à huit heures ». Soudain, ils entendirent les chansons que les pêcheurs s'étaient mises à chanter à l'extérieur du bistrot.

Quand ils sortirent, un groupe de personnes s'était arrêté pour écouter.

« Cher Filippo, c'est une des chansons de pêcheurs les plus célèbres et elle s'appelle *Le Forban* », dit Nestor en posant une main sur son épaule. « C'est une très vieille chanson ».

Tandis qu'il écoutait dans un silence rigoureux le beau refrain, il commença à percevoir les arômes des poissons rôtis dans les étals, ainsi que celui des *godifices*, terme utilisé par Gustave Flaubert dans ses romans lorsqu'il parlait des coquilles Saint-Jacques.

« Mon cher ami, qu'en penses-tu ? ».

Filippo se tourna et vit Vincent le regarder avec un grand sourire aux lèvres.

« C'est...c'est tout beau. Et c'est encore plus beau de voir tous ces gens déjà au travail la veille ».

« Et tu n'as encore rien vu... », fit un clin d'œil à l'autre.

Il le prit bras dessus bras dessous et commença à fredonner le refrain de la chanson :

"Vins qui pétillent
Femmes gentilles
Sous des baisers brûlants d'amour
Plaisirs, batailles
Vive la canaille
Je bois, je chante
Et je tue tour à tour".

Petit à petit, les autres se joignirent à eux et tous se mirent à chanter ensemble, marquant le pas avec leurs mains.

À la fin, de vifs applaudissements ont retenti dans l'air accompagnés de rires. « Nous nous reverrons demain pour la vente aux enchères », dit Nestor en se tournant vers les personnes présentes.

« C'est pour un but très important, vous ne pouvez pas le manquer, et ce sera alors une bonne occasion de manger du poisson délicieux et de boire un excellent vin », conclut-il.

Filippo ne s'attendait pas à toute cette chaleur, même s'il avait toujours été un optimiste incurable. Tout le monde lui disait cela, de sa mère d'abord aux maîtres, puis aux professeurs : « Tu as toujours la tête dans les nuages, tu vois toujours grand ».

Et son père répondit : « Filippo, oublie tous ceux qui te disent ces choses. *Vise le ciel et tu atteindras les étoiles* ».

Il rentra à l'intérieur, ôta sa veste et son chapeau, et toujours avec son fidèle ami à ses côtés, il s'assit à une table avec Auguste, Gilbert et Nestor.

« Alors Filippo, qu'en penses-tu ? », lui demanda Gilbert.

« Eh bien, je pense que tu t'es surpassé. Tout est parfait ».

« Mon cher ami, ce n'est rien, tu verras demain », ajouta Nestor. « Attends que les autres pêcheurs arrivent dans l'après-midi pour installer les autres stands et leurs éclairages... ».

« Allez, ne perdons pas de temps à parler », intervint Auguste. « Nous avons encore tellement de choses à faire. Mangeons quelque chose et buvons un verre de vin, puis nous recommencerons ».

Vincent apporta à table une assiette royale de mollusques. « Voilà, pour commencer. Ceci est proposé par les pêcheurs. Il s'agit de la *Cotriade*, une soupe de poissons et crustacés. Mais ceci est offert par la maison », ajouta-t-il en posant une bouteille de *Muscadet* sur la table.

Pendant qu'ils étaient occupés à savourer toute cette bonté, quatre belles filles avec des valises sur les épaules entrèrent dans la pièce.

C'était le quatuor à cordes.

Adèle est allée à leur rencontre. « Bienvenues ! », sourit-il cordialement.

« Pardonnez-nous pour le retard, mais les routes n'étaient pas très praticables et à certains endroits elles étaient même gelées », s'excusa la jeune fille avec une longue tresse blonde dépassant de son chapeau de laine.

« Mais Dieu nous en préserve. Vous aurez certainement faim...».

« Oui », murmura une autre, « et surtout il fait froid ».

« Je vous ai préparé une table près de la cheminée. Placez vos outils là où nous avons placé vos chaises ».

« Nous te remercions beaucoup, Adèle », répondit la première.

Elles déposèrent leurs valises et ont enlevé leurs gants, leurs chapeaux et leurs manteaux.

« Venez », poursuivit Adèle, « avant de vous asseoir, je veux vous présenter le créateur de tout cela ».

Les filles la suivirent. « Filippo, puis-je te présenter nos merveilleuses musiciennes ? ».

« Ce sera un grand plaisir pour moi ! », répondit-il en se levant.

« Voilà, les filles, c'est Filippo ».

« Ravies de vous rencontrer. Vos exploits s'étendent jusqu'à Mortagne-au-Perche. Nous venons de là. »

« Mes exploits ? ». Philippe sourit. « Mais non, je n'ai rien fait de particulier. Ce sont ces gens formidables qui ont su organiser si parfaitement l'événement ». Il fit un large geste du bras vers ses amis.

« N'y croyez pas, les filles, c'est grâce à lui », répondit Adèle. « Nous avons juste aidé ».

« Bon, alors, je m'appelle Camélie », se présenta la jeune fille, « et voici Ariane, Sara et Luisa. Sara et Luisa sont italiennes, comme vous », ajouta-t-elle.

« Ravi de vous rencontrer. Mais ne me vouvoyez pas, s'il vous plaît ! », dit Filippo en serrant la main de chacune d'elles.

« Elles viennent d'où de l'Italie, si je peux me permettre ? ».

« Je viens de L'Aquila », répondit Luisa.

« Et moi, je viens de Lucques », dit Sara tout de suite après.

« Vous jouez ensemble depuis longtemps ? Vous êtes très jeunes ».

« Environ trois ans », dit Luisa. « Ariane et Camélie étaient ensemble en vacances à Punta Aderci, dans la province de Chieti, et Sara elle aussi. J'étais dans une ville voisine. Un soir, nous nous sommes rencontrées par hasard lors d'un concert de pianiste dédié à Ezio Bosso. Après l'événement, nous avons commencé à discuter et nous nous sommes revus les jours suivants, passant du temps à parler de musique, et puis...eh bien, nous y sommes ! », expliqua-t-elle.

« Quelque temps plus tard, nous nous sommes retrouvées ici en Normandie et avons décidé de créer ce quatuor à cordes. Nous n'aurions jamais pensé que quelque chose né comme ça, par hasard, se développerait au point de nous permettre de vivre de la musique », poursuivit Sara. « Au cours des deux dernières années, nous avons fait plus d'une centaine de concerts à travers l'Europe ».

« Tiens, mes félicitations ! ». Filippo était ravi.

« Désolée de vous interrompre », intervint Adèle, « mais il faudrait définir les dernières choses... ».

« Oui, tu as raison », répondit Philippe.

« Entre autres choses, je dois me dépêcher car mon fils arrive dans l'après-midi et je dois encore finir de ranger la maison ».

À ce moment Laurine entra dans la chambre, suivie de mademoiselle Anne. Filippo les rejoignit.

« Bonjour, Filippo. Comment allez-vous ? », » demanda immédiatement Anne.

« Bien, merci. Et vous ? ».

« Ce n'est pas vrai qu'il se porte bien ! », s'exclama Auguste en le pointant du doigt avec reproche.

Anne regarda Filippo, perplexe. « Qu'est-ce que vous avez ? Quelque chose ne va pas ? ».

« Mais rien ! De temps en temps, j'ai quelques évanouissements, mais je pense que c'est normal... », essaya-t-il de minimiser cela, non sans jeter un regard aigu en direction d'Auguste.

« Il dit toujours comme ça », continua-t-il. « De toute façon, s'il n'y va pas de son plein gré, je le forcerai à voir le docteur

Raymond ».

« Tu dois aller voir le médecin », intervint Laurine, « on ne plaisante pas avec la santé ! ».

Leurs regards étaient vraiment inquiets, et même s'il appréciait l'intérêt qu'on lui portait, cela commençait à mettre Filippo mal à l'aise. « D'accord, je le promets. Dès que nous aurons terminé la vente aux enchères, j'y vais », coupa-t-il court.

En peu de temps, ils partagèrent tous les sujets. Les garçons avaient déjà défini les objectifs du nouveau café littéraire et tout ce qui s'y rapportait. Un excellent travail a été fait et il n'y avait rien à ajouter.

Filippo salua les personnes présentes et retourna au phare.

Le soleil avait commencé à rendre l'air plus acceptable ; la température avait augmenté et la neige fondait.

Il se rendit au bureau et prépara le lit de camp, puis s'assit dans le fauteuil.

Même à ce moment-là, il se sentait très fatigué, il ne pouvait pas garder les yeux ouverts. Au bout de quelques minutes, rythmées uniquement par le chant des mouettes, il s'endormit.

-La grande beauté de l'amour-

CHAPITRE 16

La sonnerie de la sonnette le réveilla en sursaut. Il était totalement étourdi et même un peu transi. Il regarda l'heure : quatre heures de l'après-midi.

Pietro!

Il se releva d'un bond et Bart fit de même, le suivant de près. Il descendit les escaliers, ouvrit la porte et fut complètement bloqué : Pietro, Viola et Francesca étaient tous les trois devant lui.

« Mais... mais qu'est-ce que vous faites ici ? », réussit-il à prononcer. « Salut papa ! ». Viola et Pietro le saluèrent.

« Bonjour, Filippo! Comment vas-tu ? », s'unit Francesca.

Ils l'embrassèrent et Filippo fondit en larmes. Les émotions avaient pris le dessus.

« Vous ne savez pas quel beau cadeau vous venez de m'offrir ! ». Il joignit les mains sur sa poitrine, dans un geste de gratitude.

« Ne pleure pas, papa, sinon on va se mettre à pleurer aussi », lui sourit Viola.

« Mais bonjour, Bart !», s'exclama Pietro, se penchant pour le caresser. En réponse, il sauta avec ses pattes avant sur ses jambes. « Comment vas-tu, mon vieux ? ».

« Je n'en crois pas mes yeux, mes deux fils ici... ».

« Nous voulions te faire une surprise », déclara Viola. « Quand Pietro m'a dit qu'il venait à Paris pour le travail et qu'il passerait te voir, Francesca et moi, nous avons décidé de nous rejoindre. Cette année, nous n'avons pas organisé de vacances, alors nous avons pensé les faire en passant quelques jours avec toi ».

« Quelle meilleure occasion de partir en reconnaissance dans le merveilleux endroit où Viola et moi nous allons nous marier ? », ajouta Francesca.

« Vous avez très bien fait », affirma Filippo. « Maintenant, je vais appeler Auguste et voir s'il peut nous apporter un autre lit pliant ».

« Ne t'inquiète pas, nous avons déjà tout organisé ! », dit Pietro. « Moi, je dormirai ici avec toi, tandis que Viola e Francesca se sont installées au bistrot ».

« Donc Vincent et Adèle le savaient déjà ! ». Il ne pouvait pas croire qu'ils avaient réussi à tout organiser sans qu'il se doute de rien.

« C'est ça ! Ils sont au courant depuis deux semaines, mais nous leur avons demandé de ne rien vous dire, évidemment ».

Quelques larmes continuaient de couler sur les joues de Filippo. «Je me sens comme un enfant qui a reçu le plus beau des cadeaux ».

Viola le serra à nouveau dans ses bras. « Nous sommes également très heureux ».

« Vous aurez faim. Dois-je te préparer quelque chose ? Montons en attendant ».

« Ne t'inquiète pas, nous avons mangé un sandwich en chemin », répondit Viola.

« Un café, alors. Un thé, une tisane... ».

« J'aimerais prendre une tisane », dit Francesca, en le suivant dans les escaliers.

« Moi aussi », s'unit Pietro.

Viola haussa les épaules. « Eh bien, je vais la boire moi aussi, alors ! ».

« C'est parfait ! Je vous ferai déguster une tisane spéciale. Ça s'appelle *Savourer le Présent.* C'est ma chère amie Sophie qui me l'a recommandée, une personne spéciale que vous rencontrerez demain ».

Tout en dégustant la tisane, ils se racontèrent les couleurs de leur existence, chacun à coups de pinceaux plus ou moins intenses.

« Demain sera un jour très important », déclara Filippo. « Nous avons organisé une vente aux enchères de mes tableaux afin de récolter des fonds pour les familles les plus défavorisées, de rénover le gymnase de l'école et, si nous le pouvons, d'acheter également un projecteur et un ordinateur ».

« Adèle nous a tout dit. Elle nous a raconté ce que tu es en train de faire et nous sommes très orgueilleux de toi ». Viola lui serra la main, en tant que signe d'affection.

« Nous aussi nous aimerions apporter notre contribution », souligna Pietro.

À ce moment-là, Filippo se sentit étourdi et tout devint sombre.

« Hé, papa, qu'est-ce qui t'arrive ? ». Soudain, Pietro se leva, fit le tour de la table et s'arrêta à côté de son père.

« Papa...papa, qu'est-ce qui t'arrive ? », demanda Viola d'un ton inquiet.

« Ne vous inquiétez pas, je n'ai rien. Cela m'arrive de temps en temps », répondit-il d'une voix calme, pour ne pas les agiter.

« Comment ça, ça t'arrive de temps en temps ? ». Pietro remplit un verre d'eau et le lui tendit.

« Filippo, depuis combien de temps durent ces épisodes ? », demanda Francesca.

« Je ne sais pas, je pense depuis environ un mois ».

« Tu n'as pas vu un médecin ? ».

« Pas encore, mais j'ai l'intention d'y aller après la vente aux enchères », répondit-il. Francesca lui prit le poignet et, regardant l'horloge, commença à compter les battements de son cœur. « Le rythme cardiaque est normal », déclara-t-elle. « Filippo, regarde mon index. Suis-le des yeux. ». Elle déplaça son doigt devant son visage, de gauche à droite et vice versa. « Même le réflexe oculaire, bien que ralenti, est bon. Dans tous les cas, je pense que tu devrais consulter ton médecin le plus tôt possible et faire tous les examens prescrits. Je t'accompagnerai, si ça ne te dérange pas ».

« Ça va bien. Mais ne vous inquiétez pas maintenant, s'il vous plaît. Je me sens bien. Ce sont des épisodes qui durent quelques secondes ».

« Papa, si tu allais bien, tu n'aurais pas ces problèmes », répondit Viola, déçue.

Ils commençaient à s'inquiéter et il ne voulait certainement pas gâcher leur séjour à Deauville à cause d'un petit problème de santé.

« Qu'est-ce que ça pourrait être, Francesca ? », demanda Pietro.

« Je ne sais pas. Cela pourrait être l'arthrose cervicale ou autre chose. Nous lui faisons faire toutes les analyses de sang et un scanner crânien ».

« D'accord », répliqua-t-il, avec un soupir.

« Maintenant, calmez-vous, s'il vous plaît. Je me sens bien, vraiment. Pensons à quelque chose pour le dîner. J'ai fait les courses, on peut manger un petit quelque chose ici ou aller au bistrot ».

Pietro posa une main sur son épaule. « Papa, je dirais qu'il ne faut pas se fatiguer. Nous penserons à tout !

« D'accord, d'accord. Dans le garde-manger et le réfrigérateur, vous trouverez un peu de choses. Et il y a du bon vin en bas ».

« Veux-tu t'allonger un moment ? », demanda Francesca en scrutant son visage, comme si elle n'était pas entièrement convaincue qu'il allait mieux. « Non, non, je vais bien. Faisons quelque chose : allons là-bas, je vais m'asseoir dans le fauteuil, nous mettrons de la musique et vous me direz ce que vous avez en tête pour votre mariage ».

Il sourit pour apaiser la tension, reportant son attention sur un discours plus joyeux. « Qu'en diriez-vous ? »

« Je dirais que c'est une bonne idée », répondit Viola.

Filippo se leva prudemment et se dirigea vers le tourne-disques. « Qu'est-ce que vous voulez écouter ? Vous avez une préférence ? ».

« Tu as le disque que tu mettais quand on était dans le salon avec maman et que tu nous racontais votre rencontre, votre mariage et vos disputes ? », demanda Pietro en souriant.

« Oui, bien sûr ». Filippo prit l'un de ses disques préférés : *The Kolnn Concert*, de Keith Jarret. « Le voilà », il chuchota.

Maria… tant de souvenirs…

Alors que les notes du piano s'échappaient dans tous les coins de la pièce, il alla s'asseoir dans le fauteuil. Pietro, Viola et Francesca prirent des chaises dans la cuisine et s'assirent à ses côtés.

« Alors, belles demoiselles, quels sont vos projets de mariage ? ».

« Nous aimerions nous marier ici, sur la plage, sous le phare ». Viola prit la main de Francesca. « En mai, si tu es d'accord ».

« Bien sûr que je suis d'accord ! Tu n'as même pas besoin de me le demander. Je suis fou de joie, vous n'imaginez pas à quel point... ».

« Pietro sera mon témoin », poursuivit Viola, « ainsi

qu'Anabela, la sœur de Francesca. Nous aimerions contacter le maire de Deauville ces jours-ci pour lui demander s'elle peut célébrer le mariage ».

« Si vous le permettez, je m'en occupe moi-même. Elodie, le maire de Deauville, que vous rencontrerez demain, est une bonne amie à moi. D'ailleurs, vous savez ce que nous pouvons faire ? Je l'invite à dîner ce soir. Si vous êtes d'accord ».

« Eh bien, oui... si elle est libre », répondit Viola.

« Très bien ! Et puisque nous parlons d'elle...j'aimerais organiser quelque chose, avec votre aide... ». Il leur raconta alors l'histoire d'Elodie et de sa fille.

« C'est beau ce que tu veux faire, papa ». Viola tendit un bras pour poser sa paume sur son visage, dans une caresse pleine d'amour.

Filippo respira son parfum. Il ne pouvait y avoir de plus beau moment. Puis il sortit son portable de sa poche et appela Elodie, qui accepta immédiatement l'invitation.

« Alors, les filles, continuez à me raconter... », dit-il, une fois le téléphone fermé, en s'installant mieux dans le fauteuil.

Alors que Viola et Francesca s'acharnaient à exposer leurs idées sur le mariage, Filippo ne put s'empêcher de remarquer la beauté de leur amour et de leurs yeux chargés d'émotion.

Il n'y a rien de plus sublime que d'admirer deux personnes qui s'aiment…

Elles se complétaient l'une l'autre. Elles étaient l'union parfaite de deux personnes. La grande beauté de l'amour.

Elles s'étaient connues à Lisbonne. Viola y était avec des amis, tandis que Francesca était occupée par son stage de médecine.

Viola était toujours joyeuse, amoureuse de la vie et

éternellement rêveuse. Pour elle, les seules choses importantes étaient sa famille, ses fleurs et ses plantes, dont elle aimait s'occuper depuis l'enfance, d'abord dans le petit jardin de la maison, puis, une fois adulte, en allant travailler dans une serre le week-end. Elle avait toujours rêvé d'avoir son propre magasin.

Filippo et Maria, eux, n'avaient jamais empêché leurs enfants de rêver. Elle répétait qu'éteindre les rêves d'un enfant, c'est comme enlever le soleil de sa journée.

Francesca, elle, était une belle et sympathique Portugaise, très sportive, dévoreuse de livres et de films d'art. Ayant grandi sans son père, décédé alors qu'elle n'avait que deux ans, elle avait travaillé et étudié depuis son plus jeune âge jusqu'à devenir une professionnelle très respectée.

Viola avait immédiatement dit à son père qu'elle avait trouvé l'amour de sa vie, que leurs regards s'étaient croisés et qu'à ce moment-là, ils avaient tous deux compris qu'elles étaient faites l'une pour l'autre.

Le soir de leur première rencontre, chez un caviste, elles avaient parlé pendant des heures de vin et de l'Italie, de fleurs, d'impressionnistes et de voyages. Peu après, elles avaient commencé leur belle histoire. Une histoire faite aussi de courage.

Parce que, dans une époque comme celle-ci, où les gens jugent encore et sont enracinés dans de vieilles croyances, on ne s'arrête pas pour réfléchir à la valeur de l'amour entre deux personnes.

Contrairement à Viola, Pietro avait toujours été plus concret. Il rêvait de vivre à San Francisco, dans la Silicon Valley, et il avait réussi.

Tout en travaillant à l'université, il avait économisé de l'argent pour suivre un MBA pour cadres à l'université de Berkeley. Il avait passé le test et avait été admis. Avant de partir pour la Californie tant désirée, il avait passé une semaine à choisir les affaires à emporter, défaisant plusieurs fois ses valises. Il passait toujours des heures dans la salle de bains, devant le miroir, à chercher les meilleures combinaisons de vêtements pour sortir.

Lorsqu'il était parti pour San Francisco, ses parents étaient persuadés qu'il n'y resterait que le temps de son master, mais ce n'était pas le cas. Il avait rencontré Cristine, s'était fiancé avec elle et, après avoir terminé son master, avait immédiatement trouvé un emploi dans une start-up, puis dans un fonds de capital-risque.

À ce moment-là, sa vie était déjà là. Filippo ne lui avait rendu visite qu'une seule fois, à l'occasion de la naissance de Lorenzo, son premier petit-fils.

« Qu'avez-vous prévu pour l'après-cérémonie ? »

« En fait... », répondit Viola, en regardant Francesca dans les yeux et en continuant à lui tenir la main, « nous pensions à des rafraîchissements, mais pas les trucs habituels. Si le temps le permet, nous aimerions installer des tentes sur la plage. Qu'en penses-tu ? ».

« C'est une idée merveilleuse ! Mais je ne sais pas qui pourrait monter un tel projet. On pourrait peut-être demander à Vincent et Adèle. Elodie pourra sûrement nous en dire plus ce soir ».

« Ce serait merveilleux si nous pouvions l'organiser ». Viola et Francesca étaient très excitées, cela se lisait sur leurs visages. Elles se contentèrent d'échanger des regards de compréhension et d'encouragement, comme si le fait de parler à voix haute de leurs souhaits était déjà un exploit.

« Excusez-moi, mais...avez-vous pensé à la façon dont nous, les invités, devrions nous habiller ? Quel sera le code vestimentaire ? », intervint Pietro.

« Sans aucun doute en smoking ! », s'exclama Francesca, essayant d'être sérieuse, avant d'éclater de rire.

Un rire contagieux, qui impliqua également Filippo et Viola, qui savaient très bien à quel point Pietro aimait s'habiller.

« En fait », dit Viola, reprenant son sérieux, « nous aimerions que tout le monde soit habillé en blanc et en beige. Quelque chose de très informel ».

« J'aime bien. Bravo ! ». Filippo leur adressa un large sourire. Il était vraiment enthousiaste.

« Oui, c'est pas mal... », admit Pietro, en se débarrassant de son air faussement offusqué.

« Une idée sympa pour les rafraîchissements pourrait aussi être de demander à la coopérative des pêcheurs de cuisiner pour vous, sous la supervision de Vincent et Adèle, s'ils ont la volonté et le temps de le faire ».

« Pourquoi pas ?! », dit Viola, en lançant un regard à sa copine.

« Oui », dit Francesca, « ce ne serait pas mal du tout ».

« J'ai toujours dit que papa était créatif », ajouta Pietro en lui donnant une tape dans le dos.

« Vous avez une idée du nombre de personnes que vous comptez inviter ? », demanda Filippo.

« Nous en parlions hier, mais je ne pense pas que nous serons plus d'une trentaine », répondit Viola.

« Oui », confirma Francesca. « Je n'ai pas beaucoup de parents à inviter, à part mes deux sœurs avec leurs familles respectives, et ma mère, et très peu d'amis ».

« Alors l'idée des rafraîchissements préparés par les pêcheurs devient encore plus réaliste », déclara Filippo. « Bien, essayez maintenant de vous détendre un peu. Pietro, va dans la chambre et range tes affaires, je vais commencer à penser au dîner pendant ce temps ».

« Papa, je vais te le dire pour la énième fois, et tu sais que je suis une tête dure : je dormirai sur le lit pliant et toi dans ton lit ».

« D'accord, Pietro, je n'insisterai plus ». Il leva es mains en signe de reddition.

« Et tu as raison. Tu verras que je serai à l'aise de toute façon, et puis ce qui compte, c'est que je sois là », sourit-il.

Filippo se tourna vers les filles : « Vous devez aller vous installer chez Adèle ? ».

« Oui, mais nous avons déjà convenu avec elle que nous arriverons tard, après le dîner ».

« C'est parfait. Alors concentrons-nous sur le dîner. Nous devons impressionner Madame Elodie.

« Que voudrais-tu préparer ? », demanda Pietro.

« Je pensais faire quelque chose d'italien. J'ai des aubergines fraîches et une excellente ricotta que mon ami m'a envoyée de Toscane. Nous pourrions faire des pâtes à la Norma. Pour le deuxième plat, j'ai du pecorino et quelques fromages locaux à déguster avec des confitures et du miel, et des tranches de viande, également de Toscane. Qu'en dites-vous ? ».

Francesca se frotta les mains. « Eh bien, j'ai déjà l'eau à la bouche ! J'ai tellement faim... »

« Écoute, papa, je peux te demander quelque chose ? », s'exclama Pietro, pensif.

« Dis-moi ».

« Pour l'amour de Dieu, les tisanes, c'est bien, l'ambiance, l'odeur du bois qui brûle dans le poêle, la mer et tout ça, mais un verre de bon vin avec un morceau de fromage de brebis pendant que nous préparons le dîner, non ? ».

Viola et Francesca éclatèrent de rire, et Filippo fit de même.

Filippo leur emboîta le pas : « Tu as raison. Je vais aller à la cave ».

« Je viens avec toi », dit Viola.

Ils descendirent l'escalier et entrèrent dans la petite réserve. Filippo alluma la lumière et se dirigea vers l'étagère où se trouvaient les bouteilles de vin, la charcuterie et les fromages. Il sentit une main s'emparer de lui, se retourna et vit Viola les yeux brillants.

« Papa, je me fais du souci pour toi », murmura-t-elle, la voix faussée par les larmes. Elle lui tendit la main et la serra dans ses bras. « J'ai besoin de toi, ne joue pas avec ta santé », dit-elle, et elle se mit à pleurer doucement.

Filippo lui caressa la tête. « Ne t'inquiète pas, mon amour, je ne t'abandonne pas et je ne t'abandonnerai jamais.

Ils restèrent ainsi un moment, serrés l'un contre l'autre, appréciant le son des battements de cœur de chacun. Puis Filippo leva la tête pour chercher les yeux de sa fille. Il essuya ses larmes avec ses doigts et lui dit : « Viola, tu n'as pas à t'inquiéter pour moi, parce que je suis là, avec toi, et la seule chose que je veux, c'est te voir heureuse. Heureuse avec Francesca et avec tout ton monde ».

« Papa, tu es la partie la plus importante de mon monde, tu dois le savoir ».

« Je sais, mais maintenant que tu as trouvé l'amour de ta vie, tu dois profiter de chaque seconde. Tu dois savourer chaque instant, car ce n'est qu'ainsi que tu pourras connaître le vrai bonheur, que tu pourras partager la grande beauté de ton âme avec ceux qui t'aiment ».

Elle lui sourit tristement, sans le quitter des yeux. « Tu

ressembles à ta mère, Viola. Elle était, comme toi, l'essence même de l'amour ».
Viola l'embrassa à nouveau. « Merci, papa, mais toi aussi, tu fais partie de cette essence ».

A contrecœur, Filippo desserra son étreinte et tenta d'adopter un ton plus enjoué : « Maintenant, allons chercher le vin et le reste, sinon ils vont nous dire que nous ne faisons rien ! », sourit-il, et Viola avec lui.

Après avoir choisi le vin, un *Vermentino* toscan, ils retournèrent à la maison.

Francesca remarqua que Viola avait les yeux rouges et gonflés, mais ne dit rien. Il s'approcha d'elle, lui donna un baiser sur la joue et sourit.

Pietro avait accueilli la bouteille et avait l'intention de l'ouvrir. « Goûtons ce *Vermentino* ! ».

Filippo prit quatre gobelets dans le garde-manger et les lui tendit. Il versa le liquide ambré, tandis que Viola coupait du fromage pour le grignoter.

« Il faut porter un toast ! », s'exclama Pietro en tendant un verre à chacun.

« C'est le moins que l'on puisse dire. A quoi allons-nous porter un toast ? », demanda Francesca.

Filippo leva son verre en l'air. « Portons un toast à votre amour, à Pietro et à sa merveilleuse famille, et à la vente aux enchères de demain ».

« Et portons aussi un toast à un père fou mais spécial. À un père qui nous a enseigné l'art du rêveur : le désir », conclut Pietro.

Les verres se levèrent haut.

« À Filippo, alors ! », renchérit Francesca en portant son verre à ses lèvres. « C'est un bon vin. Il sent si bon ! ».

« Oui, il est vraiment bon », confirma Pietro.

« Comme je vous le disais, mon vieil ami Rocco m'en envoie chaque année de Toscane. Vous vous souvenez de lui ? », demanda-t-il en se tournant vers ses fils.

« Bien sûr que je me souviens de lui », répondit Pietro. Viola acquiesça. « Mais il ne s'est pas marié ? ».

« Non, il ne s'est jamais marié, et maintenant il vit avec ses animaux près de Montalcino, dans une belle maison qu'il a achetée et rénovée avant de prendre sa retraite. Nous nous parlons toutes les semaines, et chaque fois il me dit : « Filippo, quand viendras-tu me rendre visite et profiter du bon air et du soleil de la Toscane ? ». Je lui réponds toujours que je partirai bientôt et qu'en fait, j'aimerais vraiment le faire ».

Viola le regarda. « Alors, allons-y, papa ! Je t'accompagnerai ! ».

Filippo lui sourit. « D'accord, nous nous organiserons... Mais maintenant c'est le moment de se mettre au travail ! ».

En un rien de temps, ils commencèrent à se préparer. Filippo et Pietro commencèrent à couper et à frire les aubergines, puis râpèrent la ricotta, tandis que Viola et Francesca disposèrent les tranches de viande sur un plateau et ouvrent les bocaux des aliments à l'huile, également originaires de Toscane. Ils dressèrent ensuite la table, avec au centre un plat en terre cuite contenant trois bougies parfumées, et Pietro s'attela à la préparation de la sauce.

« Papa, mais nous n'avons pas de basilic ! », s'exclama-t-il de la cuisine.

« Aïe, aïe, Pietro. Tu ne me fais pas confiance ! Tourne-toi et regarde sur le rebord de la fenêtre ».

Pietro se retourna et, sur le rebord de la fenêtre, il vit quatre pots contenant chacun une plante aromatique différente : basilic, romarin, persil et thym.

« Tu n'arrêtes pas de m'émerveiller, papa ! ».

« Je sais, je sais, mon cher fils », répliqua Filippo, en riant.

Il mit de l'eau pour les pâtes, puis se dirigea vers la collection de disques et de CD. « On change de musique ? Qu'est-ce que tu veux écouter ? ».

« Hmm, je ne sais pas », murmura Pietro.

« Papa, tu peux mettre quelque chose de gai, qui donne de l'énergie ? Et peut-être qu'on pourrait aussi danser un peu, puisque le *Vermentino* commence à faire son effet », dit Viola en riant.

Filippo prit un disque qu'il affectionnait particulièrement, *Live in Rio de Earth, Wind & Fire*. Il commença par l'arrière, avec *September*, et augmenta le volume. « Et voilà ! ».

Dès que la musique commença à retentir, Viola et Francesca se mirent à danser, tandis que Pietro, occupé à préparer la sauce, se dandinait en fredonnant.

Filippo aurait voulu pouvoir arrêter ce moment pour toujours. Voir Pietro, Viola et Francesca danser et chanter le remplissait de joie. Il ne pouvait pas demander plus, sauf une chose : que Maria soit là aussi.

Bart était lui aussi stupéfait. Il regardait la scène depuis son oreiller et tapait de la queue en rythme, comme s'il voulait participer.

Viola s'approcha de son père, lui prit la main et le guida vers le centre de la cuisine : « Danse avec moi, papa ».

Avec une certaine gêne, il commença à bouger maladroitement, tandis que le parfum de la sauce se mêlait à la musique d'*Earth Wind & Fire* et que Pietro versait une nouvelle tournée de *Vermentino* dans les verres.

Ils continuèrent ainsi pendant un bon moment, jusqu'à ce qu'ils soient interrompus par la sonnerie de la porte.

« Elodie est arrivée », annonça Filippo.

« Bien, elle va danser aussi ! », s'exclama Pietro en riant.

« Oui, oui, absolument », lui répondit Francesca, qui fit tourner Viola et la déposa dans ses bras.

« Je vais ouvrir la porte », dit ce dernier, et il descendit les escaliers en courant avec Filippo à sa suite.

« Bonsoir ! », s'exclama Viola avec un large sourire, dès qu'elle ouvrit la porte. « Vous devez être la fameuse Madame Elodie, la maire de Deauville », dit-elle dans un français parfait.

« Célèbre, je ne pense pas, maire, oui, je pense », répondit la femme, en provoquant un rire de Filippo.

« Enchantée, je suis Viola, la fille du "gardien du phare" », plaisanta-t-elle.

« Oh, quel plaisir ! Je te rencontre, enfin. Comme tu es belle, tout comme ton père ».

« Tout le monde me le dit », répondit Viola.

« S'il te plaît, Elodie, assieds-toi », intervint Filippo.

Ils montèrent l'escalier et entrèrent dans la maison.

« Quelle odeur...et quelle musique ! », s'exclama le maire. « En fait, nous étions en train de danser », précisa Filippo. « Et pourquoi vous êtes-vous arrêtés ? », demanda Elodie en enlevant son manteau et ses gants.

« Pour venir t'ouvrir », répliqua Filippo.

Ils éclatèrent tous de rire.

« En tout cas... elle est Francesca, la copine de Viola ».

« C'est un plaisir de vous rencontrer ». Francesca lui tendit la main.

« S'il vous plaît, appelez-moi par mon prénom. Je ne suis pas si vieille ! ».

« Lui, par contre, c'est Pietro, le mâle de la maison », lui présenta Filippo en montrant son fils qui remua encore la sauce.

« Et je suis aussi le seul à travailler pendant qu'ils boivent et dansent », précisa-t-il, déclenchant un nouveau rire.

Filippo prit un autre verre, le remplit et le tendit à la nouvelle venue. « Tiens, Élodie, tu es maintenant l'une des nôtres. C'est un *Vermentino* toscan, et là », ajouta-t-il en montrant la table, « vous trouverez non seulement du pain français, mais aussi un fantastique fromage de brebis assaisonné, lui aussi toscan ».

« Merci, c'est exactement ce dont j'avais besoin ! Il ne me reste plus qu'à m'imprégner de l'esprit de cette soirée », répondit la femme en sirotant le contenu de son gobelet. « Ah, j'oubliais », dit-elle ensuite en posant le verre sur la table. « J'ai pris la liberté d'apporter une bouteille de Calvados premier cru, produit dans une fantastique distillerie non loin d'ici, et deux bouteilles de vin rouge, non pas de Normandie mais de Bourgogne. C'est un vin que j'aime particulièrement, le Pinot Noir ». Il sortit les bouteilles du sac qu'il avait posé sur le sol.

« C'est merveilleux ! », exulta Pietro. « C'est parfait pour nos pâtes ! ».

Filippo lui prit deux bouteilles des mains. « Mais, Elodie, ce n'était pas nécessaire. Ta présence suffisait ».

« Tu sais que je ne pouvais pas venir sans apporter quelque chose. Qu'on ne dise jamais que le maire de Deauville va représenter la ville à un événement organisé par des étrangers les mains vides ! », s'exclama-t-elle, avant d'éclater de rire, suivie de près par les autres.

« Alors, qu'est-ce que propose le chef ? », demanda-t-elle, en s'approchant de la cuisine.

« « Pasta alla norma », une entrée sicilienne que nous aimons beaucoup. C'était l'un des plats préférés de ma mère », répondit Viola.

Filippo s'approcha de Pietro qui lui donna sa confirmation. Il était prêt. « Alors, je dirais que nous pouvons nous asseoir à table, qu'en dites-vous ? ».

« Je dirais qu'il est temps, j'ai faim », répondit Francesca.

Ils commencèrent à aiguiser l'appétit avec de la charcuterie toscane et du pinot noir, tandis que le temps était rythmé par le plaisir de vivre des instants.

« Écoute, Élodie, il faut que je te demande quelque chose », s'exclama Filippo. « En fait, Viola et Francesca ont besoin de te demander quelque chose », précisa-t-il aussitôt après.

Elle s'arrangea mieux sur sa chaise et but la dernière goutte de vin dans son verre. « Dites-moi, merveilleuses demoiselles ». Viola, avec une certaine gêne, prit la main de Francesca puis tourna son regard vers Élodie. « Eh bien, c'est...au mois de mai, nous aimerions nous marier et nous aimerions le faire à Deauville, plus précisément ici, au phare. Nous nous demandions, si c'était possible et si vous en aviez envie, si vous pouviez célébrer notre union ».

La mairesse tendit la main vers le visage de la jeune fille et le caressa, puis, les yeux brillants, répondit : « Ce sera un honneur pour moi et pour notre ville ».

« Merci, vraiment », prononça Francesca en jetant un rapide coup d'œil à sa bien-aimée.

« Je dirais qu'il est temps de servir les pâtes ! ». Pietro détrempa le moment avec sa manière de plaisanter.

Ils passèrent le reste du dîner à parler de l'organisation du mariage, des rafraîchissements et des vins.

Lorsqu'ils finirent de ranger la cuisine, il était minuit passé.

« Où logez-vous ? », demanda Elodie en enfilant son manteau et ses gants.

« Nous sommes toutes les deux au bistrot, Pietro loge ici », répondit Viola.

« Vous avez besoin qu'on vous ramène ? ».

« Si ça ne pose pas de problèmes, très volontiers. Comme ça, Pietro n'aura pas à nous accompagner ».

« Mais pas de problème, il ne manquerait plus que ça ! ».

Viola, à la porte, serra Filippo dans ses bras. « Bonne nuit, papa ».

« Bonne nuit, Filippo », s'unit Élodie, « et merci pour tout ».

Francesca le regarda intensément dans les yeux, lui prit les mains et lui donna un baiser sur la joue en disant : « Merci Filippo pour l'amour que tu nous donnes et pour tout ce que tu fais pour nous ».

« Merci, merveilleuse fille, pour l'amour que tu donnes chaque jour à Viola. A demain », sourit-il, presque ému.

Mes merveilleux gars...

Pendant que Pietro installait son lit pliant et se préparait pour la nuit, Filippo sortit avec Bart. Le ciel était entièrement couvert d'étoiles, sans un seul nuage.

Bart, en vrai limier, en reniflait les recoins, et il s'arrêtait pour contempler la lune qui éclairait la mer.

Oh, ma chère Lune, tu as été témoin de tant de merveilles au cours des siècles. Des poètes amoureux, des artistes passionnés, des voyageurs égarés ont trouvé refuge à la lumière de ta splendeur. Tu as écouté leurs chuchotements nocturnes, tu as accueilli leurs espoirs et leurs tourments. Et maintenant, je me tourne vers toi, te suppliant de porter mon message aux étoiles.

A travers les profondeurs de l'Univers, que ma voix parvienne à Marie. Chuchote-lui que mon amour pour elle n'a pas connu de répit, pas même un instant. Dis-lui que chaque battement de mon cœur est encore une mélodie qui résonne dans le vide. Et que les deux beaux fruits de notre amour, nos enfants, portent la même beauté et la même force qu'elle.

Lune, fais en sorte que l'âme de Marie ressente ma présence, même si des distances infranchissables nous séparent. Sois mon messager, porte mes mots comme des étoiles filantes qui dansent dans l'obscurité de la nuit.

Et si, dans l'espace d'un instant, ma voix pouvait se mêler à ton charme, alors raconte à Maria chaque moment où j'ai rêvé d'elle. Décris-lui mon cœur brûlant comme un feu éternel, alimenté par le désir de l'embrasser à nouveau.

Alors, ma chère Lune, je te demande d'être ma voix, ma force et mon espoir, car ce n'est qu'à travers toi que je pourrai atteindre ce sentiment qui brûle dans mon cœur.

Merci d'être l'éternelle confidente des rêves et des passions humaines. Que ta lumière nous guide toujours sur le chemin de l'amour et de l'espoir.

Il laissa échapper un soupir et rappela Bart. Alors qu'il se dirigeait vers le phare, il se sentit à nouveau pris de vertiges et sa vision se brouilla. Il tituba quelques instants, puis parvint lentement à atteindre le mur de la maison. Il se pencha et sonna à la porte. Après quelques secondes, Pietro ouvrit la porte.

« Papa ! », s'exclama-t-il dès qu'il le vit, comprenant immédiatement que quelque chose n'allait pas. « Viens, je vais te soutenir ».

Avec un grand effort, ils montèrent les escaliers. Pierre le porta dans la chambre et l'allongea sur le lit.

« Il faut que tu voies un médecin, et tout de suite ! ». Son ton était agité, il se mit à faire les cent pas dans la pièce.

« Ne t'inquiète pas, je vais déjà mieux. Tout est passé ».

« Mieux quoi, papa ?! Tu n'es pas bien, et tu le sais aussi ».

« Sérieusement, tout va bien maintenant », tenta-t-il de le rassurer. Il s'assit et, avec l'aide de son fils, se déshabilla et se mit en pyjama. « Je vais me brosser les dents. Ne t'inquiète pas, je suis simplement un peu fatigué. Et puis, toutes ces émotions ensemble...je n'en ai plus l'habitude », sourit-il.

Pietro continua de l'observer, peu convaincu.

Avançant prudemment, Filippo se rendit à la salle de bain ; lorsqu'il en sortit, il vit que son fils avait déplacé le lit pliant dans sa chambre.

« Si ça ne te dérange pas, je vais dormir avec toi, je ne me sens pas tranquille de te laisser seul ».

« Je t'assure que je vais bien maintenant ».

« Je dors toujours à côté de toi. Et attention, ne ronfle pas », dit-il en plaisantant, bien que son ton n'admette pas la répartie.

Filippo sourit de tant de prévenance à son égard et se dit qu'il avait un fils vraiment merveilleux.

Il aurait voulu aller dans son coin sacré pour écrire les pensées de cette journée intense, mais il n'en avait pas la force, et Pietro ne l'aurait de toute façon pas laissé faire.

Il s'allongea donc sur le lit et réfléchit à ce qu'il allait écrire dans son journal de bord.

La vie, avec sa magie sans limite, ne cesse de nous surprendre. Au moment où vous vous y attendez le moins, elle vous réserve de précieux cadeaux, exactement ce dont vous avez besoin à ce moment-là. Dans cet enchevêtrement de coïncidences, l'arrivée de Viola et de Pietro dans ma vie est un signe extraordinaire.

Leur présence est ressentie comme une caresse de l'Univers, apportant avec elle une paix et une sérénité dont je pensais ne pas avoir besoin.

Mais maintenant, allongée sur mon lit, les yeux fermés, je sens que ces sensations sont ce dont j'ai besoin à ce moment précis et ce que, sans le savoir, je désirais.

Ce sont un baume pour l'âme, une flamme qui enflamme toutes les fibres de mon être.

-L'amour universel-

CHAPITRE 17

Il se réveilla avec l'odeur du café et le grignotage des croquettes de Bart.

Il regarda l'horloge sur la table de nuit et réalisa qu'il était très tard.

« Pietro ! Pietro ! On est en retard ! ».

Pietro se précipita dans la chambre. « Papa, ça va ? », demanda-t-il, l'air inquiet.

« Oui, désolé, je ne voulais pas te faire peur. Mais nous sommes en retard. Nous devons aller au bistrot tout de suite. Les gens doivent déjà être en train d'arriver. Vers trois heures, la vente aux enchères commencera, mais nous devons d'abord terminer tous les préparatifs, et mes amis s'inquiéteront ensuite ».

« Ne t'inquiète pas, je les ai déjà prévenus que nous serions un peu en retard. Mais plutôt, comment vas-tu ? Tu as beaucoup dormi et tu n'as même pas ronflé », sourit-il.

« Je me sens bien », soupira Filippo. « Je n'ai pas autant dormi depuis longtemps, j'en avais vraiment besoin ». Il s'étira. Il se sentait vraiment reposé.

« Je dirais que oui », rétorqua Pietro. « J'ai préparé le café et fait chauffer le lait. Prends ton temps pour te préparer, je vais mettre la table pour le petit-déjeuner ».

Filippo acquiesça, reconnaissant. De retour dans sa chambre, après s'être douché et rasé, il chercha une tenue pour l'occasion. Il choisit un costume plutôt élégant et se rendit à la cuisine.

« Suis-je élégant ? ».

Pietro se tenait au milieu de la pièce, une tasse de lait à la main. « Mais tu es superbe, papa ! Où crois-tu aller ? », plaisanta-t-il.

« Mon fils, aujourd'hui est un jour spécial. Quelle meilleure occasion pour rafraîchir ce costume ? ».

« Tu as raison », acquiesça Pietro, puis il se pencha plus près de lui et, le regardant dans les yeux, lui dit : « Tu sais quoi ? Je ne crois pas te l'avoir jamais dit, mais...même quand j'étais adolescent et que toi et moi ne faisions que nous affronter, j'ai toujours pensé que tu étais un homme incroyable. Parfois, je pense que tu viens d'une autre planète. Moi, Viola et même maman, nous sommes tous fiers de toi. Tous ceux qui entrent en contact avec toi s'illuminent d'une manière ou d'une autre.

« Je ne pense pas être si spécial que cela », répondit Filippo. « Tu vois, j'ai eu et j'ai toujours une belle vie. Mais surtout, j'ai eu la chance de connaître ta mère et de t'avoir comme enfant, toi et Viola. Je n'ai pas toujours été tel que tu me vois aujourd'hui. J'ai fait beaucoup d'erreurs et ce sont ces erreurs, ainsi que l'amour infini de ta mère et le vôtre, qui m'ont aidé à grandir et à évoluer en tant qu'homme et en tant que père. Maintenant que je suis presque arrivé à la fin de mon voyage terrestre, je me sens si léger et heureux de vous voir, vous, les jeunes, et les gens que je rencontre, peindre leur vie en couleur ».

Pietro avait les larmes aux yeux. Il l'embrassa sans rien dire d'autre qu'un « merci » chuchoté.

Filippo desserra son étreinte et lui donna deux tapes dans le dos. « Maintenant, dépêchons-nous, sinon nous arriverons vraiment trop tard ».

Ils prirent rapidement leur petit-déjeuner et sortirent. Filippo se dirigea vers le Citroën.

« Tu ne veux pas aller avec le fourgon, n'est-ce pas ? Prenons ma voiture », dit Pietro en sortant les clés de la poche de son pantalon.

« Si tu veux bien, je préfère le fourgon. Il fait partie de moi et de mon quotidien ».

Pietro regarda son père, puis son vieux véhicule. « D'accord, on ira avec le fourgon, alors », dit-il.

La journée était merveilleuse. Pas un nuage, pas un coup de vent. Le soleil réchauffait tout. C'était comme si l'Univers leur avait donné cette journée clémente pour célébrer un événement aussi important.

Ils montèrent dans le Citroën et Filippo démarra la voiture. « Direction Deauville ! ».

Bart répondit en aboyant.

En quinze minutes, ils arrivèrent à destination, mais, contrairement à d'habitude, il ne fut pas facile de se garer. Devant l'entrée du bistrot, il y avait déjà pas mal de monde. Des groupes de personnes souriantes se promenaient dans la rue. De part et d'autre, des étals de pêcheurs cuisinaient du poisson et proposaient du vin. Des musiciens de rue jouaient et chantaient.

Filippo se sentit comme un enfant découvrant les cadeaux qu'il vient de recevoir du Père Noël.

Alors qu'il s'apprêtait à entrer dans le local, quelqu'un lui toucha l'épaule et il se retourna : « Danielle ! ».

« Bonjour, Filippo. Te voilà enfin ». Elle le regarda et lui sourit, avant de le serrer dans ses bras.

« C'est très beau de te voir ! Je suis content que tu sois venue ».

« Je ne pouvais pas manquer. Filippo, voilà mon mari Bernard, et voilà mes deux fils, Poul e Luc », dit-elle en les présentant, visiblement émue.

Filippo lui tendit la main. « Enchanté de vous connaître ».

« Enchanté ! J'ai tellement entendu parler de vous ! ». Bernard lui tendit la main aussi.

« J'espère bien », répondit-il avec un sourire.

« Vu ce que Danielle m'a dit et la façon dont nous sommes, je dirais oui ». Le regard complice qu'il échangea avec sa femme lui fit comprendre que le hasard de la rencontre avec Danielle avait porté ses fruits.

« Et ces deux jeunes gens ? », se tourna vers les deux garçons. « Enchanté, je m'appelle Filippo ».

« Salut ! », répondit Poul, et Luc fit de même.

« Mais combien de fois vais-je devoir vous dire qu'on ne dit pas salut quand on se présente à un adulte », reprit leur père. « Ces jeunes d'aujourd'hui ! ».

« Mais non, salut c'est bien, pas de problèmes. Je suis jeune et je n'aime pas les formalités de toute façon ».

« Comment vas-tu ? », lui dit Danielle.

« Ça va bien, merci. Un peu fatigué, ma je me sens bien. Nous avons mis en place quelque chose dont nous ne pensions pas qu'il irait aussi loin. Ah, pardon, j'oubliais... », dit Filippo. « Voici mon fils Pietro, l'aîné. Ma fille Viola devrait aussi être là ».

« Enchanté ! », prononça Pietro en leur serrant la main.

« Vous venez boire un verre à l'intérieur ? », les invita Filippo.

« Nous venons de prendre un café et avons réservé une table pour le déjeuner. J'aimerais maintenant faire un tour avec Bernard et les garçons. À tout à l'heure, si tu es là ».

« Absolument ! Pendant l'après-midi il y aura la vente aux enchères ».

« Oui, nous savons, et avec Bernard nous avons repéré une pièce qui serait parfaite pour notre maison ».

« Je serais très honoré qu'un de mes tableaux vienne chez vous », dit Filippo, sincèrement. « A tout à l'heure, alors ».

« Bien sûr, à plus tard ».

Lorsqu'il entra dans le bistrot avec Pietro et Bart, tous ses personnes chéries étaient déjà présentes.

Adèle s'approcha de lui, puis se tournant vers les autres, s'exclama : « Et voici le « seigneur du phare » ! ».

Tous se levèrent et se mirent à applaudir.

Filippo resta immobile, les regardant, les yeux gonflés de larmes.

Une main se saisit de la sienne. C'était Viola.

Madame Élodie prit la parole : « Mesdames et Messieurs, voici l'homme dont la sagesse, les mots, la ténacité et la douceur d'âme ont rendu tout cela possible. Il nous a tous transmis la passion, l'envie et le courage. Il a donné de l'espoir à nos jeunes et nous a aidés à croire en eux. Tout ce que nous avons accompli aujourd'hui, c'est grâce à lui. Nous avons mis du temps à nous connaître, mais le résultat est extraordinaire ».

Un autre applaudissement nourri retentit, puis Filippo s'éclaircit la gorge : « Si vous me le permettez, je voudrais juste dire que le mérite en revient à tout le monde, mais surtout aux garçons et aux filles. J'ai fait peu, et ce peu, je l'ai fait avec le cœur. Je vous remercie tous de m'avoir accueilli d'abord comme un concitoyen, puis comme un ami ».
« Assez de formalités ! », s'exclama Auguste du fond de la salle. « Prenons un verre et commençons cette journée ! ». Il tapota sa paume sur le comptoir et déclencha une nouvelle salve d'applaudissements.

« Bonjour ! Nous sommes là nous aussi ! ».

Filippo leva les yeux et vit Sophie se diriger vers lui. Elle tenait un bel enfant par la main.

« Salut, Sophie ! », lui dit-il. « Comment vas-tu? Mais ce petit bonhomme doit être Gabriel, n'est-ce pas ? », demanda-t-il en lui tendant la main et en lui ébouriffant légèrement les cheveux.

« Exactement », sourit-elle.

« Et cette charmante dame, je suppose que c'est ta mère ».

« Enchantée, Filippo, ma fille m'a beaucoup parlé de vous ».

« Enchanté », répondit-il.

Le petit Gabriel, intimidé par tous ces gens, garda la tête baissée.

« Il semble timide, mais il n'est pas timide du tout », dit Sophie.

« Je peux imaginer... Eux, par contre, ce sont mes enfants : Pietro et Viola. Et voici Francesca, la compagne de ma fille ».

Sophie leur serra la main. « Mais il y a aussi une autre personne avec nous. Regardez là... », indiqua-t-elle.

Filippo se retourna, et non loin de là, il croisa le regard de Crispin. Il se dirigea immédiatement vers lui.

« Crispin ! C'est merveilleux de vous voir ici ! Merci d'être venu ». Il lui serra les mains avec gratitude et joie.

« Je ne pouvais pas le manquer. D'ailleurs, sortir de temps en temps me fait du bien. Je devrais le faire plus souvent ».

« Venez, je veux vous présenter mes enfants ».

Cela faisait maintenant une bonne demi-heure qu'il répétait ce rituel, étourdi par l'euphorie. Avoir ses enfants à ses côtés en une telle occasion le remplissait de fierté et il voulait que tous ses amis les rencontrent.

Il ne s'attendait pas à ce que l'événement prenne une telle

ampleur. Il sentait toute la pression qui pesait sur lui, mais aussi l'amour de toutes les personnes présentes. Il voulait les serrer dans ses bras, un par un.

Alors que Crispin et lui retournaient en direction du petit groupe qu'ils avaient quitté quelques instants auparavant, il se rendit compte que Bart n'était plus près de lui. Il le chercha des yeux jusqu'à ce qu'il l'aperçoive : il était allongé sur le sol, bien décidé à se faire câliner par Andreas.

« Bonjour, Andreas », dit-il en s'approchant. « Quel plaisir de te revoir ! ».

« Bonjour à toi, Filippo. Il y a tant de monde... Félicitations ! ». « En fait, nous ne nous y attendions pas... ».

« Je suis heureux d'être ici et de voir Bart en si bonne santé ».

« Je te remercie. Écoutez, pendant que tu es ici, j'aimerais profiter de cette opportunité pour te présenter quelqu'un de spécial. Je peux ? ». « Bien sûr », répondit l'autre en continuant à caresser le ventre du chien. « Bien. Attends-moi ici. Quoi qu'il en soit, comme je le vois, vous avez du pain sur la planche avec votre nouvel ami », plaisanta Filippo.

Il se dirigea vers le comptoir et chercha Sophie. Il la vit contempler un de ses tableaux avec son fils. Il s'approcha en silence et se mit à écouter Gabriel qui parlait à sa mère.

« Maman, mais un jour, pourrai-je aussi dessiner comme ça ?»

« Bien sûr, chéri », répondit-elle. « Tu dessines déjà très bien ».

« Oui », répondit-il, « mais je veux dessiner comme ça », fit-il remarquer en désignant le tableau.

« Tu réussiras j'en suis sûre. En fait, tu sais ce qu'on fait ? Nous demandons à Filippo de t'enseigner. Je suis sûre qu'il ne dira pas non. ».

« Puis-je ? », intervint-il directement.

« Ah, Filippo... Nous étions juste en train de parler de toi et de ta merveilleuse peinture ».

« Mais merci, c'est un hinneur. Toi aussi, tu peins, Gabriel ? ».

« Non, je dessine uniquement avec des feutres, mais j'aimerais vraiment apprendre à peindre ».

« Bien, alors nous le ferons ensemble. En attendant, dis-moi quelque chose : qu'est-ce qui te plaît dans ce tableau ? ».

L'enfant fit un pas vers le tableau et répondit : « Les couleurs. Les couleurs sont très belles ». Il les montra du doigt et Filippo vit que l'enfant était très sûr de ce qu'il disait.

« Merci, je suis heureux que tu l'apprécies. Sais-tu comment ça s'appelle ? ».

Gabriel secoua la tête et dit non.

« J'ai donné à ce tableau le nom d'un poète persan qui a vécu il y a de très nombreuses années. Son nom était Gialal al-Din Rumi. Il est considéré comme le poète de l'amour universel ».

« Qu'est-ce que c'est l'amour universel ? ».

« Eh bien, Gabriel, laisse Filippo tranquille ! », lui chuchota Sophie.

« Ne t'inquiète pas, ça ne me dérange pas, bien au contraire ». Il se pencha pour regarder Gabriel dans les yeux et répondit : « Tu vois, l'amour universel, c'est tout l'amour que tu as dans ton cœur et que tu donnes à toi-même, aux gens que tu aimes et à la nature ».

« Alors, c'est de l'amour universel que je ressens pour ma mère et ma grand-mère ? ».

« C'est exactement comme ça, bravo ». Il lui caressa les cheveux et se leva. « J'aimerais te présenter quelqu'un », dit-il à Sophie, « et présenter Bart à Gabriel ».

« Bien sûr, ce sera un grand plaisir ! ».

« Viens, Gabriel, je voudrais te présenter mon chien, il s'appelle Bart. Est-ce que tu aimes les chiens ? ».

« Oui, je les aime beaucoup ! Je voudrais bien en posséder un ! », dit-il en souriant.

Il les conduisit vers Andreas, qui était toujours occupé à gratter Bart. « Voici mon inséparable ami. Et voici Andreas, le médecin qui l'a soigné lorsqu'il était malade. Ils sont devenus de très bons amis ». Gabriel s'agenouilla à côté de Bart et commença à le caresser doucement.

Voilà, c'est l'amour universel. Rumi le savait, c'est pourquoi il nous a laissé nombre de ses pensées en héritage. L'amour universel existe, et il est là, sous mes yeux.

Il se tourna vers Sophie: « Chère Sophie, voici la personne qui a sauvé Bart », dit-elle.

« Andreas, laisse-moi te présenter la personne spéciale dont je t'ai parlé. C'est Sophie ».

Les deux se regardèrent un instant.

« C'est un plaisir de te rencontrer, Sophie » dit-il avec un large sourire. Ses yeux semblaient s'être soudainement illuminés.

« Enchantée », répondit-elle. Filippo remarqua que la femme avait rougi et c'était pour cela qu'elle avait baissé la tête.

Rumi avait certainement vu les choses jusqu'au bout, et en admirant les regards de Sophie et Andreas qui se présentaient, Filippo se rendit compte que, même dans ce cas, l'amour universel avait fait son devoir, ou en tout cas avait déjà tracé son chemin.

Pendant qu'il était occupé à profiter de cette scène, les filles du quatuor commencèrent à embrasser les personnes présentes dans le bistrot avec leur musique. Il reconnut immédiatement la chanson. C'était de Joseph Haydn : *quatuor à cordes, opus 76.*

Les gens, la musique, sa famille, Bart, tout ce qu'il aimait le plus était concentré dans ce cadre qui contenait son œuvre d'art très personnelle à admirer. C'était comme contempler un tableau de Renoir.

Tout comme dans ses peintures, il y avait aussi de la beauté, de la couleur et de la luminosité à ce moment-là. Tout comme l'artiste caractérisait l'attention portée aux gens, même à ses yeux, la scène qui lui était présentée était une composition d'intimité et de spontanéité.

Je suis un homme chanceux et heureux. Je ne peux pas demander plus.

Il inspira profondément et décida de sortir pour voir ce qui se passait dehors.

Il commença à marcher parmi les étals et les grills sur lesquels les pêcheurs entretenaient le feu pour cuire le poisson. Nestor lui avait dit qu'avec le produit de la vente, et peut-être avec un peu d'argent de leur part aussi, ils achèteraient un tableau. Ils voulaient contribuer à soutenir les dépenses de l'école et des jeunes.

L'odeur âcre mais délicieuse du poisson rôti lui parvenait jusqu'aux narines, lui rappelant les barbecues que lui et Maria préparaient dans le jardin de la maison pour des amis.

Le soleil lui réchauffait le visage. En fermant les yeux, c'était comme être par une chaude journée de printemps, quand tout commençait à prendre vie.

« Papa, tu es là ! Mais veux-tu que nous prenions un coup au sérieux ? ».

Il se tourna et vit Viola. Il était à bout de souffle.

« Mais pourquoi devriez-vous vous inquiéter ? Je suis juste sorti pour voir comment ça se passe ici et prendre l'air. Je suis désolé, je ne voulais pas vous inquiéter ».

Elle soupira. « Je sais, c'est juste ce dont Pietro m'a parlé hier soir. Nous sommes tous très inquiets pour toi, c'est la vérité ».

« Vous ne devez pas l'être, je me porte bien », lui sourit-il.

« Toi aussi, tu sais que ce n'est pas vrai ». La voix de Viola était incertaine, cachant un tremblement que Filippo capta. « Quoi qu'il en soit, le docteur Raymond est arrivé et Vincent nous l'a présenté. Pietro lui a parlé de ce qui t'est arrivé la nuit dernière et que ce n'est pas la première fois », continua-t-elle en montrant toute son angoisse.

Filippo lui prit les mains et la regarda dans les yeux. « Écoute, Viola, j'ai quatre-vingt-six ans, j'ai vécu une belle vie, j'avais une femme que j'aimais et que j'aime encore intensément aujourd'hui, même si elle n'est plus là. J'ai deux enfants qui, plus que toute autre chose, me rendent heureux et fier d'être père, et puis il y a le légendaire Bart. Je sais que Francesca t'aime, tout comme Cristine aime Pietro. Je suis dans un pays qui m'a merveilleusement accueilli, malgré mes hésitations initiales, et où j'ai retrouvé de nombreux amis qui m'aiment. Pour ces raisons, je n'ai pas envie de demander autre chose. Je suis là, à la fin de mon voyage terrestre, et je ne veux pas penser à demain, à ce que je pourrais avoir. Je veux juste vivre ce moment, je veux vivre ici et maintenant, sans si ni mais ».

Viola posa son visage sur sa poitrine et se mit à pleurer, laissant libre cours à son inquiétude.

Filippo lui releva le menton. « Ma fille, je ne suis pas mort », dit-il en lui caressant la joue.

« Je pleure parce que je suis heureuse d'avoir un père comme toi. Quand tu me parles et que tu me regardes, tu caresse mon âme. Je ne peux pas penser à une vie sans toi, sans tes conseils et ton amour ».

« Tu sais quoi, Viola ? ».

« Quoi ? », demanda-t-elle en s'essuyant le visage.

« Tu dois penser à ta vie avec Francesca et à toutes les belles choses que vous avez à faire ensemble. Je suis là, mais un jour, quand je ne serai plus là, tu devras me promettre de ne pas désespérer, mais d'être heureuse pour moi ».

« Tu ne peux pas me demander ça ».

« Ta mère, avant de mourir, m'a dit quelque chose : « Si tu m'aimes, arrête de t'inquiéter et souris-moi ». Puis il ajouta : « Comme l'a dit Helen Keller, tout ce que nous avons profondément aimé ne peut jamais être perdu. Tout ce que nous aimons profondément fait partie de nous. » Et c'est la même chose que je te dis maintenant, Viola ».

Elle ne répondit pas, elle lui prit la main et la serra très fort, sans quitter celui de son père des yeux.

« Rentrons, maintenant. J'ai faim », lui fit-il un clin d'œil pour apaiser sa tristesse.

Ma petite fille est une femme forte, pensa-t-il.

« Mais où étais-tu allé ? », demanda Auguste dès qu'ils rentrèrent dans la chambre. « Tu vas me faire mourir tôt ou tard, vieil homme ».

« Je me suis seulement promené un peu... ».

« Oui, oui, peu importe, oublions ça », le congédia-t-il d'un geste de la main en marmonnant.

À ce moment-là, Vincent prit une sonnette et commença à la secouer avec force. Tout le monde s'arrêta de parler et se tourna vers lui. « Alors, un moment d'attention, s'il vous plaît. Ceux qui ont réservé pour manger peuvent s'asseoir. Vous trouverez votre nom sur la table. Pour le comité organisateur nous avons plutôt installé une table près du foyer. C'est un buffet debout. Profitez maintenant de votre déjeuner et bon appétit à tous. Les gars viendront prendre vos commandes et vous serviront aussi bien à table qu'au buffet », expliqua-t-il.

Filippo s'approcha du rafraîchissement avec Viola, et peu après Francesca et Pietro les rejoignirent. Pendant qu'il sirotait un bon verre de Muscadet, Elodie et le docteur Raymond s'approchèrent.

« Bonjour, Filippo, comment vas-tu ? ».

« Bonjour, Raymond. Je me porte bien, merci, et toi ? ».

« Je vais bien, mais j'ai entendu dire que tu n'es pas particulièrement en forme, même si tu dis le contraire. Tes amis m'ont informé et ils s'inquiètent tous pour ta santé ».

« Mais oui, ce ne sont que quelques douleurs mineures, rien de grave », répondit Filippo.

« Non », intervint Élodie. « Ce n'est pas comme ça, et tu le sais. S'il te plaît, ne nous inquiète pas ».

Elle était très sérieuse et la tristesse brillait dans ses yeux.

« De temps en temps, je me sens un peu fatigué et j'ai le vertige, c'est tout », essaya-t-il de minimiser encore une fois.

« Exactement », répondit promptement Élodie, résolue.

« Écoute, Filippo, laissons passer cette journée importante et belle, mais je te verrai demain matin. Peux-tu venir dans mon studio ? ».

« Oui, je pense que oui. À quelle heure ? ».

« Je dirais vers dix heures, et si tu as des problèmes, je viendrai chez toi ».

« Ne vous inquiétez pas, docteur, demain je l'emmènerai à votre studio et nous serons très ponctuels. Je suis Pietro, le fils de Filippo », dit-il en lui tendant la main.

« C'est parfait ! », dit Raymond en secouant la tête, puis il tapota l'épaule de Filippo.

« Maintenant, pouvons-nous profiter du moment, s'il vous plaît ? », dit-il.

A deux heures, quand tout le monde eut fini de déjeuner, les garçons commencèrent à débarrasser les tables et à préparer la salle pour la vente aux enchères.

Les filles du quatuor s'étaient changées. Enveloppées dans d'élégantes robes noires, elles commencèrent à ravir les personnes présentes avec leur merveilleuse musique.

Chaque morceau qu'elles joueraient avait été écrit en liste, à la main, de la belle écriture de mademoiselle Anne, sur des cartes en ivoire glacé qu'Aude et Estelle distribuaient.

Filippo en prit également un et fut immédiatement frappé par le titre, *Hic et nunc*, et par l'écriture en bas : « D'après une inspiration de Filippo Sabiani ».

Il ouvrit la brochure et lut le plan avec les morceaux de musique :

1824 - Quatuor à cordes, n° 14 en ré majeur, « Der Tod und das Mädchen », F. Schubert.

1806 - Quatuors à cordes, n°3 en ré majeur opus 18 n°3:1 Allegro, L.

Beethoven.

1786 - Quatuors à cordes, « Quatuors dédiés à Haydn », W.A. Mozart.

1842 - Quatuors à cordes, n°1 en la mineur Op. 41 n°1, R. Schumann.

1826 - Quatuors à cordes, n°4 en do mineur, L. Beethoven

1964 - Quatuor à cordes, n° 10 en la bémol majeur, Dmítrij Šostakóvic

1928 - Quatuor à cordes, n°2, « Lettres intimes », Leos Janácek

Au dos de la carte, ressortaient les mots « Avec la participation de » :

Filippo - Auguste - Elodie - Hubert - Aurore - Eric - Raymond - Théo - Laurine - Vincent - Adéle - Gilbert - Nestor - Ernest - Yves - Felix - Grégoire - Aude - Estelle - Anne

« Ça vous plaît ? ».

Filippo se tourna et rencontra le sourire de mademoiselle Anne. « C'est très beau. Mais je n'ai aucun mérite autre que celui d'avoir partagé quelques idées ».

Elle posa sa main sur la sienne. « Filippo, je comprends votre modestie, mais sans vous, tout cela n'aurait pas existé. Vous avez apporté quelque chose qui restera à jamais dans nos cœurs : l'espoir. Et je ne parle pas seulement des jeunes. Je parle pour tout le monde : pour moi, pour Auguste, Nestor et Gilbert. Pour Adèle et Vincent. Pour madame Elodie, pour monsieur Hubert. Pour nous tous. Vous nous avez rappelé que ce ne sont pas les années qui comptent, mais l'enthousiasme et la passion. Dans mon cœur, je pensais et j'espérais que tôt ou tard un signal arriverait, pour laisser en héritage tout ce que les générations avant moi ont construit avec effort, mais aussi avec beaucoup d'énergie et d'amour. Et vous êtes arrivé. Maintenant, je peux enfin me reposer, et guider le jeune Yves pour qu'il puisse continuer mon voyage avec la librairie. Mais aujourd'hui, c'est votre jour, Filippo ». Puis elle indiqua toute la salle. « Regardez autour de vous. Tout, je le répète, c'est grâce à vous. Nous n'avons fait que ce que, à notre petite échelle, nous étions capables de faire, grâce à votre capacité à inspirer les gens ».

« Je ne sais pas quoi dire, Anne.»

« Ne dites rien, gardez les mots pour après, quand vous commencerez la vente aux enchères », lui sourit-elle.

-"Je trouvai des routes dans le bois,
et je choisis la route
la moins fréquentée"-

CHAPITRE 18

Filippo regarda l'heure : il était quatre heures moins dix.

Le local était plein, il n'y avait même pas une seule place debout. Madame Elodie et Monsieur Hubert montèrent sur la petite scène et lui firent signe de s'approcher.

« Chers amis, bienvenus dans cette journée spéciale pour nous. Je suis Elodie Martin, maire de cette petite mais énergique communauté. À mes côtés se trouve Monsieur Hubert Richard, le directeur de l'école de Deauville ». Elle s'arrêta pour saluer les applaudissements des personnes présentes. Puis elle poursuivit : « Nous vous souhaitons la bienvenue à cette vente aux enchères qui vise à récolter des fonds pour des objectifs majeurs : aider les familles en difficulté, rénover certaines zones de l'école et acheter du matériel. Vous trouverez la liste sur la table ronde près du comptoir. Les tableaux que vous voyez sont les œuvres qui seront mises aux enchères, et ils ont été créés par un grand artiste, mais surtout par un homme exceptionnel pour nous tous ». Puis, se tournant vers le directeur, elle lui dit : « Veux-tu ajouter quelque chose, Hubert ?

« Non, rien à ajouter. Je crois que le mieux est de laisser la parole à ceux qui ont créé tout cela, à ceux qui nous ont donné la force de faire de cette journée une réalité. Cette personne nous a appris que si nous voulons quelque chose, et que nous le voulons vraiment du fond du cœur, tout est possible. Une chose en particulier que j'ai apprise de lui : il m'a fait voir la grande beauté qui réside en chacun de nous, cette beauté qui vient non pas du jugement, mais de l'écoute ».

« C'est exactement comme ça, Hubert », poursuivit Elodie. « C'est pourquoi, avant de lancer les enchères, je voudrais faire une recommandation : ne soyez pas bon marché ! ». Un rire général éclata parmi les personnes présentes. « Maintenant, je laisse la parole à notre Filippo Sabiani ».

Le cœur de Filippo était dans sa gorge. Il se sentait à la fois abasourdi et excité. Le regard de Viola et Pietro, comme celui de toutes les personnes qui lui étaient chères, le suivit comme les tournesols suivent le soleil, alors qu'il s'approchait de la petite scène créée pour l'occasion.

Les filles commencèrent à jouer les notes légères et enveloppantes des *Quatuors Haydn* de Mozart.

Il avait du mal à retenir ses larmes, alors il prit une profonde inspiration, ferma les yeux et commença : « Bonjour à tous et merci d'être ici pour cette merveilleuse journée. Croyez-moi, je ne sais pas par où commencer car j'ai tellement de choses à dire, de remercier tous ceux qui ont permis de créer cet événement à partir de rien, jusqu'aux personnes qui me sont chères, à commencer par mes enfants, Viola et Pietro, et mon chien inséparable, Bart. A cette communauté qui m'a accueilli à un moment particulier de ma vie, et envers laquelle je suis et serai toujours reconnaissant ».

Il s'arrêta ; puis, pensant intensément à Maria, il continua : « Si vous me le permettez, je voudrais dire quelques mots sur une personne qui est ici avec moi, même si ce n'est pas physiquement. Quand je suis arrivé dans ce pays, je me suis senti seul et ce sentiment a duré quelques années. J'avais perdu la personne qui a fait de moi ce que je suis aujourd'hui. La personne qui a donné naissance à mes deux merveilleux enfants. La personne qui me tenait la main quand c'était elle qui souffrait, m'apportant son soutien pour que je ne la lâche pas. La personne qui m'a pardonné, car, comme elle l'a dit, le pardon est la plus grande forme d'amour que possède l'être humain et dont il use malheureusement rarement. Elle s'appelait Maria et c'était ma femme ».

Il fit une nouvelle pause, car il sentit sa voix se briser sous l'émotion. Il chercha donc les yeux de Pietro et Viola et continua : « Chère Maria, tout ce que tu vois aujourd'hui n'est pas grâce à moi, mais à toi. Tout ce que j'ai réussi à partager avec cette communauté, l'amour et l'amitié que j'ai donnés et reçus, la grande beauté de ce moment, la passion, le désir, l'enthousiasme, ainsi que le fait de croire aux choses impossibles ce n'est que grâce à toi. Par conséquent, cette journée, pour ce qui me concerne, est consacrée à toi. Merci de tout mon cœur ».

Il leva les yeux vers le ciel et lui dédia une prière silencieuse. Lorsqu'il les baissa, il rencontra les yeux brillants de la plupart des gens qui l'écoutaient. Après une minute de silence, il reprit la parole : « Aujourd'hui doit être rappelé comme un exemple d'une communauté qui a compris combien il est important de partager les énergies et les objectifs pour le bien commun. Comme il est fondamental et sage d'aider les nouvelles générations à avoir un but. Comme c'est merveilleux de continuer à faire en sorte que même les personnes aujourd'hui plus âgées, comme moi, aient encore la possibilité de se lever le matin, de se regarder dans le miroir et de se dire : « J'ai encore tant de choses à faire. Parce que, voyez-vous...tout le monde, de manière égale, hommes et femmes, jeunes et vieux, a le droit d'avoir un but ; ils ont le droit non pas de survivre mais de vivre, d'avoir leur place dans le monde. Cette petite vente aux enchères incarne précisément cet objectif : donner de l'espoir à chacun. Pour cela, je vous remercie du fond du cœur pour tout ce que vous faites. Merci ».

Les applaudissements qui suivirent durèrent longtemps, alors que la plupart des personnes présentes s'étaient levées de leur siège. Monsieur Hubert lui serra la main tandis qu'Élodie le serrait dans ses bras, puis reprit son discours, visiblement ému : « Je ne sais pas s'il y a eu plus de moments où Filippo m'a fait pleurer ou ceux où il m'a fait rire. De toute façon, dans les deux cas, ce furent des moments de joie. Maintenant, nous pouvons commencer les enchères ! ».

Il fit signe à Yves et Aude d'apporter la première œuvre à montrer, mais à ce moment-là, Adèle lui tendit un mot et lui demanda de le lire au public. Alors il prit le micro et ouvrit le morceau de papier. « Désolé, je viens de recevoir un message disant que l'œuvre numéro treize, intitulée *Gabrielle*, a été achetée par un donateur anonyme pour... Excusez-moi un instant... ».

Élodie regarda Adèle qui lui fit un signe de tête. Il s'éclaircit la gorge : « Alors, comme je le disais, je voulais vous informer que l'œuvre numéro treize, intitulée *Gabrielle*, a été achetée par une personne qui ne veut pas révéler son nom, pour la somme de vingt mille euros ».

Toute la salle était stupéfaite. Filippo, assis parmi ses enfants, relâcha la main de Viola et chercha le visage de mademoiselle Anne. Il la regarda, et elle, les yeux brillants, lui sourit, lui confirmant ainsi son grand geste. Il lui rendit son sourire, reprit la main de Viola et en même temps celle de Pietro.

À ce moment précis, il réalisa que son arrivée à Deauville, le temps passé là-bas, les amitiés nouées n'étaient pas un hasard, tout était écrit, sa tâche était seulement de libérer les mots.

Il était clair qu'Albert Einstein avait raison lorsqu'il déclarait : « Les coïncidences sont la façon dont Dieu se rend anonyme ».

« Excusez-moi, j'aimerais rentrer chez moi », dit-il en se tournant vers ses enfants. « Je suis très fatigué ».

« Qu'est-ce qu'il y a, papa, tu ne te sens pas bien ? », demanda Viola, alarmée. Filippo lui sourit faiblement. « Non, non, ne t'inquiète pas, je suis juste un peu fatigué. Il y a eu beaucoup d'émotions ».

« Papa, vraiment, qu'est-ce qui ne va pas ? », demanda Pietro en scrutant son visage.

« Rien du tout, mon fils. J'ai juste besoin de me reposer et d'avoir un peu de paix, si cela ne vous dérange pas ».

« Je comprends, bien sûr », déclara-t-il. « Mais je viens avec toi ».

« Non, Pietro, vraiment, j'ai besoin d'être seul pendant un moment ».

« Papa, s'il te plaît, ne m'inquiète pas », ajouta Viola.

« Ne t'inquiète pas. J'emmène Bart avec moi. Je prends le fourgon et rentre chez moi me coucher. Profitez du reste, les gars, je vous verrai ce soir dès que tout sera fini ».

« S'il te plaît, ne pars pas tout seul, s'il te plaît », rétorqua encore une fois sa fille, les yeux déjà pleins de larmes. Filippo enroula ses mains autour de son visage et déposa un baiser sur son front.

« Tout va bien. Reste avec Pietro et Francesca, assurez-vous que tout se passe bien et profitez de l'événement ».

Avec Bart à ses côtés, il se dirigea vers la sortie.

Alors qu'il s'apprêtait à ouvrir la porte, il sentit une tape sur son épaule. C'était Auguste.

« Mon ami, je voulais juste te dire que je t'aime et que tu as été une personne très, très importante dans ma vie ». Pour la première fois, son ton n'était ni bourru ni critique, juste sincère et résolu.

Filippo le regarda dans les yeux. Ils étaient pleins de larmes. « Je sais, Auguste, je sais ».

Lorsqu'il quitta le bistrot, la rue était pleine de monde. Il ne se souvenait pas avoir jamais vu autant de monde à Deauville, même en été. Il eut du mal à se frayer un chemin à travers la foule, mais il réussit lentement à atteindre le fourgon. Il démarra la voiture et se dirigea vers le phare.

Il conduisait lentement, appréciant chaque mètre de cette route qu'il avait parcourue plusieurs fois, presque tous les jours, au fil des saisons.

« J'ai trouvé deux routes dans les bois et j'ai choisi la route la moins fréquentée », avait écrit Robert Frost. Peut-être qu'il en avait été ainsi pour lui aussi, lorsqu'il avait décidé de vivre dans un phare, dans une petite ville de Normandie. Une fois rentré chez lui, il sortit du fourgon et se dirigea vers la plage avec Bart.

Il s'arrêta pour regarder l'horizon, puis les vagues et les mouettes qui tournoyaient dans les airs, tandis que sur son visage il sentait la légère brise caresser sa peau.

Il regarda encore une fois toute la beauté qui apparaissait devant ses yeux, avec un soupir plein de gratitude, puis se retourna et repartit.

Une fois dans la maison, il alluma la cuisinière et mit de la musique. Il ne pouvait s'empêcher d'écouter l'*Adagio* en sol mineur de Tomaso Albinoni.

Il remplit le bol de Bart de quelques croquettes et alla s'asseoir dans son petit mais confortable fauteuil, dans son coin sacré, tenant le journal de bord et un stylo pour écrire ce fleuve d'émotions qu'il fallait libérer.

« Je sens que mon voyage est terminé, que mon travail ici est terminé. Rien n'est laissé au hasard. L'Univers construit tout jusque dans les moindres détails, il l'a fait avec moi aussi. Il m'a donné tout ce dont j'avais besoin : des personnes, des mots, des pensées, pour que je puisse terminer le travail que quelqu'un avait prévu pour moi. Il m'a donné le temps nécessaire pour comprendre le but de mon voyage terrestre. Je n'ai aucun regret, aucun remords. J'ai appris que dans la vie, lorsque vous vous allongez pour vous reposer à la fin d'une journée, vous devez être conscient que vous avez fait tout ce que vous vouliez faire et qu'on vous a donné plus de temps pour découvrir et apprendre quelque chose de nouveau, que ce soit de la joie ou de l'amertume. Tout cela pour passer le relais, par l'exemple, à ceux qui sont et seront encore en route pour trouver leur raison d'être.

Il ne me reste que remercier.

Avec une gratitude infinie,

Filippo ».

Il ferma le journal et le posa sur le bureau. Dans le tiroir, il sortit une carte gravée d'une citation de Thomas Stearns Eliot qu'il avait trouvée dans une brocante, dans le charmant village du Bec-Hellouin, et la posa dessus.

« Nous n'arrêterons pas d'explorer. Et à la fin de toutes nos pérégrinations, nous reviendrons au point de départ, pour le connaître pour la première fois ».

Bart finit de manger et se plaça au pied de la chaise. Filippo tendit la main et lui caressa la tête.

« Au revoir, mon ami. Combien de saisons avons-nous passé ensemble. Nous nous sommes rencontrés en contemplant silencieusement le jour et la nuit, les heures et les minutes qui se succédaient. Nous avons partagé toutes nos émotions, tu aboyais et je te parlais comme on le fait à quelqu'un qui s'aime inconditionnellement ; en regardant dans nos yeux et notre âme. Tout cela sans perdre une seule seconde, toujours ensemble. Nous ne nous souciions pas de savoir s'il pleuvait ou s'il faisait beau, s'il faisait froid ou chaud. Nous ne nous souciions pas de ce que les gens pensaient de nous lorsque nous décidions de passer quelques jours loin de chez nous et de dormir dans le fourgon. Je me suis souvent demandé si tu étais réellement un ange sous les traits d'un chien merveilleux, mais à la fin, à chaque fois, j'ai réalisé que je n'avais pas besoin de réponse, car toi, mon ami, tu es simplement Bart. Je t'aime bien. S'il te plaît, sois affectueux et loyal envers Viola comme tu l'étais avec moi, mais surtout, prends soin d'elle et de Francesca ».

Bart ne bougea pas, il se contenta de le regarder, et comme toujours, cela suffisait. Filippo était certain de comprendre que c'étaient les derniers moments terrestres qu'ils passeraient l'un à côté de l'autre.

Il posa sa tête sur le fauteuil, regarda à nouveau la mer et son horizon par la fenêtre, imprimant cette œuvre d'art dans son esprit, et ferma les yeux.

Le 8 décembre, à quatre heures six minutes, son voyage terrestre prenait fin.

Pietro, Viola et Francesca le trouvèrent le soir à leur retour. Sur la table de la cuisine, il avait laissé une courte lettre :

« Chers Viola et Pietro, très chers amis,

Les mots ne peuvent exprimer la profonde gratitude que je ressens pour l'amour inconditionnel que vous m'avez donné au cours de ces merveilleuses années. Au moment où j'écris ces lignes, mon cœur se remplit d'émotions, et c'est avec un mélange de joie et de mélancolie que je vous adresse cette dernière lettre.

Viola, Pietro, vous avez été les piliers de ma vie, les gardiens de mon bonheur. Chaque instant partagé avec vous était un trésor précieux que je gardais jalousement au plus profond de mon cœur. Vous m'avez rappelé chaque jour le vrai sens de l'amour, de la loyauté et de la compassion.

Maintenant, alors que je me prépare à affronter la fin de mon voyage terrestre, je vous demande une seule faveur : je ne veux pas que les larmes vous inondent les yeux, mais que les sourires illuminent vos visages. Souvenez-vous de tous les moments heureux que nous avons partagés ensemble, des rires contagieux, des aventures inoubliables. Soyez forts et continuez à vous aimer, tout comme vous l'avez fait avec moi.

Viola, ma douce âme, je te confie la tâche de prendre soin de Bart, notre bien-aimé et fidèle ami à quatre pattes. Je sais que tu seras une mère aimante pour lui, tout comme tu l'étais pour moi. Bart représentera un lien qui vous unira encore plus et vous apportera du réconfort dans les jours les plus sombres.

Pietro, s'il te plaît, reste avec tes enfants autant que possible, ils ont besoin de toi.

Je vous laisse le cœur plein de gratitude et d'amour. Soyez heureux, soyez courageux et continuez à vivre chaque jour comme s'il s'agissait d'un cadeau précieux. Avec tout mon amour,

Filippo ».

Conformément à sa demande, il fut incinéré et ses cendres furent dispersées dans la mer, sous le regard attentif des mouettes survolant le ciel, soufflées par le vent normand qui avait si souvent caressé doucement son visage.

ÉPILOGUE

Viola et Francesca se marièrent le 10 mai, sur la plage, par une belle journée de printemps, comme elles le souhaitaient. Toutes deux vêtues de blanc, avec de belles couronnes de fleurs préparées par madame Babette. Toutes les personnes qui avaient côtoyé Filippo ces années-là à Deauville étaient là, sans exception.

Les rafraîchissements, magnifiquement préparés sous la direction d'Adèle et Vincent, virent là aussi les pêcheurs et leur cuisine apporter leur précieuse contribution, accompagnés par la musique de Camélie, Ariane, Sara et Luisa.

Quelque temps plus tard, elles s'installèrent à Deauville, au phare, en compagnie du fidèle Bart. Francesca ouvrit un centre de physiothérapie dans le village, tandis que Viola reprit le magasin de fleurs de madame Babette, entre-temps retraitée.

La vente aux enchères avait rapporté quatre-vingt-trois mille euros et les œuvres de Filippo étaient désormais dispersées dans divers lieux, et pas seulement en Normandie. Du bistrot à San Francisco, à la maison de Pietro, en passant par Lille, à la maison de Danielle, au petit club de pêcheurs, et peu à peu jusqu'à la maison de ceux qui, par une bonne action, avaient décidé d'apporter leur contribution à une bonne cause.

Tous les objectifs avaient été atteints grâce à la somme récoltée et une plaque avait été placée à l'extérieur de l'école en l'honneur de celui qui avait rendu tout cela possible.

Auguste arrêta de grogner et se procura un chien, un petit bâtard qu'il appela Filippo, et qui l'aida à se sentir moins seul, en compagnie de Nestor et Gilbert.

Vincent et Adèle continuèrent à diriger leur bistrot. Chaque jeudi soir, lors du rendez-vous hebdomadaire du café littéraire, la place se remplissait de monde, même des communes voisines, mais surtout de jeunes.

Yves connut une fille à l'université et se fiança. En plus d'étudier ensemble, Camille - c'était le nom de la jeune fille - l'aidait pour les envois de livres, poursuivant ainsi les affaires de mademoiselle Anne. Grâce à leur engagement, le travail s'accrut considérablement et une fois par mois, le jeudi soir, ils présentaient un nouveau livre.

Félix commença à aider le docteur Andreas dans sa clinique, deux fois par semaine, l'après-midi.

Sophie et Andreas commencèrent à se fréquenter et devinrent rapidement un couple permanent. Il donna un chaton à Gabriel, qui fut appelé Mino.

Quelques mois après la mort de Filippo, le vieux Crispin décéda. Sa maison, sa collection de figurines avec tous les outils furent hérités par Gabriel.

Madame Elodie, accompagnée de Pietro, Viola et Francesca, prit courage, contacta les parents adoptifs de sa fille et se rendit à Mulhouse pour la rencontrer.

Lorsque la sonnette retentit et que Brigitte ouvrit, elle comprit immédiatement que la femme en face d'elle était sa mère. Elles se regardèrent en silence, tandis que leurs yeux devenaient de plus en plus brillants, puis elles s'étreignirent un temps indéfini, incapables de retenir leur émotion et leurs larmes.

La belle Laurine trouva l'amour. Un amour comme elle, toujours en mouvement, jamais banal et somme toute même un peu fou.

Danielle, après plusieurs tentatives pour faire fonctionner son mariage, se sépara. Elle avait compris qu'on ne pouvait pas sauver ceux qui ne voulaient pas l'être, c'est pourquoi elle avait décidé de prendre sa vie en main et de quitter un mari qui vivait constamment pour l'argent, entouré d'un pessimisme chronique, mais qui, surtout, malgré quelques éclairs de clarté, il continuait à faire valoir sa frustration sur sa famille.

Il y eut de nombreux changements, mais il y eut aussi des constantes. Les rythmes à Deauville sont presque toujours les mêmes, avec un café littéraire et un peu plus d'amour.

Les saisons se succèdent régulièrement, les mouettes tournent dans le ciel, le soleil salue les étoiles qui s'endorment, tandis qu'il prend sa place pour réchauffer la terre et le cœur des hommes. L'horizon est toujours là, prêt à être contemplé par les « chasseurs d'horizons ».

La mélodie des vagues de la mer continue de donner ses notes et continue de tenir compagnie, comme si elle composait pour ceux qui, avec respect, s'arrêtent là pour écouter une œuvre infinie, merveilleusement composée par la nature dans sa totale perfection, avec un metteur en scène d'un orchestre unique : l'Univers.

Oui, car l'Univers donne, sans jamais rien demander en retour. Comme le disait le poète persan Hafiz :

« Même après tout ce temps, le soleil ne dit pas à la terre :

"Tu es ma débitrice"

Regarde ce qui arrive avec un amour comme celui-là :
il illumine tout le ciel ».

FIN

Table des matières

Remerciements

Je tiens à exprimer avec une profonde émotion ma sincère gratitude à toutes les personnes qui ont partagé et partagent avec moi cette incroyable aventure appelée « LA VIE ».

Chaque étape de ce voyage s'est transformée en une expérience incroyable.

Je tiens à dédier une pensée affectueuse à ma famille exceptionnelle, sans exclure personne. À mon père bien-aimé Rocco, qui, avec Gabriele et Frank, semble observer mon voyage avec joie et beaucoup de rires, depuis le balcon de l'univers ou, comme certains le définissent, du paradis.

Merci à Sara Chindemi et Cristina Tata, qui ont enrichi ce travail de leur précieux professionnalisme, disponibilité et présence précieuse.

Enfin, je voudrais exprimer de profonds remerciements pour les rencontres éclairantes de ces derniers temps et pour toutes les personnes, des femmes et des hommes qui croient en l'extraordinaire beauté des relations humaines.

Je suis également reconnaissant pour toutes les futures rencontres que l'Univers me réserve.

Namastè

Printed in France by Amazon
Brétigny-sur-Orge, FR

21436667R00157